10|18
12, avenue d'Italie — Paris XIIIe

Du même auteur
aux Éditions 10/18

Le sceau de Vladimir, n° 2890
La parure byzantine, n° 2891
Ambre mortel, n° 3012
La nuit des ondines, n° 3121

L'ESPION DU PRINCE OLEG

PAR

ELENA ARSENEVA

1018

INÉDIT

« Grands Détectives »
dirigé par Jean-Claude Zylberstein

Sur l'auteur

Elena Arseneva est née en 1958, de mère russe et de père italien. Elle est très tôt initiée à la lecture et aux langues étrangères par sa grand-mère, qui lui transmet son enthousiasme pour la littérature française. Dans les années 80, après une maîtrise d'histoire à Moscou, elle quitte l'URSS, non sans difficultés, et s'installe à Paris. Elle s'inscrit à la Sorbonne en lettres modernes, fait une escapade théâtrale au cours Florent et se passionne pour les auteurs français du XVIIIe siècle. Elena Arseneva traduit en français des ouvrages russes, anglais ou italiens.

ISBN 2-264-02935-8

L'ESPION DU PRINCE OLEG

PRINCIPAUX PERSONNAGES

Artem	boyard, chef de droujinniks et conseiller de Vladimir, prince de Tchernigov
Philippos	fils adoptif d'Artem
Mitko	Varlet, collaborateur d'Artem
Vassili	Varlet, collaborateur d'Artem
La Balafre	jeune voleur, ami de Philippos
Vladimir	prince de Tchernigov
Phocas	Garde des Livres de la bibliothèque du prince
Olga	son épouse
Cyrille	leur fils, Varlet
Boris	Varlet de la droujina du prince
Miroslav	boyard, ancien compagnon d'armes d'Artem
Katérina	fiancée de Miroslav
Nil	peintre employé par le prince
Svéneld	frère de lait de Katérina
Fédote	riche négociant
Klim	négociant, frère de Fédote
Irina	veuve d'un négociant de Kiev
Glafira	courtisane de Tchernigov
Lisa	suivante de Glafira
Ianko le Musicien	voleur
Mila	compagne de Ianko

Prologue

Un cavalier solitaire s'avançait au galop, dans de grandes gerbes d'eau et de boue, sur la route qui reliait Kiev à Tchernigov, la capitale du nouveau fief du prince Vladimir. Sous sa vaste cape fourrée, il portait un épais caftan, qui masquait une cotte de mailles, et un pantalon de laine foncé. Sa chapka bordée de castor cachait à moitié son beau visage rougi par le froid, à l'expression aussi lugubre que le paysage désolé qui s'étendait dans le crépuscule. Pourtant, Boris était connu, dans la droujina des Varlets[1] dont il faisait partie, pour son tempérament joyeux et son goût de la fête. Guerrier intrépide mais aussi parfait courtisan, aimé par ses camarades et adoré par les dames, il jouissait d'une popularité extraordinaire grâce à un don rare : une voix qu'on disait dorée. Il connaissait par cœur des dizaines de ballades et les chantait volontiers à l'occasion des banquets donnés au palais ou lors des longues nuits angoissantes au cours des campagnes militaires menées contre les Koumans ou les princes rivaux de Vladimir.

Cependant, ce n'est pas en qualité de barde mais

1. Voir la postface de l'auteur en fin de volume ainsi que le glossaire des termes russes, page 285.

d'agent secret que Boris servait le plus efficacement le jeune prince de Tchernigov. Depuis que Vladimir s'était mis à soupçonner son cousin Oleg de comploter contre lui, il envoyait souvent Boris en quête de renseignements auprès de ce dernier. Celui-ci passait beaucoup de temps à la cour de Kiev et régnait à Smolensk, mais c'est le fief de Tchernigov qui était son domaine ancestral. Bien qu'il n'osât pas protester ouvertement, Oleg n'avait jamais accepté la décision du grand-prince de nommer Vladimir suzerain de Tchernigov[1]. Il rêvait d'arracher son ancien fief à Vladimir. Pour parvenir à ses fins, il se livrait à toutes sortes d'intrigues, ne dédaignant pas de s'allier avec les Koumans, ces rusés fils d'Ismaël venus des steppes, ennemis éternels de la terre russe.

Les nouvelles que Boris apportait à son prince étaient plus qu'inquiétantes. Cette fois, le perfide cousin de Vladimir s'était tourné vers Byzance et, profitant de son long séjour à Kiev, s'était entretenu avec les émissaires de l'empereur. Boris avait réussi à subtiliser la lettre adressée au basileus dans laquelle Oleg promettait d'évincer Vladimir en échange de l'assistance militaire et du soutien politique de Tsar-Gorod[2]. L'enjeu ne se limitait pas à Tchernigov : une fois écarté Vladimir, fils unique et héritier du grand-prince, c'est le trône de Kiev que visait l'ambitieux Oleg. Il espérait gagner le soutien de l'empereur de Byzance en lui promettant de modérer la politique extérieure de la Russie, trop indépendante au goût de Tsar-Gorod. Vladimir répugnait à soupçonner son

1. Le trône n'était pas héréditaire, et les princes changeaient souvent de fief sur l'ordre du grand-prince (*cf.* Postface).

2. Nom que les Russes donnaient à Constantinople. *Gorod* signifiant « ville » en russe, le terme pouvait s'entendre autant comme « ville-reine » que comme « ville du tsar ».

parent et ami d'aussi noirs desseins. Pourtant, prince régnant depuis l'âge de dix-sept ans, étonnamment mûr et avisé pour ses vingt étés, il préférait prévenir que guérir.

Boris se souvint de la dernière fois où Vladimir l'avait longuement entretenu au sujet d'Oleg et de la situation du moment. Le grand-prince était vieux et malade. C'est lui qui allait décider de son successeur, et seule une réunion de tous les princes pourrait modifier son choix. Si, au mépris de la tradition, Oleg s'emparait du trône de Kiev, il n'en résulterait que des malheurs.

Guerrier intrépide, excellent chasseur, passionné par les belles armes, amateur de la gent féminine, Oleg n'avait pas l'étoffe d'un chef d'État. En devenant grand-prince, il se distinguerait par des actions d'éclat — et non par une politique ferme et stable. Il saurait éblouir ses sujets mais non veiller sur eux. Il chercherait à écraser ses adversaires sans avoir tenté de les gagner à sa cause. Il préférerait défier ses voisins au lieu de négocier avec eux. Bref, il se rendrait célèbre par ses faiblesses et non par sa force.

Et il serait facile à manipuler...

Eh bien, songea Boris, le prince saurait à quoi s'en tenir avec son cousin après avoir lu la missive d'Oleg cousue dans la doublure de sa cape ! La preuve de cette trahison déciderait enfin Vladimir à agir. Il pourrait contrer facilement les plans d'Oleg en dépêchant à Tsar-Gorod une ambassade composée d'habiles diplomates. Surtout, il détiendrait une arme puissante : une lettre authentifiée par le sceau personnel de son cousin. Il suffirait de la montrer au grand-prince et à tous les alliés de Kiev pour discréditer son auteur.

Un bref sourire éclaira le visage de Boris. Vladimir serait chagriné par cette preuve irréfutable de ce qu'il avait toujours refusé de croire, mais il serait satisfait de la façon dont son agent s'était acquitté de sa mission. Après avoir trompé la vigilance d'Oleg et de ses sbires pour s'emparer de la missive secrète, Boris avait réussi à quitter la ville en catimini, certain de ne pas avoir été suivi. Encore une heure de route, et il pourrait s'arrêter dans une auberge au sein d'un relais construit par l'arrière-grand-père du prince, Vladimir Ier le Soleil Rouge[1].

Boris flatta l'encolure de son cheval fatigué et jeta un regard circulaire sur les champs détrempés, les collines basses noyées dans la brume et les arbres noirs qui tendaient leurs bras squelettiques vers un ciel de plus en plus sombre. Ce paysage lugubre le rendait mélancolique. Il n'y avait pourtant aucune raison à cela ! Son suzerain le récompenserait généreusement pour son exploit, ses amis l'accueilleraient à bras ouverts, et les femmes... ah, les femmes ! Comme elles lui avaient manqué pendant le régime austère auquel il s'était soumis à Kiev ! Il avait hâte de retrouver leurs regards languissants et voluptueux, leurs corps doux et frémissant de passion ! De nouveau, un sourire heureux lui vint aux lèvres. Avec un peu de chance, il dénicherait une servante fraîche et pas trop sale pour cette nuit, dans l'auberge où il comptait s'arrêter.

L'obscurité était complète lorsqu'il atteignit enfin une palissade basse entourant un bâtiment cossu à deux étages, dont l'enseigne — une perche avec une botte de paille — promettait le gîte et le couvert. Pénétrant dans la cour, Boris appela le garçon d'écurie. Un adolescent maigre comme un clou, auquel une chapka et une veste trop large donnaient

1. Nommé aussi Vladimir le Saint ou le Grand (v. 956-1015).

l'air d'un épouvantail, surgit en frottant ses yeux ensommeillés. Comme il emmenait le cheval, Boris nettoya le bas de sa cape avec une touffe d'herbe mouillée et entra dans la salle chichement éclairée par des chandelles de suif, meublée de longues tables et de bancs. Des tonneaux renversés servaient de sièges supplémentaires quand l'établissement était bondé. Ce soir, ce n'était pas le cas. Seuls deux voyageurs se tenaient attablés, penchés sur leurs écuelles fumantes, l'un sous l'étroite fenêtre tendue d'une vessie de bœuf, l'autre au fond de la pièce. Boris leur lança un regard aigu. Le plus âgé des deux, ventru et rougeaud, portait un épais caftan de bonne qualité et une chapka de renard ; il avait tout d'un commerçant aisé, pressé de monter dormir afin de reprendre sa route dès l'aube. L'autre, vêtu d'une veste multicolore rapiécée, avait une boîte en osier posée à ses pieds ; c'était vraisemblablement un jongleur ou un comédien ambulant. L'œil exercé de Boris ne trouva rien de suspect à ces paisibles voyageurs. Rassuré, il s'installa à son tour et ordonna au garçon, si lent qu'on l'aurait cru endormi, de lui apporter de la soupe au chou et du bœuf à la sauce épicée. La nourriture était d'une fraîcheur douteuse, et la sauce masquait à peine le goût écœurant de la viande avariée, mais Boris avait une faim de loup. Une heureuse surprise le réconcilia entièrement avec l'auberge : une servante d'une vingtaine d'étés qui, sous un tablier taché de graisse, portait une robe relativement propre, le dévisagea d'un air espiègle et approbateur. Boris lui décocha un sourire ravageur. Prenant pour le remplir d'hydromel le pichet qu'il avait vidé, la jeune fille s'éloigna en balançant des hanches. Boris s'émerveilla de la blancheur de ses mains, tout en dévorant du regard les rondeurs appétissantes de son corps. Décidément, la chance continuait à lui sourire ! Lorsque la servante revint, Boris lui offrit une coupe et engagea la conversation. L'affaire fut vite arrangée : la jeune fille laissa entendre qu'elle trouvait le voyageur fort avenant, et un quart de grivna d'argent le lui rendit définitivement irrésistible.

Une heure plus tard, alors que Boris s'impatientait dans son lit, espérant que l'accorte servante le réchaufferait plus efficacement que le petit brasero installé à côté du poêle éteint, celle-ci se glissa silencieusement dans sa chambre. Elle portait un plateau chargé de deux gobelets et d'un pichet d'eau-de-vie aux airelles. Le posant sur le tabouret près du lit, elle entreprit de les servir. Ils burent cul sec, échangèrent un baiser, puis la jeune fille se mit à déboutonner son ample sarafane, souriant à Boris d'un air prometteur.

Il ne fut pas déçu ! Boris adorait les femmes au sang chaud, et la belle répondait à ses caresses avec fougue en gardant les yeux clos et en poussant des gémissements de plaisir. Enfin, ayant épuisé les réserves d'énergie amoureuse qu'il avait accumulées lors de sa période d'abstinence à Kiev, Boris commença à s'assoupir dans les bras de sa maîtresse. Il eut encore une bouffée de tendresse pour cette perle rare, Dacha ? Dounia ? enfin, cette jeune femme discrète et passionnée, aux mains blanches et douces comme deux colombes... Et il sombra dans un sommeil réparateur et sans rêve.

Il dormait profondément lorsque sa compagne se leva sans bruit. S'il l'avait aperçue à cet instant, il aurait été stupéfait : le joli visage de la servante ne gardait nulle trace de ses récents transports mais semblait grave et soucieux, la bouche serrée en une ligne mince, les yeux agrandis par l'inquiétude. Elle ralluma une bougie, enfila rapidement sa cotte et sa robe et, à la lueur de la petite flamme vacillante, entreprit de fouiller minutieusement les effets de Boris. Les mains dont il avait tant admiré la douceur passèrent au crible d'abord le contenu des fontes de sa selle, puis les vêtements du jeune homme. En remarquant la légère cotte de mailles, elle eut un petit sourire satisfait : elle ne s'était pas trompée, le voyageur n'était nullement un simple marchand, ainsi qu'il avait essayé de le faire croire ! Elle examina ensuite l'intérieur de ses bottes, et même le fourreau du long poignard qu'il avait gardé sous sa veste durant le voyage. En vain... Sans doute n'aurait-elle pas manqué de découvrir la lettre d'Oleg cousue dans la doublure de la cape fourrée ; mais elle ignorait que, pour écrire à l'empereur, le cousin de Vladimir avait choisi un parchemin parfaitement bien poncé au lieu de se servir de l'habituel carré d'écorce de bouleau. C'est pourquoi les doigts fins et lestes de la femme parcoururent la cape de Boris sans s'arrêter sur le mince rouleau dissimulé dans les plis de la laine.

Enfin, se mordant la lèvre de dépit, elle s'assura que les affaires de Boris ne montraient en rien qu'on y avait touché, souffla la chandelle et se glissa hors de la chambre. Silencieuse et légère comme une ombre, elle longea l'étroit couloir, descendit dans la salle où flottait encore l'odeur aigre du chou puis sortit sur le perron. Là, elle attendit quelque temps dans l'obscurité, frissonnant sous des rafales de vent glacial. La lune apparut, faisant briller les flaques d'eau et les gouttelettes de pluie sur la rampe du perron. Soudain, une silhouette sombre surgit en bas des marches. La jeune servante sursauta violemment. Malgré le clair de lune, elle ne distinguait rien chez l'inconnu hormis les contours de sa chapka profondément enfoncée et du col relevé de sa longue cape noire. Mais ce ne pouvait être que la personne qu'elle attendait.

Sans attendre qu'on l'interroge, la jeune femme se mit à parler à voix basse, racontant la fouille et ses maigres résultats : elle était sûre que le voyageur n'était pas un commerçant, contrairement à ce qu'il affirmait, mais elle n'avait pas réussi à découvrir ce qu'on lui avait ordonné de chercher. L'inconnu coupa court à ses explications d'un geste impatient, plongea sa main gantée dans sa cape et en sortit une pièce d'argent. La servante reçut la pièce qui brilla d'un éclat plombé dans sa paume tremblante. Elle s'empressa de mettre sa récompense au fond de sa poche. Quant à l'inconnu, qui n'avait toujours pas proféré un mot, il redescendit les marches du perron et disparut de l'autre côté du portail. Sa monture l'attendait, attachée à un poteau à la sortie de la cour. L'instant d'après, il éperonna son cheval pour le lancer au galop en direction de Tchernigov. La lune se cacha alors, et les ténèbres engloutirent le cavalier, la route boueuse, l'auberge et son perron où il n'y avait plus personne.

Chapitre premier

La neige tardait à venir en ce début novembre de l'an de grâce 1173. D'habitude, en cette saison, un vaste tapis blanc recouvrait déjà les champs dénudés et les rivières saisies par le gel, tandis que les habitants des bourgs et des villages s'apprêtaient à fêter la première grande foire d'hiver et à essayer leurs traîneaux tout neufs, richement décorés de motifs bariolés. Mais, cette année-là, le Seigneur semblait en vouloir à la terre russe; le vent impitoyable charriait des nuages de plomb, courbait les arbres nus et glaçait jusqu'aux os hommes et bêtes; le ciel lugubre déversait des flots d'eau, et on avait l'impression que le monde s'enlisait lentement dans la boue.

Par ce temps morose, où jeunes et vieux regrettaient les douceurs de l'été tout en attendant impatiemment la neige et les réjouissances de l'hiver, les braves guerriers de Vladimir broyaient du noir. Pour dissiper leur humeur mélancolique, certains s'adonnaient à la boisson et au jeu, d'autres recherchaient la compagnie des femmes de mauvaise vie et fréquentaient les établissements clandestins, malgré l'interdiction formelle du prince Vladimir qui détestait la débauche. Quelques lunes plus tôt, à peine installé à Tchernigov, il avait ordonné, par oukase spécial, de fermer tous les bordels et de mettre à l'amende les femmes prises en flagrant délit de prostitution plus de trois fois. Les maquerelles, malignes comme des renardes, avaient aussitôt trouvé mille astuces pour tourner la loi et tromper la vigilance des employés du Tribunal. Seules les filles les plus démunies, acculées par la misère, abruties par l'alcool, souffraient des nouvelles mesures; arrêtées par dizaines, incapables de s'acquitter de l'amende imposée, elles se trouvaient réduites en servage et envoyées loin des villes pour travailler dans les champs. Quant aux courtisanes fréquentées par les vieux boyards libidineux et les jeunes étourdis aux mœurs dissolues, elles continuaient à vendre leurs charmes sans se soucier de la désapprobation du prince. De fait, cherchant à s'assurer le soutien de la noblesse locale, Vladimir n'osait pas pour l'heure s'en prendre à ces femmes riches et influentes.

En cette période d'inactivité — il n'y avait aucune campagne militaire en vue, et taxes et impôts avaient été collectés en début d'automne — les jeunes guerriers au sang chaud succombaient plus facilement à la tentation de la luxure. Aussi le prince conviait-il souvent la fleur de son armée à de somptueux banquets où l'hydromel et l'eau-de-vie coulaient à flots. Les droujinniks se donnaient à cœur joie à la ripaille, tout en appréciant l'atmosphère de franche camaraderie qui régnait lors de ces réunions.

Le boyard Artem, haut fonctionnaire du Tribunal et conseiller personnel de Vladimir, ne fréquentait guère ces festins : il comptait trente-six étés et considérait avoir passé l'âge où l'on peut se livrer impunément aux excès. Il y assistait pourtant ce soir-là pour faire plaisir à Philippos, jeune garçon qu'il avait adopté trois étés plus tôt à la suite d'une affaire ténébreuse et sanglante[1]. À cause de son tempérament réservé et de ses habitudes ascétiques, Artem craignait toujours de ne pas apporter assez d'affection à son fils et s'inquiétait de la vie austère qu'il menait en sa compagnie. En réalité, il ne cédait que trop souvent aux désirs de Philippos, espiègle et astucieux comme un lutin. C'est ainsi que, au grand dam d'Artem, Philippos s'était trouvé maintes fois mêlé aux enquêtes criminelles que son père menait pour le compte du prince.

La nuit venait de tomber, et la fête battait son plein dans le palais princier. La grand-salle éblouissait par son luxe, qui n'avait pourtant rien d'ostentatoire. On pouvait y reconnaître le goût irréprochable de l'épouse de Vladimir, la princesse anglaise Guita. Indifférent aux fastes, le prince lui avait laissé le soin de surveiller la décoration de cette pièce depuis leur installation à Tchernigov. Sur les murs chaulés, des tapisseries byzantines mais aussi flamandes, ces dernières commandées par Guita, présentaient des scènes de guerre et de chasse resplendissantes de couleurs. Leurs tons dominants — bleu, vert, rouge et pourpre — s'accordaient avec les superbes mosaïques du sol, exécutées autrefois par des artistes venus de Byzance. Deux longues tables parallèles aux murs, couvertes de nappes aux broderies rouge et or, croulaient sous les mets contenus dans la vaisselle d'or, d'argent et de terre cuite peinte de vives couleurs. Quant aux coupes, elles étaient toutes en argent massif ; à l'exemple de Vladimir le Soleil Rouge, le jeune prince avait décidé d'honorer ainsi ses droujinniks.

Installés sur des bancs garnis de coussins et de peaux de bêtes, les guerriers de la droujina des Varlets, vêtus de leur tenue réglementaire, voisinaient

1. Voir *Le Sceau de Vladimir,* 10/18, n° 2980.

avec les jeunes boyards originaires de la ville qui avaient participé à la dernière campagne militaire du prince. Quelques vieux boyards, membres de la droujina des Anciens, étaient également du nombre, ainsi que la plupart des hauts fonctionnaires de la Trésorerie et du Tribunal. Toute cette foule bariolée ripaillait depuis déjà deux bonnes heures.

Après les fruits et légumes marinés, les tourtes au saumon et à l'esturgeon, les pâtés, les cornichons et les raves cuites à la vapeur, les serviteurs venaient d'apporter le gibier fortement assaisonné aux épices, diverses gelées et beignets, ainsi que deux cygnes rôtis de fort belles dimensions. L'hydromel circulait avec le vin de cerise et l'eau-de-vie au poivre, aux airelles ou au genièvre. Certains des convives avaient ôté leurs chapkas bordées de fourrure et déboutonné discrètement leurs caftans, mais ne renonçaient pas à la suite des plats.

Quant à Artem, il n'avait plus faim depuis longtemps et se contentait de grignoter du bout des lèvres. Il n'en allait pas de même pour Philippos ! Il s'était jeté sur la nourriture comme s'il n'avait pas mangé depuis des lunes. Las de lui interdire à tout bout de champ de toucher à l'hydromel et aux épices trop fortes, Artem l'avait envoyé se placer à côté de ses fidèles collaborateurs, les Varlets Mitko et Vassili.

Le droujinnik embrassa la salle du regard, cherchant Philippos et ses amis. Il repéra d'abord Mitko qui longeait la table pour enlacer un camarade qui venait de boire à sa santé. Vassili, lui, était assis à côté de Philippos, devant une assiette à laquelle il avait à peine touché. Son visage aux pommettes hautes et aux yeux bridés trahissait ses origines koumanes, mais c'est surtout son tempérament impassible et taciturne qui offrait un contraste frappant avec son camarade Mitko, grand gaillard blond porté sur les plaisirs de la chair.

À en juger par les gestes laconiques et précis de Vassili, il exposait à Philippos les règles de cet art dans lequel il n'avait pas son pareil — le tir à l'arc. Depuis quelque temps, Vassili portait toujours avec lui un petit arc peu encombrant qu'il avait fabriqué lui-même. Dans un champ d'une trentaine de coudées, cette arme s'était révélée, dans les mains de Vassili, d'une efficacité bien plus redoutable qu'un javelot. Artem sourit en observant Philippos. L'air sage et concentré, le garçon étudiait les gestes de Vassili, s'efforçant de les graver dans sa mémoire. Le droujinnik ressentit une bouffée de fierté : à quatorze étés, cavalier hors pair, habile au lancer de couteau, Philippos commençait également à maîtriser le combat à l'épée.

Rassuré par l'attitude de Philippos suspendu aux lèvres de Vassili, Artem se mit à grignoter un morceau de cygne rôti garni de noix et de raisins secs, tout en observant distraitement les convives. Il passa en revue quelques notables de Tchernigov qui festoyaient en compagnie de deux riches marchands, les frères Fédote et Klim. Artem les examina avec curiosité. Leur immense fortune, acquise grâce au commerce des tissus, leur valait souvent d'être invités au palais. Célibataires, les deux frères apparaissaient partout ensemble, formant un couple qui faisait rire Philippos. Il les comparait aux personnages de farces joués par les comédiens ambulants : l'un ventru et rougeaud, l'autre petit et malingre. Doués d'un bagout qui aurait fait pâlir d'envie la commère la plus bavarde, Fédote et Klim passaient leur temps à se chamailler avec force cris et gestes, ce qui ne les empêchait pas de s'entendre comme larrons en foire lorsqu'il s'agissait de conclure une affaire juteuse.

Non loin d'eux se tenait Phocas, le nouveau Garde des Livres. Voici moins d'une lune, il avait remplacé l'ancien, obligé de se retirer sur ses terres à cause d'une maladie liée au déséquilibre des humeurs. Vladimir ne l'avait pas encore investi officiellement de la haute fonction de maître du Dépôt des Livres, l'immense bibliothèque princière. Mais Phocas avait étudié la calligraphie dans l'atelier du célèbre monastère Stoudiou à Tsar-Gorod et s'acquittait bien de ses tâches ; aussi sa nomination à ce poste prestigieux n'était-elle qu'une affaire de temps.

Artem tendit l'oreille, s'efforçant d'entendre ce que disait Phocas. Celui-ci s'adressait à Miroslav, droujinnik d'une quarantaine d'étés aux traits réguliers et austères. Artem s'était lié d'amitié avec lui du temps où ils servaient tous les deux le père de Vladimir, avant de passer ensemble sous les ordres du fils, alors sacré prince de Rostov. D'origine modeste, Miroslav avait été récemment anobli et nommé au poste d'enquêteur du Tribunal. Artem appréciait d'autant plus son collègue et ancien compagnon d'armes que sa froideur apparente masquait un cœur franc et chaleureux.

— Boyard, tu as eu tout le temps de compulser ce manuscrit. Tu souhaites l'acquérir, oui ou non ? demanda Phocas d'un ton impatient en tapant sur la table de sa paume.

Le regard dans le vague, Miroslav vida un gobelet d'eau-de-vie, le reposa devant lui puis cacha son visage dans les mains et s'immobilisa.

— Que ta langue trop longue se couvre de boutons ! s'exclama Olga, l'épouse du Garde des Livres. Aurais-tu oublié que le boyard a consulté ce livre le soir où il a perdu sa fiancée, la douce colombe Katérina ? Par saint Théodule le martyr, n'as-tu donc aucun respect pour sa douleur ?

Phocas toussa violemment avant de fixer son assiette d'un air gêné, tandis qu'Artem hochait la tête, approuvant en silence l'intervention d'Olga. L'une des rares épouses à assister au banquet, cette femme aux traits secs, aux yeux bleus froids et perçants, était sans doute la seule personne capable de remettre à sa place son mari autoritaire et colérique.

Artem songea au drame terrible évoqué par Olga, qui avait frappé Miroslav voici moins de deux semaines. Katérina et lui avaient rompu le fromage[1] trois lunes plus tôt et devaient ceindre la couronne du mariage à la fin novembre. Le soir fatal, la jeune fille était partie rejoindre son frère de lait Svéneld, lorsqu'elle fut attaquée par des brigands, dépouillée de ses bijoux et étranglée. Le prince avait confié le dossier à Miroslav, persuadé qu'il aimerait mener lui-même l'enquête afin de venger la mort de sa fiancée. Mais celui-ci avait fini par supplier Artem de se charger de l'affaire, expliquant que la souffrance lui brouillait l'esprit et l'empêchait de garder la tête froide. Artem approuvait la décision de Miroslav : à sa place, lui-même aurait agi de la même façon par crainte de manquer d'objectivité.

Le droujinnik s'essuya les doigts avec une serviette de lin brodé, repoussa son fauteuil et longea la table des banquets en direction de Miroslav, refusant d'un geste les coupes que les fêtards levaient en son honneur à son passage. Il salua d'un signe de tête le Garde des Livres et son épouse, puis posa la main sur l'épaule de son ancien compagnon d'armes. Celui-ci tressaillit violemment en découvrant son visage.

— C'est toi, boyard ! Pardon, je ne t'ai pas vu arriver, j'étais perdu dans mes pensées.

— Trêve de formalités, ami Miroslav ! Si tu les partageais avec moi, tes pensées ? Je sais ce qui

1. Cérémonie de fiançailles officielles qui puise ses racines dans les anciens rites païens.

occupe ton esprit. Le moment n'est guère propice aux discussions importantes, mais tout vaut mieux que de broyer du noir, seul au milieu d'une fête ! Viens, nous allons trouver un coin tranquille pour nous entretenir de l'enquête que tu m'as confiée.

Le visage maigre de Miroslav s'éclaira d'un sourire reconnaissant.

— Voilà la seule chose qui puisse dissiper mon chagrin, boyard !

Miroslav se leva et suivit Artem qui l'entraîna vers l'énorme âtre où crépitait un grand feu. Sur le chemin, le droujinnik héla un serviteur, un jeune garçon au visage vif et avenant.

— Installe-nous comme de coutume, lui ordonna-t-il.

Le serviteur connaissait les habitudes du boyard. Il acquiesça avec un bref sourire, écartant les mèches brunes que la sueur lui plaquait sur le front. Quelques instants plus tard, il avait disposé près de la cheminée deux sièges et un guéridon improvisé : un tabouret avec un plateau chargé d'un pichet d'hydromel frais et de deux gobelets. Artem et Miroslav s'assirent face à l'âtre, tournant le dos à la salle remplie du brouhaha des conversations, de cris joyeux et d'éclats de rire.

— On dirait que tu reçois souvent des confidences en pleine fête, remarqua Miroslav avec un sourire un peu forcé.

Artem haussa les épaules.

— Le bruit me fatigue. J'aime m'isoler ainsi, pour contempler le feu ou deviser avec un des convives, et le prince n'y voit pas d'inconvénient. Pourtant, il est rare que je m'entretienne ici des affaires du Tribunal. Si tu le désires, nous pouvons remettre notre discussion à demain.

— Certainement pas, boyard ! Où que je sois, je suis incapable d'oublier mon malheur. J'ai accepté l'invitation à ce banquet par déférence pour le prince, mais la fête m'insupporte. Derrière toutes ces trognes échauffées par la boisson, je vois le doux visage de Katérina, et mon cœur saigne. Je n'ai qu'un seul désir : que tu m'apprennes l'arrestation du scélérat qui a ôté la vie à ma fiancée.

— L'enquête ne sera pas aisée, répondit Artem en sirotant son hydromel, les yeux rivés sur les flammes. Je pense qu'il s'agit d'un crime crapuleux, mais le meurtrier a été assez malin pour ne laisser aucun indice. Je suppose que tu connais les conclusions du médecin qui a examiné le corps.

Miroslav prit une longue inspiration saccadée avant de confirmer :

— D'après lui, Katérina a été étranglée avec un tissu fin et lisse, tel un mouchoir de satin. Nous n'avons donc aucune indication sur la forme des doigts de l'assassin. Le médecin a précisé que l'agresseur était plus grand que la victime, et qu'il l'avait attaquée par-derrière.

— Les hérauts du Tribunal, enchaîna Artem, ont annoncé hier l'appel à témoins, mais personne ne s'est encore présenté.

— Il fallait s'y attendre, grommela Miroslav. Le crime a eu lieu dans un quartier désert. Pourtant, c'est notre seul espoir d'obtenir un début de piste ! Je devrais peut-être promettre une récompense ?

— Cela risque d'encourager les faux témoignages, objecta Artem. Je préfère envoyer mes collaborateurs, Mitko et Vassili, enquêter parmi les receleurs de la pègre. Tôt ou tard, le meurtrier voudra se débarrasser des bijoux qu'il a dérobés...

Les sourcils froncés, Artem s'interrompit, lissant sa longue moustache blonde d'un air perplexe.

— Quelque chose t'embarrasse ? lui demanda Miroslav.

— L'arme du crime, ce mouchoir de satin. Les voleurs et les assassins de bas étage étranglent leurs victimes à mains nues, ou encore avec une cordelette. La racaille de cet acabit ne se promène pas avec un mouchoir en poche ! Parle-moi encore une fois de ta dernière rencontre avec ta fiancée, le soir même de sa mort.

Miroslav fixa le feu quelques instants, puis commença d'une voix sourde :

— Il y a dix jours, je suis allé passer une heure ou deux avec Katérina, ainsi que j'avais coutume de le faire depuis que nous avions rompu le fromage à la fin des semailles. Elle m'a accueilli comme d'habitude, un sourire aux lèvres, heureuse de me voir. Nous avons discuté des préparatifs du mariage fixé à la fin de cette lune. Puis elle m'a confié ses inquiétudes au sujet de son frère de lait, Svéneld. Orpheline de noble naissance, elle a été recueillie et élevée par les parents de ce freluquet, coureur de jupons et ivrogne invétéré malgré son jeune âge. Oh ! pardonne-moi ma façon de parler, mais je n'ai aucune tendresse pour ce débauché. Katérina avait toutes les raisons de se sentir soucieuse ! Svéneld a déjà dilapidé la fortune dont il a hérité à la mort de ses parents, il est criblé de dettes et passe son temps à festoyer, s'entourant de vauriens de son espèce.

Comme il reprenait son souffle, Artem acquiesça en silence d'un air compatissant. Peut-être Miroslav se montrait-il trop sévère envers Svéneld, mais son agacement était compréhensible : il le jugeait indirectement responsable de la mort de Katérina. Reposant son gobelet sur le plateau, le droujinnik se retourna vers la salle, cherchant du regard la crinière blonde du jeune boyard.

— Inutile, tu ne le trouveras plus ici, commenta Miroslav d'un ton aigre. J'ai aperçu Svéneld en compagnie de jeunes guerriers au début du banquet, mais il est parti assez vite avec quelques joyeux lurons. Ils vont sûrement continuer la fête en compagnie de ces dames que le prince essaie en vain de bannir de notre ville.

Miroslav remplit son gobelet vide et but une longue gorgée avant de reprendre :

— Ce soir-là, Katérina avait l'intention d'empêcher son frère, pour une fois, de rentrer à l'aube. Exaspérée par ses frasques, elle pensait le ramener à la maison et lui parler sérieusement. J'ai approuvé sa décision. Je lui ai même suggéré d'annoncer sans ambages à Svéneld qu'il ne devait pas compter sur l'aide financière de sa sœur après notre mariage. Vois-tu, endetté comme il est, il se réjouissait que Katérina épouse un homme fortuné, et je ne tenais pas à ce qu'il caresse ce fol espoir. Ah ! pouvais-je imaginer que, en encourageant la démarche de ma fiancée, j'allais précipiter sa mort atroce !

— Ne t'accuse pas, l'ami, intervint Artem avec douceur. Tu n'es pas plus responsable de ce qui est arrivé à Katérina que Svéneld — bien que son comportement ne l'honore pas. Que t'a dit ta fiancée en partant ?

— Je ne l'ai pas vue partir, souligna Miroslav. Je lui ai proposé de l'accompagner mais elle ne voulait pas en entendre parler, croyant que Svéneld serait humilié par ma présence. Elle m'a assuré que, malgré l'obscurité, elle ne courait aucun danger car elle se rendait dans un quartier aisé et animé, situé juste derrière l'église Boris-et-Gleb. Or tu sais que la ronde du soir a découvert son corps à l'entrée d'un des quartiers les plus dangereux de la ville ! Pourquoi m'a-t-elle menti ? Je l'ignore. Peut-être avait-elle trop honte des fréquentations de son frère ! conclut-il en vidant son gobelet d'un trait.

— En effet, les gardes l'ont trouvée à deux pas de la demeure de la courtisane Glafira. Svéneld n'a pas caché qu'il connaît cette dernière. Pourtant, il affirme avoir passé la soirée chez un de ses amis, qui a confirmé ses dires. Quant à toi...

— Après avoir pris congé de ma fiancée, je me suis rendu chez le Garde des Livres. J'apprécie la compagnie de ce grand érudit, en dépit de ses coups de colère. De plus, je tenais à examiner un manuscrit que le prince l'avait chargé de vendre, car sa bibliothèque en possède un exemplaire de meilleure qualité. Il s'agit d'un récit byzantin, *Les Aventures de Digénis Akritos.* Tu n'ignores pas que mon intérêt pour les livres ne date pas d'hier !

— Et j'admire l'assiduité avec laquelle tu as appris le grec, ajouta Artem avec une admiration sincère.

— Cela n'a pas été facile à mon âge avancé, admit Miroslav avec un bref sourire. Mon père, que Dieu bénisse son âme, voulait faire de moi un homme instruit ; il m'a inscrit à l'une des trois écoles de ma ville natale, mais il pensait que seuls les boyards avaient besoin d'apprendre le grec... Toujours est-il que j'ai passé la soirée à compulser ce manuscrit chez Phocas. Il me reproche d'ailleurs d'hésiter à l'acquérir, mais je le trouve un peu trop licencieux à mon goût. J'ai quitté sa demeure bien après l'heure du dîner, pour me rendre directement chez moi, où ma vieille et fidèle nourrice m'attendait. Je suppose que tu as pris connaissance des témoignages confirmant mon emploi du temps, ajouta-t-il en appuyant sur les mots.

Artem remarqua son air pincé et dissimula un sourire.

— Ne t'en offusque pas, ami Miroslav ! Vladimir vient de te nommer enquêteur de son Tribunal, et tu t'apercevras bien assez tôt que même les amis les plus proches n'échappent pas aux vérifications de routine.

Svéneld sera lui aussi interrogé une nouvelle fois, bien que je ne doute pas de son innocence. On sait seulement qu'il n'a jamais vu arriver Katérina ; en réfléchissant, il se souviendra peut-être d'une information utile à l'enquête. Lorsque les indices manquent, chaque détail peut se révéler important.

— Je te prie de pardonner, boyard, mes réactions stupides, indignes de ta confiance et de celle de Vladimir, répliqua Miroslav d'un ton contrit.

Artem leva la main dans un geste conciliant, mais le malheureux l'ignora et poursuivit d'un ton sourd :

— Tu dis me connaître depuis de longues années ; mais toi, de noble naissance varègue, te souviens-tu vraiment de l'humble fils de marchand qui combattait à tes côtés ? Or ma première épouse est morte en couches, tout comme la tienne. Je n'espérais plus rencontrer le bonheur — jusqu'au jour où j'ai vu Katérina. Je me suis épris d'elle comme un gamin, oubliant les rides sur mon visage et les cicatrices sur mon corps. Les gens, eux, n'oublient ni n'excusent rien !

Il passa sa langue sur ses lèvres sèches et soupira.

— Lorsque j'ai envoyé les marieurs à Svéneld pour lui demander la main de Katérina, reprit-il, les mauvaises langues allaient bon train, évoquant les noces du vieux sapin au tronc desséché et du jeune bouleau aux feuilles fraîches. Mais aujourd'hui, je ne suis plus un jeune droujinnik timide avec sa vaillance pour toute fortune, et les envieux ont fini par se taire. Svéneld, trop heureux de marier sa sœur à un homme aisé, a accepté ma requête. Quant à Katérina, elle m'aimait — elle me l'a avoué elle-même, son frère le sait, enfin, demande-le à qui tu veux ! Et c'est alors que le destin m'a frappé une nouvelle fois. Ce que la médisance n'a pas réussi à détruire, la main d'un assassin me l'a ravi.

Il baissa la tête avant de murmurer :

— C'est comme si le Tout-Puissant condamnait ma quête du bonheur à rester à jamais vaine. Pourquoi ? En quoi l'ai-je mérité ? Qu'as-tu à me répondre, boyard ? Sans doute, que justice sera faite... Cela ne ressuscitera pas Katérina.

Miroslav leva les yeux vers Artem, et le droujinnik y lut un chagrin aussi noir et aussi insondable que celui qu'il avait lui-même connu trois étés plus tôt. Il avait alors perdu la femme qui avait fait fondre l'hiver de son cœur. Oui, il comprenait Miroslav mieux que celui-ci ne l'imaginait.

— Il existe des vérités qui se dérobent à nos lumières ici-bas, répliqua-t-il. Il ne nous reste qu'à supporter notre lot avec courage.

Et détachement, aurait-il ajouté autrefois. Mais, maintenant, il avait Philippos.

— Je t'ai laissé entrevoir le doute qui a saisi mon âme, dit soudain Miroslav d'une voix atone. Je te promets désormais de me comporter en enquêteur et non plus en fiancé éploré. En ce qui concerne les bijoux que Katérina portait quand je l'ai quittée, j'en ai fourni par écrit une description que tu trouveras dans le dossier. Le contenu de ce document a été confirmé par Svéneld qui a reconnu les parures de sa sœur de lait. Je te rappelle en outre que Katérina a également été dépouillée de son châle et de sa veste fourrée. Tu as raison de souligner que chaque détail compte...

Il s'interrompit au tumulte qui s'élevait dans la salle. Les deux droujinniks se retournèrent. Artem vit d'abord le prince bondir sur ses pieds, tandis qu'un jeune homme vêtu d'une modeste tenue de voyage s'élançait vers Vladimir depuis le seuil.

— C'est Boris ! Boris est de retour ! s'écria quelqu'un.

Alors seulement, Artem reconnut le visage souriant

auréolé de boucles brunes. Il n'avait rencontré le jeune guerrier que deux ou trois fois mais, depuis que Vladimir l'avait mis dans le secret de la mission de Boris, il était impatient de mieux le connaître.

Le prince s'avança à la rencontre de Boris pour l'enlacer et l'embrasser avec affection. À présent, des vivats fusaient de partout. Dès que Vladimir desserra son étreinte, les camarades du Varlet lui firent une véritable ovation. Sur un geste du prince, on apporta une coupe d'argent, et le suzerain servit lui-même de l'hydromel à son guerrier préféré, avant de l'honorer en buvant à la même coupe. Puis Vladimir lui demanda quelque chose à mi-voix. Boris jeta un coup d'œil à la ronde avant de répondre tout aussi bas. Artem vit le visage du prince perdre son sourire pour refléter un mélange d'incrédulité et de colère. Boris ajouta encore quelques mots. Parvenant à se maîtriser, le prince arbora une expression neutre. Artem ne pouvait que deviner de quoi il s'agissait ; apparemment, l'agent secret de Vladimir avait apporté de fort mauvaises nouvelles au sujet des intentions du perfide Oleg.

Cependant les Varlets, qui ignoraient la gravité de ce bref échange, réclamaient leur camarade, scandant son nom en chœur et l'invitant à leur chanter une ballade.

Boris se remit à sourire. D'un signe de tête, le prince l'autorisa à rejoindre ses amis et le Varlet se tourna vers la salle, levant les bras pour saluer tous les présents. Son geste suscita une nouvelle ovation. Quelqu'un avait ordonné qu'on apporte des gousli [1]

1. Ancien instrument de musique russe à cordes pincées, de même type que la cithare, qui servait d'accompagnement à la voix. On posait les gousli (le mot s'emploie toujours au pluriel) sur les genoux pour en jouer des deux mains.

et, l'instant d'après, Boris était installé au milieu d'un cercle d'auditeurs impatients. Certains trépignaient, d'autres frappaient dans leurs mains à la mode grecque, les troisièmes récitaient le refrain de leurs chants préférés. Boris, le visage concentré, pinçait les cordes de ses gousli. Enfin, il leva la main et un silence complet tomba. Il entonna alors un air mélancolique qu'Artem reconnut immédiatement, et que le jeune barde n'avait pas dû choisir au hasard. Il s'agissait du récit de la tragique bataille où les armées des princes Iaroslav et Iziaslav, frères et pourtant ennemis mortels, s'étaient affrontées dans un combat sanglant.

— C'était l'automne, un automne rouge, rouge comme les sorbiers et rouge comme le sang...

Les droujinniks écoutaient d'un air grave, émus par cette évocation poignante d'un passé encore récent. Vladimir quant à lui avait les larmes aux yeux, songeant sans doute autant à son grand-père Iaroslav qu'à son cousin Oleg, et aux conséquences possibles de la trahison de ce dernier.

Artem s'éloigna sans mot dire de Miroslav et chercha Philippos du regard. Bouche bée d'admiration, le garçon se tenait debout à côté de Mitko dans la foule réunie autour du barde. Vassili était resté à table et écoutait d'un air sombre, la tête appuyée sur son coude. Dans l'entrée, serviteurs et domestiques s'attroupaient, qui chargé d'un plateau, qui portant un seau, immobiles comme des statues. La voix claire et puissante de Boris s'élevait dans les airs, emplissait l'immense salle et montait vers les poutres du haut plafond.

Lorsqu'il eut fini, il y eut un instant de silence absolu. Puis on l'acclama si bruyamment que le palais sembla trembler. Pendant que les droujinniks hurlaient, sifflaient, frappaient dans leurs mains, Artem s'approcha de Philippos et l'enlaça par les épaules. Devinant qu'il était temps de rentrer, le garçon lui jeta un regard suppliant. Boris reposa ses gousli pour vider une coupe d'hydromel puis, la tête penchée vers l'instrument, entonna un nouveau chant. Artem jugea le moment propice pour quitter la fête ; se composant un visage sévère, il entraîna Philippos hors de la grand-salle.

Une heure plus tard, Boris sortit à son tour, malgré le chœur de protestations qui accompagnait son départ. Il monta quatre à quatre le large escalier de chêne et longea le couloir en direction de ses appartements.

Chanter lui avait fait du bien. Comme souvent, il avait eu l'impression de s'échapper du monde dangereux et cruel où la vie valait si peu, où l'on était toujours le jouet de quelqu'un — princes, usuriers, femmes — pour se transporter dans un univers beau et pur, où tout s'ordonnait par la seule magie de sa voix. Certes, il aimait les honneurs de la guerre, l'éclat des armes, le frémissement des flancs de son destrier lancé au galop ; il raffolait des jeunes filles avec leurs baisers timides, et il appréciait tout autant les femmes mûres et leurs étreintes passionnées ; il vénérait son suzerain et était prêt à mourir pour lui ; pourtant, par-dessus tout, il aimait chanter.

Mais voilà : ce bonheur lui avait fait commettre une erreur impardonnable. Il avait laissé sa cape dans ses appartements, pensant qu'il allait juste s'annoncer au prince pour revenir aussitôt chez lui. Il comptait se changer, se rafraîchir, sortir la lettre d'Oleg de sa cachette et ensuite rejoindre Vladimir pour lui remettre le document. Au lieu de quoi, oubliant tout, il s'était abandonné à son plaisir favori. Il s'était séparé de sa cape, dont la doublure dissimulait toujours le parchemin secret, pendant au moins une heure ! Le prince lui avait permis de chanter parce qu'il croyait que Boris avait sur lui la précieuse missive. Si elle disparaissait — si seulement Vladimir apprenait sa coupable négligence...

Il poussa la lourde porte cloutée, entra en coup de vent... et s'immobilisa, réprimant un cri de frayeur : les bougies étaient allumées, et une silhouette se dressait au milieu de la pièce. Puis il exhala un soupir de soulagement. Ce n'était qu'une femme — et il la connaissait.

— Par Dieu tout-puissant ! s'exclama-t-il avec un soupçon d'ironie dans la voix, tout en s'inclinant avec une courtoisie parfaite. Que me vaut le plaisir de te voir ici ?

— Tu le sais, murmura son interlocutrice d'une voix à peine audible. Je n'en pouvais plus de t'attendre !

Soudain, elle tomba à genoux en tentant de lui enlacer les jambes.

— Me voilà devant toi, agenouillée, suppliante... humiliée. Pour toi, j'ai oublié mon honneur, j'ai piétiné ma fierté ! Maintenant que tu m'as conquise, tu n'auras pas la cruauté de me rejeter !

— Les choses sont-elles vraiment allées aussi loin ? demanda Boris en haussant ses fins sourcils noirs. Il me semble que tu exagères. Attention à mes bottes, tu risques de te salir.

— Mon Dieu... quelle voix glaciale ! Pourquoi, pourquoi es-tu devenu si indifférent ? gémit-elle en se tordant les bras.

Boris en profita pour s'écarter d'elle.

— Crois-moi, je le regrette, dit-il en considérant avec un certain étonnement le visage baigné de larmes, mais le moment est mal choisi pour une conversation... hum... de cette teneur. Sa Seigneurie le prince m'attend. Je dois donc te prier de me quitter.

— Promets-moi que je te reverrai bientôt! murmura-t-elle dans un sanglot, comme elle se relevait.

— Assurément. Maintenant, au risque de paraître impoli...

— Oh! tu n'as pas besoin d'insister avec moi! Il te suffit d'exprimer le moindre de tes vœux, je l'exaucerai sur-le-champ.

Elle esquissa un pas vers lui, comme obéissant au désir irrésistible de se jeter dans ses bras, puis, pivotant sur elle-même dans le froufrou soyeux de sa robe, elle s'élança dans le couloir.

Boris demeura un instant immobile, se grattant le menton d'un air perplexe. Il lança un regard rapide vers le fond de la pièce : sa cape l'attendait là où il l'avait laissée, suspendue sur le haut dossier du fauteuil devant sa table de travail. Haussant les épaules, il s'efforça de chasser de son esprit cette entrevue intempestive. Il décida de sortir aussitôt la précieuse lettre de sa cachette mais, avant qu'il eût le temps de bouger, on frappa à la porte.

Cette fois, Boris ne chercha pas à cacher son agacement. Jurant à mi-voix, il atteignit la porte en deux enjambées et l'ouvrit, son beau visage crispé par la colère. Néanmoins, il s'inclina de nouveau avec sa politesse coutumière. Au moment où il se redressait, il vit un long poignard surgir devant lui. Une fraction de seconde, la lame brilla dans la lumière des bougies avant de s'enfoncer dans son cou. Il entendit un horrible gargouillis : c'était son propre sang qui l'étouffait, jaillissant à flots de sa gorge tranchée. Il sombra dans les ténèbres.

Chapitre II

Construit au fond de la résidence princière, le petit pavillon occupé par Artem et Philippos ne comportait que cinq pièces d'habitation, toutes situées au premier étage. Dès qu'ils furent rentrés, Artem envoya le garçon se coucher. Après une brève hésitation devant la porte de son cabinet, il finit lui aussi par gagner sa chambre.

Étendu sous son édredon en duvet de cygne, il passa plus d'une heure à se tourner et à se retourner, chassant les bribes de pensées et les images confuses qui hantaient son esprit fatigué. Enfin, il sombra dans un sommeil agité et peuplé de cauchemars.

Il rêvait d'un lieu désert, d'une rue qu'il ne parvenait pas à identifier, dont il ne distinguait que le pavé de bois et un fragment de palissade éclairé par une torche fixée au portail. L'obscurité qui régnait alentour semblait dense et visqueuse comme le brouillard. L'air épais pesait sur la poitrine d'Artem... Ou n'était-ce pas plutôt la peur qui l'empêchait de respirer ? Une jeune femme, sa longue sarafane tournoyant autour de ses chevilles, apparut soudain dans la faible lumière du flambeau. Elle tortillait nerveusement le bout de son châle et jetait des coups d'œil à la ronde ; on aurait dit qu'elle attendait quelqu'un. Quelques coudées à peine séparaient Artem de la jeune femme et, bien qu'il ne parvînt pas à discerner son visage, elle n'avait rien d'effrayant. Pourquoi alors sentait-il son cœur battre à tout rompre, son front et ses paumes devenir moites de sueur ? Soudain, il comprit. Dans le silence, il avait perçu un bruit de pas : quelqu'un s'avançait dans sa direction. Glacé d'horreur, Artem eut l'impression que c'étaient les ténèbres qui glissaient vers lui, sournoisement, inexorablement, prêtes à le happer. C'est alors qu'il vit une forme sombre surgir près de lui. Enveloppée dans une cape, la silhouette le frôla sans s'arrêter, comme si lui-même n'avait été qu'une ombre, pour s'immobiliser derrière la jeune inconnue. Artem ne pouvait pas deviner si le nouvel arrivé était attendu, mais il savait que le danger émanait de lui : il incarnait le Mal, il signifiait la Mort. La femme, elle, continuait de scruter l'obscurité, inconsciente de cette effroyable présence. Artem voulait se précipiter vers elle, mais ses jambes refusaient de lui obéir. Il tenta de lancer un cri d'avertissement mais aucun son ne franchit ses lèvres. Il regardait, impuissant, l'inéluctable se produire. La silhouette sombre se rapprocha encore de la jeune femme, et des mains gantées se tendirent vers son cou... Si au moins le droujinnik avait pu distinguer le visage de l'inconnu ! Mais c'était trop tard : l'agresseur avait saisi sa victime à la gorge. Elle eut un long frémissement avant de s'affaisser dans les bras de son assassin. La flamme de la torche vacilla et se mit à décliner...

Au moment où elle s'éteignit, Artem se réveilla.

Essuyant la sueur qui perlait sur son front, il rejeta l'édredon et alluma d'une main tremblante la bougie posée sur sa table de chevet. Pas de doute, c'était le récit du meurtre de Katérina qui avait suscité ce cauchemar ! Inutile d'espérer se rendormir maintenant :

son cœur battait la chamade et un début de migraine lui taraudait les tempes.

Il se leva en soupirant, enfila son pantalon de laine brun, jeta sur ses épaules la tunique de lin qu'il avait portée la veille, puis il descendit dans l'entrée faire un brin de toilette devant un grand baquet dissimulé derrière un rideau. Il frissonnait et se sentait épuisé. Encore heureux, songea-t-il en s'aspergeant d'eau froide, qu'il ne fût pas obligé de faire fondre de la neige ou de la glace pour ses ablutions matinales ! C'était le seul bon côté de cet automne qui n'en finissait pas.

Il enfila une tunique propre et un épais caftan ouatiné puis remonta dans son cabinet. Après avoir ravivé le feu dans le petit brasero, il s'installa devant son secrétaire et alluma les bougies des deux chandeliers de cuivre. S'armant d'une plume de roseau et d'un rouleau d'écorce de bouleau, il entreprit de noter le détail de son entretien avec Miroslav.

Un peu plus tard, se sentant réchauffé et de meilleure humeur, il se renversa dans son fauteuil et s'absorba dans la réflexion. Son mauvais rêve avait servi à quelque chose : il l'avait aidé à se souvenir d'avoir rencontré Katérina. Il les avait croisés, Svéneld et elle, au palais, lors de la fête donnée à l'occasion de la dernière campagne militaire de Vladimir. L'image d'une beauté pâle et fragile, ses cheveux blonds couverts d'une coiffe rebrodée, resurgit devant ses yeux. Katérina s'appuyait sur le bras du jeune boyard en le regardant avec admiration. Artem les avait alors pris pour un couple de fiancés — méprise qu'il se garderait bien de mentionner à Miroslav !

Il éprouva une bouffée de sympathie en songeant au chagrin sincère de son ancien compagnon d'armes. Dès qu'il ferait jour, il irait chercher aux archives du Tribunal la description des bijoux dérobés à Katérina par le meurtrier, puis convoquerait Mitko et Vassili afin de les envoyer enquêter parmi les receleurs de la pègre. Y avait-il une autre piste dans cette affaire ? Il songea quelque temps à cette possibilité avant de pousser un soupir résigné. Tant que Svéneld n'aurait pas été interrogé, il ne servait à rien de se perdre en conjectures.

Il s'apprêtait à passer en revue ses notes sur d'autres affaires en cours lorsque des coups violemment frappés à la porte le firent tressaillir. Il regarda la grande clepsydre en terre cuite : il était près de trois heures de la nuit. Prenant un chandelier, il descendit l'étroit escalier, surmontant la douleur sourde dans son genou — sa vieille blessure le gênait plus que d'habitude par ce temps froid et humide. Une rafale de vent faillit éteindre les bougies. Dans l'éclairage incertain, Artem distingua le visage défait d'un jeune serviteur du palais qui se tenait devant la porte.

— Boyard, un malheur est arrivé ! Il faut que tu viennes avec moi, s'écria-t-il d'une voix affolée, puis il ajouta en reprenant son souffle : Sa Seigneurie demande à te voir sur-le-champ !

— Calme-toi, inutile de réveiller tout le monde, répliqua le droujinnik avec un coup d'œil inquiet vers le premier étage. Tu vois bien que je suis prêt à te suivre. Que s'est-il passé ?

— C'est Boris... Il a été assassiné !

— Le Varlet ? L'envoyé de Vladimir qui est arrivé ce soir ?

— Oui... Le barde ! Il avait regagné ses appartements au beau milieu de la fête. Il devait revenir, paraît-il... Mais le prince avait beau attendre : pas de Boris ! Alors, comme justement je servais à boire à Sa Seigneurie, elle m'a attrapé par la manche et m'a ordonné...

— Attends-moi un instant, l'interrompit Artem. Nous parlerons en marchant.

Il alla chercher sa chapka rangée avec d'autres couvre-chefs et vêtements au fond de l'entrée, éteignit le chandelier qu'il posa sur un grand coffre aux coins ferrés et sortit en refermant la porte.

— C'est toi qui as découvert le corps ? demanda-t-il, tandis qu'ils se hâtaient vers la masse sombre du palais qui se profilait derrière le jardin, sur un fond de ciel sans lune et sans étoiles.

Hochant la tête, le serviteur déglutit péniblement.

— Je suis monté chercher Boris sur ordre de Sa Seigneurie. J'ai frappé plusieurs fois sans obtenir de réponse. La porte n'était pas verrouillée. Je l'ai poussée... et j'ai failli glisser dans une mare de sang ! Boris était étendu sur le sol, près du seuil... la gorge tranchée.

— Qui d'autre est au courant ? En as-tu parlé à quelqu'un hormis le prince ?

— Non. J'ai poussé un cri quand je l'ai aperçu, mais je crois qu'il n'y avait personne dans le couloir. J'ai couru...

— Et à l'intérieur ? l'interrompit Artem. As-tu vérifié s'il y avait quelqu'un ?

— Euh... je n'y ai pas pensé. Il n'y avait pas un bruit, ça, j'en suis sûr !

D'un geste, Artem l'encouragea à poursuivre.

— Je me suis précipité dans la grand-salle, vers Sa Seigneurie. Dès mes premiers mots, le prince m'a coupé la parole en pressant son doigt contre ses lèvres. Il m'a interdit d'en parler à quiconque et m'a envoyé te chercher. Par le Christ ! Je n'arrive pas à y croire ! Il y a à peine une heure, on écoutait chanter notre rossignol, et maintenant...

Artem ne le questionna pas plus avant. Ils longèrent en silence la clôture du jardin dénudé. Le droujinnik frissonnait sous les rafales de vent, regrettant de ne pas avoir mis sa cape. Lorsqu'ils atteignirent le haut perron du palais, il était transi.

À l'intérieur, ils furent happés par la foule des invités qui commençaient à quitter le palais. D'ordinaire, les fêtes se prolongeaient jusqu'à l'aube ; apparemment, sous un prétexte quelconque, Vladimir avait réussi à mettre un terme au banquet. Les Varlets descendaient le large escalier, revêtant leurs capes jaunes brodées au fil rouge. Ils fredonnaient des airs joyeux, riaient, discutaient ou se querellaient, tout en soutenant leurs camarades qui avaient un peu trop bu. Sur les talons du jeune serviteur, Artem gravit les marches aussi vite que sa vieille blessure au genou le lui permettait. Dans la grand-salle, Vladimir ordonnait au capitaine de la Garde flanqué de deux soldats de chasser sans ménagement les noceurs qui tardaient à partir. Apercevant le droujinnik, il marcha à sa rencontre, dissimulant mal son air bouleversé. Il congédia le serviteur puis invita Artem à le suivre.

Ils montèrent au troisième étage pour se diriger vers les appartements occupés par Boris. En fait, c'était le logement assigné aux émissaires extraordinaires et aux agents secrets du prince pendant la durée de leur mission. Boris devait y résider jusqu'au lendemain, avant de regagner sa chambre dans le bâtiment où habitaient les Varlets.

— Je ne voulais pas venir ici sans toi, boyard, dit Vladimir alors qu'ils atteignaient la porte cloutée. Le capitaine de la Garde et ses hommes se sont assurés qu'il n'y avait personne à l'intérieur. Tes consignes ont été respectées : ils n'ont touché à rien, et un des soldats a été posté devant l'entrée.

Le droujinnik opina. Le planton évoqué par Vladimir surgit du fond du couloir plongé dans l'ombre et leur adressa un salut réglementaire. Artem, qui précédait le prince, y répondit d'un geste puis poussa le lourd battant.

À quelques coudées du seuil, Boris gisait face

contre terre, les bras repliés sous lui. Le droujinnik contourna la mare de sang et s'accroupit pour examiner le corps. Comme il le retournait sur le dos, le cadavre le fixa de ses yeux vitreux grands ouverts. Il avait la gorge tranchée d'une oreille à l'autre, et cette terrible blessure lui donnait un air moqueur. Malgré sa longue carrière d'enquêteur, Artem frissonna : comme à chaque fois, il avait l'impression que c'était la mort elle-même qui le narguait avec sa grimace de dérision. Surmontant cette fascination mêlée d'écœurement dont il n'était jamais parvenu à se départir, il nota mentalement que le coup avait été porté d'un seul mouvement, par une main sûre sinon experte. À l'évidence, Boris était mort avant que le moindre son ait pu franchir ses lèvres. Mais comment un espion qui n'en était pas à sa première mission et ne manquait pas de prudence avait-il pu se laisser prendre par surprise ?

La voix de Vladimir le tira de sa réflexion :

— Boyard, il est de la plus haute importance que tu fouilles sans délai les vêtements de Boris. Je n'ai pas voulu en charger les militaires.

— Que dois-je rechercher ?

— Un fin rouleau de parchemin. Il s'agit d'une lettre écrite de la main d'Oleg. Elle prouve qu'il conspire avec le basileus de Tsar-Gorod pour s'emparer de mon trône. Boris m'en a résumé le contenu mais tu te doutes que, sans ce document, je ne saurais ni confondre mon cousin ni déjouer ses plans.

Artem leva les yeux vers le prince. Il était prêt à parier sa hache de guerrier que la missive d'Oleg se trouvait à présent entre les mains du meurtrier.

— Il y a peu de chances pour que cette lettre soit encore là, admit Vladimir comme s'il lisait dans ses pensées. On dirait que l'assassin n'ignorait rien : ni le véritable but du voyage de Boris ni le résultat de sa mission. Il cherchait sûrement à récupérer cette pièce compromettante. Néanmoins... j'ai fait en sorte que personne ne puisse pénétrer ici avant ton arrivée.

Il haussa les épaules d'un air résigné et s'éloigna vers le fond de la pièce.

Le droujinnik entreprit de fouiller le cadavre, surmontant son malaise au contact des vêtements imbibés de sang. Ayant terminé, il croisa le regard interrogateur de Vladimir et secoua la tête en signe de dénégation. Puis il alla se laver les mains dans un coin de la pièce où un bassin rempli d'eau, une cruche et une serviette avaient été préparés pour le retour de Boris. Soudain, une exclamation suivie d'un juron étouffé le fit se retourner. Le prince tenait entre les mains une longue cape fourrée à la doublure déchirée de haut en bas.

— La lettre était là, dissimulée sous le revers ! s'écria-t-il. Le meurtrier a bel et bien réussi à s'en emparer. Le scélérat, le traître ! On peut dire qu'il ne recule devant rien. Il ose s'en prendre à mes hommes dans mon propre palais, au nez et à la barbe du Tribunal !

Toute trace d'abattement avait disparu du visage de Vladimir. Le menton relevé, les yeux flamboyant de colère, il était en proie à un courroux irrépressible. Artem connaissait ce trait de caractère du prince. D'un instant à l'autre, son découragement pouvait faire place à une énergie débordante. Vladimir vivait et régnait en obéissant à sa passion de la justice. Il respectait les adversaires droits et vaillants, mais se montrait impitoyable envers tout acte de lâcheté ou de traîtrise.

— Je t'attends au lever du jour dans mon cabinet pour discuter de cette affaire, poursuivit-il d'un ton plus calme. Maintenant, va te reposer, boyard.

— Inutile, j'étais déjà debout lorsque le serviteur est venu me chercher. Mais toi...

— Dans ce cas, allons-y de ce pas, coupa Vladimir.

— J'aimerais qu'un médecin examine le corps, ajouta Artem, même si le cas paraît clair.

— Entendu. Il faudra prévenir mon médecin personnel, il s'en occupera dès l'aube. Tu pourras passer le voir à la chapelle mortuaire après notre entretien.

Le prince se dirigea vers la sortie. Avant de le suivre, le droujinnik se pencha de nouveau sur le corps. Il voulait vérifier un détail qui l'avait intrigué tout à l'heure. Doucement, il souleva la main gauche de la victime et inspecta les doigts l'un après l'autre. Enfin, satisfait, il rejoignit Vladimir qui l'attendait dans l'encadrement de la porte.

Un peu plus tard, ils étaient installés dans le vaste cabinet de travail du prince. Le mobilier comprenait deux coffres cerclés de fer, quelques fauteuils destinés aux visiteurs et une grande table encombrée de documents. Des tentures aux vives couleurs, seul élément qui égayait l'intérieur, décoraient les murs entre les rayonnages chargés d'énormes manuscrits à reliures ouvragées en fer ou en argent.

— Maintenant que nous sommes à l'abri des oreilles indiscrètes, déclara Vladimir, je vais te révéler ce que Boris a eu le temps de me confier. Tu l'as sans doute déjà deviné...

Il s'interrompit un instant pour frotter ses yeux rougis par le manque de sommeil, puis reprit :

— Il y a un espion au palais, boyard ! Un agent secret d'Oleg qui œuvre pour son maître avec l'efficacité qu'il vient de démontrer.

— Qu'est-ce que Boris t'a appris sur son compte ?

— Rien ou presque. Cette personne — homme ou femme, Boris l'ignorait — est reçue à la cour et jouit d'une confiance illimitée de la part de tous les habitués du palais... moi-même y compris. Oleg a commencé à recevoir des informations sur mes projets et tout ce qui se passe dans mon entourage voici près de deux lunes. Autrement dit, l'espion a réussi à s'immiscer parmi nous peu après la Saint-Siméon[1]. C'est logique ! Cette date est toujours marquée par l'arrivée d'invités de haut rang en provenance de Kiev, mais aussi de Smolensk. Qu'en penses-tu, boyard ?

Artem comprit l'idée de Vladimir et secoua la tête d'un air dubitatif.

— J'ai peur que le nombre des suspects ne se limite pas aux personnes récemment introduites à la cour. Ton cousin a pu recruter comme agent secret un de tes propres émissaires ou même un dignitaire de Tchernigov. Songe à la période qui a précédé ton sacre ! Certes, Oleg n'a régné sur cette terre que peu de temps, mais son père est resté maître de Tchernigov pendant de longs étés.

— Les boyards m'ont juré loyauté et fidélité en baisant la croix ! s'écria Vladimir, ses yeux bleus assombris par la colère.

— Serait-ce la première fois que quelques grivnas d'or suffiraient à suborner le plus fidèle des vassaux ?

— J'aurais donc été trahi par un de mes propres hommes... Il s'agit sans doute d'un courtisan, ou bien d'un fonctionnaire, ou encore d'un de mes conseillers... Mais pourquoi s'arrêter en si bon chemin ? ajouta Vladimir avec une grimace d'ironie. Cela peut être un des Varlets qui côtoyaient Boris, ou un de ces domestiques qui laissent toujours traîner une oreille dans les couloirs, ou même une dame d'atour de mon épouse.

1. Le 1er septembre, selon le calendrier orthodoxe. Commençait alors « l'été de la Saint-Siméon », équivalent de « l'été indien ».

— En effet, confirma Artem, cela peut être n'importe qui. Mais c'est peu probable.

— À savoir ? Comment te proposes-tu de résoudre cette double difficulté : démasquer l'espion et récupérer la lettre volée avant qu'elle soit restituée à Oleg ?

— Commençons par le premier problème. Si le meurtrier et l'espion ne font qu'une seule et même personne... avança Artem.

— Sinon, pour quelle autre raison s'en serait-on pris à Boris ? D'ailleurs, tu as vu comme moi la doublure déchirée. Je t'ai appris ce que contenait la cachette !

— Oui, tout porte à croire que Boris a été supprimé par le traître. Si l'espion est un nouveau venu au palais, il s'est mis à le fréquenter, sans doute sous une fausse identité, entre la Saint-Siméon et le début d'octobre. S'il s'agit d'une personne faisant partie de ton entourage, je suis prêt à parier qu'elle a été subornée par les hommes d'Oleg hors de Tchernigov.

Artem leva la main pour devancer la question que Vladimir s'apprêtait à formuler et expliqua :

— Lorsqu'il s'agit d'acheter non pas un vulgaire tueur à gages, mais un vassal ou un serviteur dévoué, il faut du temps, il faut une certaine liberté de manœuvre pour l'aborder et vaincre sa résistance. Une telle entreprise n'a pu être réalisée qu'en dehors de ton fief. Voilà pourquoi, dans cette enquête, je pense concentrer mes recherches sur les nouveaux arrivés — mais aussi sur tous les habitués de la cour qui se sont récemment absentés de la capitale.

— En ce qui concerne les premiers, il n'y en a que deux, et tu peux les rayer de la liste des suspects, commenta le prince. À la demande du père supérieur du monastère d'Életsk, Guita a écrit à ma mère, la priant de nous mander un peintre capable de décorer leur nouvelle église. L'artiste se nomme Nil. Lui et ses deux jeunes apprentis sont arrivés à la fin de septembre et passent le plus clair de leur temps à travailler au monastère.

— Et le deuxième ?

— C'est une femme, une pieuse veuve venue de Kiev. Elle est ici pour accomplir le dernier vœu de son époux, originaire de Tchernigov. Il a été élevé par les moines de ce même monastère d'Életsk. Pour les remercier, il a légué à leur sanctuaire une magnifique coupe d'or incrustée de pierreries. Le peintre et la boyarina Irina — c'est le nom de la veuve — ont effectué le voyage ensemble, avec un convoi de marchands escorté par les soldats de la droujina de Kiev.

— J'ai entendu parler d'eux. Il faudra que je les rencontre pour me faire une idée de chacun des deux. Certes, ajouta-t-il en apercevant le regard surpris de Vladimir, le travail que le peintre Nil accomplit en ce moment prouve au moins qu'il séjourne ici sous sa véritable identité. Mais personne, pas même un artiste, n'est exempt de soupçons... encore moins une femme !

Vladimir haussa les épaules d'un air las.

— C'est toi qui es chargé de l'enquête, boyard, agis comme tu l'entends. Tâche cependant de ne pas brusquer Irina sans nécessité. Elle s'est liée d'amitié avec la princesse et... je voudrais si possible éviter que Guita recueille ses plaintes pour les déverser ensuite sur moi, conclut-il d'un ton confus.

— Je te le promets, répondit Artem en dissimulant un sourire.

Il savait que le prince ne pouvait rien refuser à son épouse et finissait par céder à toutes ses suppliques.

Prenant congé de Vladimir, Artem ordonna à un domestique au visage ensommeillé d'aller réveiller le médecin Manouk dès l'aube, et de l'avertir du travail qui l'attendait. Puis il commanda au capitaine de la Garde de s'occuper du transport du corps dans la chapelle mortuaire de Vladimir.

En quittant le militaire, il jeta un coup d'œil sur la massive clepsydre posée dans l'entrée du bâtiment où logeait la garnison. Il n'était pas encore six heures du matin. Ses fidèles collaborateurs Mitko et Vassili n'allaient pas tarder à se lever. Artem enjoignit à un garde d'aller, dès qu'il aurait été relevé, prévenir les Varlets qu'Artem les attendrait une heure plus tard dans son cabinet de travail au palais.

Le droujinnik pensa utiliser le temps qu'il lui restait avant la réunion pour vérifier les noms des boyards et des riches commerçants qui s'étaient récemment absentés de la capitale.

Les Archives ouvraient bien après prime, mais Artem possédait sa clé personnelle de la salle principale. Il alla donc la chercher chez lui, profitant de ce détour pour attraper sa cape et s'assurer que Philippos dormait à poings fermés.

La vaste salle des Archives comprenait une trentaine de tables et de lutrins destinés aux scribes et aux visiteurs. Les documents les plus anciens se trouvaient dans d'énormes coffres cerclés de fer, tandis que les actes récents remplissaient les rayonnages sur les murs. Les écrits rédigés sur écorce de bouleau, une étiquette attachée à chaque rouleau, étaient rangés dans de grands vases en terre cuite qui longeaient les murs. Artem traversa la salle pour se rendre dans la pièce exiguë située au fond. C'est ici que travaillaient les deux fonctionnaires préposés à la main courante. Une énorme jarre de grès contenait les documents des six derniers mois. Après les avoir passés en revue, le droujinnik sélectionna deux rouleaux et alla s'installer dans la salle principale, où chaque lutrin était muni d'un encrier, d'une plume de roseau bien taillée, d'un récipient rempli d'eau et d'une petite éponge grecque. Il alluma les bougies du haut chandelier de cuivre et, à l'aide de l'éponge humectée, entreprit de dérouler les documents pour les fixer sur la surface du pupitre.

Il avait devant lui la liste des boyards et des commerçants qui s'étaient absentés de Tchernigov au cours des dernières lunes. Tout noble ou négociant qui s'apprêtait à partir pour une autre principauté russe ou pour Byzance avait coutume de se munir d'une lettre de recommandation rédigée par un fonctionnaire de la chancellerie du prince. Dûment enregistrée, cette charte assurait bon accueil au porteur et facilitait ses démarches en terre étrangère. Aussi Artem pouvait-il espérer que tous les suspects potentiels auraient laissé une trace dans le registre.

Le droujinnik nota sur une bande d'écorce vierge les noms des courtisans, fonctionnaires, militaires et marchands concernés, de même que la destination de chaque voyage, puis il examina le résultat de son inspection. La liste des suspects s'était bien réduite. Pendant la période qui l'intéressait, personne ne s'était rendu à Smolensk. Quant à Kiev, où le perfide cousin de Vladimir passait plus de temps que sur ses terres, trois sujets du prince y avaient séjourné entre août et début octobre. Phocas, le nouveau Garde des Livres, avait effectué sa première acquisition pour la bibliothèque de Vladimir au monastère Saint-Nicolas-le-Thaumaturge situé près de Kiev. Fédote, le marchand de tissus, avait entrepris une expédition à Byzance, faisant le traditionnel détour par Kiev à l'aller et au retour. Enfin — surprise — le jeune boyard Svéneld avait visité Kiev juste avant la Saint-Siméon ; dans son cas, il s'agissait paraît-il d'un voyage d'agrément.

Artem vérifia également la liste des nouveaux arrivés, mais la plupart avaient déjà quitté la ville. Seuls le peintre Nil et la boyarina Irina résidaient encore à Tchernigov, le premier au palais, la seconde dans une maison louée au sein d'un quartier aisé de la ville.

Il venait de remettre les documents à leur place lorsque les cloches de la cathédrale du Saint-Sauveur sonnèrent sept heures. Le premier employé des Archives apparut. Apercevant Artem, il écarquilla ses yeux encore gonflés de sommeil avant de plonger jusqu'à terre en perdant sa chapka. Le droujinnik le salua d'un signe de tête, se félicitant d'avoir terminé sa tâche à l'abri de la curiosité des préposés.

— En quoi puis-je t'aider, noble seigneur ? bredouilla l'employé revenu un peu de sa surprise. Désires-tu de l'écorce vierge et une plume pour écrire ?

— Inutile. Apporte-moi le dossier concernant le meurtre de la boyarichna Katérina, fille de Iakov. Je dois l'emprunter, car c'est moi qui suis chargé de l'enquête. Tu as compris de quoi je parle ? ajouta-t-il, peu rassuré par l'air hébété de l'homme.

Mais celui-ci hocha la tête et se précipita vers les rayonnages accotés au mur opposé. Quelques instants plus tard, il revint et tendit au droujinnik trois minces rouleaux d'écorce.

— Il n'y a que ces documents, boyard, commenta-t-il en s'inclinant.

Artem y jeta un coup d'œil. Le plus volumineux, rédigé par Miroslav et approuvé par Svéneld, contenait la liste des bijoux de la victime. Il y avait aussi le témoignage de la patrouille qui avait découvert le corps, ainsi que la requête de Miroslav adressée au prince, où il le priait de le dessaisir de l'enquête au profit d'Artem. Le droujinnik rangea les rouleaux dans l'ample poche de son caftan et sortit.

Au lieu de passer par la cour, il rejoignit par les couloirs le vestibule principal du palais et monta dans son cabinet de travail situé au premier étage. Mitko et Vassili l'y attendaient. Ils avaient pensé à chauffer la pièce, et un bon feu crépitait dans la cheminée. Les trois droujinniks se saluèrent cordialement. Artem se débarrassa de sa cape et s'installa sur son siège en bois sculpté. Au moment où il s'apprêtait à apprendre aux Varlets les dernières nouvelles, on frappa à la porte. Le droujinnik haussa les sourcils. L'instant d'après, Philippos apparut sur le seuil.

— Je suis allé au réfectoire, mais un garde qui y déjeunait m'a dit que Mitko et Vassili devaient te rejoindre ici, expliqua-t-il à Artem. Est-ce que je peux rester ?

Le droujinnik poussa un soupir résigné. Même s'il chassait le garçon, celui-ci apprendrait ce qui se passait et le harcèlerait de questions.

— Je serai muet comme une carpe ! supplia encore Philippos. Enfin... sauf si je peux vous communiquer une information utile.

Artem lança un regard découragé aux Varlets qui riaient sous cape, avant de désigner du menton un tabouret près de la cheminée. Le garçon s'y installa, fixant son père de ses yeux brillant de curiosité.

Oubliant la présence de Philippos, Artem apprit à ses assistants l'assassinat de Boris et l'existence d'un espion à la cour de Vladimir. Un long silence suivit ces révélations. Même le volubile Mitko semblait à court de commentaires.

— Si le prince pense s'en tenir à la loi et ne châtier le meurtrier que par la servitude à vie, je m'y opposerai ! s'écria-t-il enfin en donnant un coup de poing sur l'accoudoir de son fauteuil. Je provoquerai le coquin en combat singulier et, lorsque je l'aurai désarmé, je lui tordrai le cou comme à un poulet !

— Tous les Varlets se disputeront cet honneur, répliqua Vassili avec un rictus amer. Encore faudra-t-il l'avoir démasqué... De quels éléments dispose-t-on pour commencer notre enquête, boyard ?

Artem posa sur la table les documents apportés des Archives et résuma ses observations.

— Pour l'heure, nous ne pouvons écarter aucun

suspect, conclut-il, même si le savant Phocas et Nil le peintre sont sans doute hors de cause. J'ai hâte pour ma part de mieux connaître le marchand Fédote et, surtout, le jeune Svéneld. Ce dernier dépense sans compter, et de préférence l'argent qui ne lui appartient pas. Pour peu qu'on ait cherché à le suborner...

— Svéneld est peut-être capable de félonie, interrompit Vassili. Mais commettre un meurtre de sang-froid ? Voilà qui ne correspond guère au boyard — du moins, tel qu'on l'a connu pendant l'expédition contre les Koumans il y a cinq lunes.

— Un garçon affable et généreux, toujours de bonne compagnie, ajouta Mitko. Il sait vivre ! C'est un plaisir de festoyer avec lui.

— Un étourdi, un panier percé et, avec ça, pas fiable pour un sou ! trancha Vassili. Mais un assassin ? Je répète que je le vois mal égorger un camarade qui a combattu à ses côtés.

— En effet, ce portrait ne correspond guère à l'idée que je me fais de notre tueur, répliqua Artem. Je vous dirai ce que je pense de Svéneld dès que j'aurai réussi à le coincer entre deux beuveries pour m'entretenir avec lui. D'autant que ce ne sont pas les sujets qui manquent ! Svéneld est un des principaux témoins dans l'affaire du meurtre de la jeune Katérina, la fiancée de mon vieil ami Miroslav.

Tout en relatant sa discussion de la veille avec son ancien compagnon d'armes, le droujinnik déroula l'un après l'autre les documents apportés des Archives.

— Nous allons parcourir ensemble le témoignage du militaire qui a découvert le corps, déclara-t-il. Écoutez : « Moi, Koudlaï, fils de Strigo, logé dans la garnison de Sa Seigneurie le prince Vladimir, je jure sous la foi du serment l'exactitude de mes dires. J'ai commencé ma ronde deux heures après le coucher du soleil, avec trois camarades sous mes ordres, de par la décision de notre capitaine. En pénétrant dans le quartier Frol-et-Lavr, près de l'église du même nom... »

La patrouille avait trouvé Katérina allongée sur le sol non loin de la place de l'Église, devant le portail fermé d'une des demeures donnant sur le carrefour. La victime avait les yeux exorbités et la langue noire et enflée, ce qui ne laissait aucun doute sur les causes de sa mort. Selon le garde, elle avait été étranglée « avec un foulard ou un grand mouchoir » car, si le fin tissu avait marqué la chair, il n'y avait aucune trace de doigts sur le cou. Il avait aussi remarqué que, malgré le froid, elle ne portait ni châle ni veste ou mantelet, rien qu'une sarafane « de riche apparence ». Pendant que ses hommes inspectaient les lieux du crime, espérant en vain trouver un indice quelconque, leur chef avait interrogé le propriétaire de la demeure qui donnait sur la rue à cet endroit. Celui-ci ne connaissait pas Katérina et ignorait ce qui s'était passé. Il s'était d'ailleurs étonné que la torche fixée au portail fût éteinte. Ce n'est que le lendemain qu'on avait identifié la jeune femme : inquiet de son absence, Svéneld était venu au Tribunal signaler sa disparition et interroger le chef de la ronde de nuit.

— Katérina a été dépouillée de ses vêtements chauds et des bijoux qu'elle portait ce soir-là, déclara Artem, sa lecture terminée. Miroslav en a fourni la description. Eh bien, qu'en pensez-vous ?

— La pauvre jeune fille a été attaquée par des voyous ! s'exclama Mitko. Ce quartier a mauvaise réputation, et il devient un vrai coupe-gorge à la tombée de la nuit.

— Que faisait-elle seule en pareil lieu ? demanda Vassili.

— Elle était partie ramener Svéneld à la maison. Miroslav est persuadé qu'elle lui avait menti quant à l'endroit où festoyait son frère. Il se trouvait peut-être chez Glafira, la courtisane dont la maison n'est pas loin de l'église Frol-et-Lavr. Toutefois, un ami de Svéneld jure ses grands dieux que celui-ci a passé la soirée chez lui.

— Moi, c'est la torche qui m'intrigue, intervint soudain Philippos. Quand on veut éclairer le portail, on utilise du bois résineux qui brûle même sous la pluie. On l'a donc éteinte exprès ! Pourquoi ?

— C'est évident ! fit Mitko. Les meurtriers souhaitaient qu'on découvre le corps le plus tard possible ; ils ont voulu le dissimuler sous le couvert de l'obscurité.

— Vu le quartier, les coquins n'avaient aucun mal à filer et à gagner un de leurs repaires, objecta Artem. La question est pertinente. Moi aussi, je m'interroge au sujet de cette torche.

Philippos se rengorgea, s'agitant sur son tabouret.

— Malgré cela, la thèse d'un crime crapuleux est la plus vraisemblable, poursuivit le droujinnik. Les vêtements volés doivent maintenant appartenir à la douce amie d'un des brigands. En revanche, les bijoux ont sûrement été vendus à un ou plusieurs receleurs.

— Nous irons mener notre enquête aujourd'hui même, répliqua Vassili.

— Parfait. Voici la liste de ce que portait Katérina, déclara-t-il en lissant le carré d'écorce. Deux bagues de grande valeur, une ornée d'un rubis, l'autre d'un diamant. Un collier de trois rangs de pièces d'argent. Plusieurs anneaux d'or et d'argent enfilés sur le ruban qui ornait sa natte. Celui-ci a été coupé de façon à dégager les bijoux, précisa le droujinnik avant de conclure : La description est plus détaillée ; vous pouvez l'emporter pour vous en servir dans vos recherches.

— Et l'enquête sur l'assassinat de Boris ? demanda Mitko. Par quoi devons-nous commencer ? S'il s'agit de surveiller les suspects, je propose de me charger de dame Irina.

— Comment donc ! ricana Vassili. Notre séducteur espère sans doute que l'accorte veuve lui accordera ses faveurs ! Tu peux toujours courir, l'ami : les plus mauvaises langues conviennent que la belle Irina est, si on peut dire, une forteresse de vertu.

— Il n'existe pas de forteresse capable de résister à une attaque en règle, marmonna le géant blond en bombant le torse. Et la règle qu'il convient d'appliquer, sans me vanter, je la connais depuis l'âge de Philippos ! ajouta-t-il avec un clin d'œil à l'adresse du garçon.

Celui-ci rougit jusqu'à la racine des cheveux.

— Garde ton savoir pour toi, répliqua Artem. Ce n'est pas dans le cadre de mes enquêtes que tu en auras besoin.

Mitko baissa la tête sous le regard désapprobateur du droujinnik.

— Pour commencer, reprit Artem, je dois me faire une idée de chacune des personnes que j'ai mentionnées tout à l'heure. Quant à vous, les Varlets, vous aurez pour tâche de vous informer sur les fréquentations de Boris. Je veux un rapport complet sur ses amis, sa famille s'il en avait une et, bien sûr, ses liaisons et rencontres amoureuses.

— Boris était un coureur impénitent, acquiesça Vassili. Il pouvait damer le pion même à Mitko !

— J'ai pourtant entendu dire qu'il s'était assagi ces derniers temps, commenta l'intéressé. Je parie qu'une mignonne avait fini par lui mettre le grappin dessus. C'est ce qui nous attend tous, conclut-il avec tristesse. Les filles sont tellement plus malignes que nous !

Artem observa ses assistants : Mitko poussait un soupir à vous déchirer l'âme, tandis que Vassili esquissait un sourire narquois à l'adresse de son ami. Quant à Philippos, il fixait les Varlets, les yeux brillant d'excitation.

— Belle réunion ! fit le droujinnik. Que penserait Vladimir s'il nous entendait en ce moment ? Allez, au travail ! Pour ma part, je vais de ce pas au monastère d'Életsk m'entretenir avec le peintre Nil. Ensuite, je rendrai une petite visite informelle aux négociants Fédote et Klim. Je vous donne rendez-vous demain, dans mon cabinet, à la même heure.

— Je peux venir avec toi ? s'enquit Philippos.

— Non, coupa Artem, avant d'ajouter devant l'air désolé du garçon : Si tu es sage, je te laisserai m'accompagner chez Miroslav ou peut-être chez Svéneld, on verra. Mais je t'interdis de te mêler de près ou de loin à l'enquête concernant l'assassinat de Boris ! L'espion fait partie des hommes que nous côtoyons tous les jours ; il est très dangereux et ne s'arrêtera devant rien pour éviter d'être démasqué.

Les droujinniks et Philippos se séparèrent. Pour explorer la piste des bijoux de Katérina, les Varlets décidèrent de se faire passer pour des truands cherchant à vendre une belle boucle d'argent — en réalité, présent d'une boyarina amoureuse de l'irrésistible Mitko. Philippos se rendit au réfectoire et, tout en dévorant une bouillie de sarrasin, réfléchit à la façon dont il pourrait participer aux deux enquêtes sans provoquer les foudres d'Artem. Ce dernier, enfin, renonçant à prendre une collation au palais, ordonna à un palefrenier de seller son cheval blanc et, emmitouflé dans sa cape, prit la direction du monastère.

Le jour se levait comme à contrecœur, et une maigre lumière grise avait remplacé l'obscurité lorsqu'il franchit l'ancienne muraille qui autrefois limitait Tchernigov au sud. Des maisons de bois se blottissaient contre l'enceinte à moitié en ruine, qui avait cédé non pas à une attaque ennemie mais à la poussée de la ville qui ne cessait de s'étendre de tous les côtés. Le monastère d'Életsk, situé jadis en pleine forêt, se trouvait maintenant à l'intérieur de la cité, séparé de la porte du Sud par un quartier d'artisans pauvres et, tout près de la nouvelle frontière de la ville, un labyrinthe de venelles habitées par une communauté de Drevlianes. Depuis qu'il avait accompagné le prince dans son nouveau fief, Artem avait appris des choses inquiétantes sur cette étrange peuplade. Avant que la parole du Christ se fût répandue en Russie, les Drevlianes constituaient une puissante tribu dont les terres s'étendaient à l'ouest du Dniepr entre Kiev et Tchernigov. Ils avaient farouchement résisté au saint baptême imposé par Vladimir le Soleil Rouge à tous ses sujets. Aujourd'hui, ceux des Drevlianes qui avaient abandonné leurs impénétrables forêts pour venir s'installer à Tchernigov fréquentaient le marché mais pas l'église, et ils refusaient de se mêler aux autres habitants de la ville. Artem soupçonnait qu'ils continuaient à adorer leurs anciens dieux et à pratiquer d'odieux sacrifices en leur honneur. Cependant, le prince n'avait pas encore suffisamment affermi son pouvoir pour risquer de voir se dresser contre lui une partie de ses nouveaux sujets.

Artem pénétra dans le quartier de teinturiers qui bourdonnait déjà d'activité. Les artisans allaient et venaient entre leurs ateliers et les énormes cuves où cuirs et tissus marinaient dans des liquides à l'odeur âcre. Le droujinnik avait mal au cœur et regrettait de n'avoir rien avalé avant de partir du palais. Il avisa alors un vendeur de brioches et de petits pâtés qui s'avançait lentement le long de la rue, soutenant son plateau en équilibre sur sa tête. Artem mit son cheval au pas et héla le marchand. Il lui acheta une tourte à la viande et au chou, jetant une poignée de piécettes de cuivre à la nuée de garnements affamés qui les avait entourés.

Sa faim assouvie, il quitta la grand-rue pavée de bois pour couper à travers les ruelles crasseuses bordées de palissades basses, où les enfants vêtus de haillons s'arrêtaient de jouer pour le regarder passer, tandis que les cochons et les poules s'agitaient dans tous les sens et que les chiens le pourchassaient en aboyant. Bientôt, il pénétra dans un dédale de venelles lugubres, couvertes d'immondices et de flaques d'eau, qui semblaient avoir été désertées même par les animaux domestiques. C'est là qu'habitaient les Drevlianes. Intrigué, Artem ralentit l'allure de sa monture pour examiner les huttes qu'il apercevait par-dessus les clôtures de bois. Il remarqua quelques têtes apparues de l'autre côté des palissades ; des chapkas de fourrure profondément enfoncées ne laissaient voir que des yeux hostiles qui le suivaient avec insistance. Mal à l'aise, le droujinnik finit par talonner son cheval. L'animal devait flairer l'impalpable menace qui flottait dans l'air car il s'élança au galop, ses sabots soulevant des gerbes de boue. Enfin, les passages sombres et malodorants firent place aux vastes jardins du monastère qui s'étendaient des deux côtés de la rue. Entre les pieux de la clôture en madriers de chêne, Artem apercevait des îlots de verdure, et le vent humide lui apportait les senteurs des arbres et des plantes qui gardaient leur feuillage en toute saison.

Un jeune frère lai ouvrit le portail et, voyant l'insigne de la droujina des Anciens sur l'épaule droite d'Artem, voulut le conduire chez le père supérieur. Le boyard lui expliqua qu'il avait seulement l'intention de s'entretenir avec le peintre Nil. Il s'avéra que celui-ci était déjà arrivé. Laissant son cheval au moinillon, Artem se dirigea vers l'église blanche dont les bulbes dorés luisaient d'un éclat mat sous le ciel plombé. Il s'arrêta pour admirer la dentelle de pierre qui ornait l'édifice élancé : une rangée d'animaux fantastiques, chimères et monstres grimaçants, surplombait le portail décoré de guirlandes de fleurs finement sculptées, qui répondaient aux motifs fleuris de la partie supérieure de la façade.

Il poussa la porte cloutée de fer et se figea, ébloui par la lumière des dizaines de bougies qui éclairaient l'église comme en un jour de fête. Nil se tenait devant le mur latéral, le dos tourné à l'entrée, à l'évidence absorbé par son travail et inconscient de la présence d'Artem. Le droujinnik observa quelques instants la frêle silhouette vêtue d'une tunique sombre, puis examina l'intérieur de l'église. Une immense mosaïque, le Christ Pantocrator, dominait l'autel. À côté, la fresque à laquelle œuvrait Nil paraissait sobre et modeste. Elle représentait la Sainte Vierge flanquée de saint Joseph et de saint Jean le Précurseur. La mère de Dieu étendait les bras comme pour embrasser le monde, tandis que l'Enfant Jésus se tenait dans un cercle doré peint sur son sein. Les deux personnages à ses côtés avaient le regard rivé sur l'enfant, qui levait les yeux vers sa mère. Celle-ci fixait le spectateur. Une étrange impression saisit Artem. Plus il contemplait la fresque, plus il avait la sensation d'être happé par le tableau, de lui appartenir, comme si la scène l'attirait dans son espace. L'image gagnait de la profondeur — ou plutôt, songea-t-il, elle excédait ses limites dans l'insidieuse intention de l'envelopper dans le jeu de ses lignes et de le river au sein de sa croisée de regards.

Fasciné, Artem ne se rendit pas tout de suite compte que le peintre s'était retourné vers lui et l'observait. Toussotant pour cacher sa gêne, ce dernier se présenta. Apprenant le haut rang de son visiteur, Nil s'inclina très bas. Lorsqu'il se fut redressé, le droujinnik l'étudia un instant en silence. De taille moyenne, Nil paraissait plus petit à cause de sa maigreur et de ses épaules voûtées. Sous ses cheveux filasse, son visage fade contrastait avec de grands yeux bleus à l'expression douce et un peu naïve. Artem remarqua également sa pâleur et son air inquiet.

— Comment trouves-tu cela, boyard ? s'enquit Nil de but en blanc en désignant la fresque de son pinceau.

— Surprenant. Mais je ne suis pas assez connaisseur pour juger.

— C'est que je n'ai guère l'occasion de demander l'avis de qui que ce soit, hormis ces braves moines... J'ai pour ainsi dire terminé, mais j'ignore toujours si j'ai réussi à construire ce que j'avais en tête.

— Construire ?

— Je définis ainsi ma façon de peindre. Quand je conçois une icône ou une fresque, j'y pense d'abord en termes de lignes et de formes. Cela vient sans doute du fait que j'ai débuté dans la vie comme simple maçon, pour devenir ensuite bâtisseur d'églises. J'ai appris à dessiner des plans et à sculpter la pierre. Ce n'est que bien plus tard que je me suis familiarisé avec les couleurs. Le doute ne cesse de me ronger...

— Tu as travaillé à Kiev, rappela le droujinnik. Si le grand-prince t'a recommandé à son fils, c'est qu'il trouve tes peintures à son goût.

— Il m'a honoré de sa confiance, mais je n'ai exécuté pour lui que des œuvres de petites dimensions et de peu d'importance. Or, disposer les personnages sur le mur est une chose, exprimer le rayonnement divin de la Sainte Vierge et de notre Sauveur en est une autre.

Artem scruta l'image de Marie. Les immenses yeux fendus en amande le fixaient avec une expression douloureuse, un pli amer marquait les coins des lèvres fines. Il lui sembla que le beau visage doré traduisait un reproche muet. Peut-être y avait-il un peu trop de sévérité dans ces traits... Il garda cette réflexion pour lui.

— Si seulement j'avais pu être initié à l'art de peindre dès l'adolescence ! soupira Nil. Mon père était un pauvre cordonnier ; il n'a jamais accepté mes choix. Il m'arrive d'envier mes deux apprentis, qui ont le bonheur d'étudier ce qu'ils aiment !

— À propos, où sont-ils ? demanda Artem, curieux.

Nil détourna le regard, comme si la question le gênait. Passant sa langue sur ses lèvres sèches, il répondit :

— Ils sont repartis pour Kiev. En fait, j'ai décidé de m'en séparer à la suite d'une prise de bec. Je les ai chassés hier. N'importe comment, la fresque est achevée, je n'ai plus besoin d'eux.

Artem le dévisagea, incrédule. Il n'imaginait pas cet homme doux et timide se mettre en colère au point de congédier ses assistants. Qu'est-ce qui avait bien pu le pousser à agir ainsi ? Il décida d'interroger Nil à ce sujet plus tard, lorsque le peintre se sentirait plus à l'aise avec lui.

— As-tu eu l'occasion d'exécuter des commandes pour d'autres princes ? demanda-t-il.

— Comme bâtisseur d'églises, oui. J'ai participé à la construction de la chapelle princière à Galitch, à celle du prieuré d'un des monastères à Péréiaslavl... J'ai surtout travaillé dans le Sud.

— Jamais à Smolensk ? Il paraît que le prince Oleg aime à s'entourer d'artistes de talent.

Nil haussa les épaules.

— Je préférerais retourner à Kiev. Peut-être le grand-prince aura-t-il d'autres projets pour moi.

— Oleg séjourne souvent à Kiev. Tu as sûrement déjà été approché par un de ses hommes, qui recrutent peintres et bâtisseurs pour le compte de leur souverain.

Artem transperça Nil du regard, guettant le moindre trouble, la moindre hésitation dans son attitude. Mais c'est avec le naturel le plus parfait que l'artiste répondit :

— Même si on m'avait honoré d'une telle proposition, j'y aurais regardé à deux fois avant de l'accepter. On raconte qu'Oleg est un maître difficile à satisfaire. Comme dit le proverbe, il a sept vendredis dans la semaine.

— Explique-toi.

— Il change d'avis comme de chemise ! J'ai rencontré un sculpteur qui avait été chargé de décorer le nouveau palais de Smolensk. Oleg l'a chassé sans le payer simplement parce qu'un artiste grec, de passage dans la ville, lui avait suggéré un projet différent. Le sort de cet homme est pourtant enviable à côté de celui du jeune peintre qui a réalisé l'ensemble des fresques de la chapelle princière.

— Oleg a été déçu par son travail ?

— Au contraire ! Il en a été enchanté. Il a déclaré que jamais des yeux d'homme n'avaient contemplé pareille beauté.

— Et alors ? Le peintre a sans doute touché une récompense exceptionnelle. Qu'aurait-il bien pu lui arriver d'autre ?

— Par le Christ, il a été récompensé de belle façon ! s'écria Nil, ses joues creuses empourprées par l'émotion. Oleg lui a fait crever les yeux, afin que l'artiste ne puisse pas produire des chefs-d'œuvre de la même qualité.

Horrifié, Artem demeura sans voix. Il avait entendu parler des pratiques cruelles de certains princes. Nombre d'entre eux, à l'instar des basileus de Tsar-Gorod, préféraient châtier leurs ennemis ou leurs rivaux en les privant de la vue plutôt que de la vie. Selon le Code établi par Iaroslav le Sage, on ne pouvait ôter la vie à un coupable qu'en le provoquant en combat singulier. Aussi nombre de souverains trouvaient-ils plus aisé, pour se débarrasser d'un adversaire dangereux, de lui faire crever les yeux, tout en se recommandant de la loi et de la charité chrétienne. À l'instar de Vladimir, Artem jugeait ce procédé indigne d'un guerrier aussi bien que d'un croyant. Pourtant, il s'agissait là d'un châtiment infligé à un ennemi ou à un traître... jamais à un sujet fidèle ! Si le récit de Nil était véridique, Oleg avait surpassé en barbarie non seulement les mœurs de la cour byzantine, mais encore les coutumes des nomades de la steppe !

Cependant, Nil avait recouvré sa sérénité. Il nettoya avec soin son pinceau, jeta un coup d'œil critique sur sa fresque et murmura comme s'il se parlait à lui-même :

— Je devrais améliorer la gamme des gris-bleu. L'illusion de la transparence...

Soudain, il s'interrompit. Artem perçut au même instant un froufrou soyeux derrière lui et se retourna brusquement.

Une jeune femme d'environ vingt-cinq étés venait de pénétrer dans l'église. Coiffée d'une petite toque recouverte d'un châle noir, elle portait un mantelet bordé de fourrure par-dessus une robe rouge cerise.

Grande et svelte, elle avait un port de princesse, tandis que son fin visage aux traits mobiles lui donnait un air vif et alerte. C'étaient surtout ses yeux d'un brun lumineux qui conféraient un charme particulier à toute son aimable personne. Mais qu'est-ce qui avait donc amené ici cette élégante ?

CHAPITRE III

— Quel est ton nom et que fais-tu ici, boyarina ? demanda Artem à brûle-pourpoint à la nouvelle arrivée.

— Je viens de Kiev... répondit-elle doucement, de cette ville aux mœurs bien étranges, en vérité : lorsqu'un homme de noble extraction rencontre une dame elle-même bien née, il commence par se présenter avant de la questionner.

À la manière dont elle plissait les yeux, il sembla au droujinnik qu'elle dissimulait un sourire.

— Je suis ici en qualité d'enquêteur au service du Tribunal, et non point de courtisan accomplissant une visite mondaine, répliqua-t-il d'un ton bourru.

En réalité, il se sentait gêné. L'apparition de l'inconnue l'avait pris au dépourvu, mais ce n'était pas une raison pour oublier toute civilité. S'il allait encore subir quelque raillerie, il ne devrait s'en prendre qu'à lui-même !

— Au fait, mon nom est Artem, droujinnik et fonctionnaire du Tribunal, enchaîna-t-il pour devancer la réplique de la jeune femme. Quant à toi, tu es sûrement Irina, veuve de ce pieux boyard qui a fait en mourant un legs important à ce monastère.

De nouveau, il eut l'impression que son interlocutrice réprimait un sourire.

— C'est exact, confirma-t-elle en baissant les paupières. Avec cette précision que mon époux, que son âme repose en paix, n'est devenu pieux que sur son lit de mort. Du moment qu'il s'est su condamné, la crainte du châtiment divin l'a poussé à réfléchir aux moyens de réparer ses débordements passés. C'est alors qu'il m'a appelée auprès de lui — jamais il n'avait été aussi tendre — pour me prier de remettre une coupe d'or à l'honorable monastère d'Életsk où il avait été élevé. Oh ! que la vue de ce repentir et de ces larmes sincères était émouvante ! J'en ai été d'autant plus touchée que mon mari ne m'y avait guère habituée.

— Je ne saurais juger si ton époux a mérité cette ironie, mais elle montre le peu de chagrin que tu éprouves, remarqua Artem.

— Ne crois pas cela, boyard ! s'écria vivement Irina.

Elle cacha son visage dans ses mains et s'immobilisa, les épaules tremblantes. C'est alors que Nil, dont Artem avait presque oublié la présence, s'avança vers lui.

— L'homme que dame Irina a eu le malheur d'épouser était une brute et un débauché, déclara-t-il d'un air sombre. Il brûle sûrement en Enfer pour tout ce qu'il a fait endurer à cette sainte femme !

— Tu le connaissais ? s'étonna Artem.

Le peintre parut soudain embarrassé. Irina, qui était parvenue à se ressaisir, intervint pour expliquer à sa place :

— C'est moi qui ai parlé de feu mon mari au peintre Nil. Nous sommes partis ensemble de Kiev ; pendant notre voyage, nous avons eu le temps de discuter. J'ai ouvert mon cœur à ce grand artiste et il a eu la bonté de m'écouter.

— Aurais-tu pris goût à ces confidences au point de les prolonger ici ? ne put s'empêcher de demander Artem.

— Nil m'a apporté une consolation et une sérénité que je cherchais en vain depuis le décès de Kassian, mon époux, répondit gravement Irina. Pourtant, je ne suis pas venue encore abuser de sa patience. Je tenais juste à m'assurer que les vœux de Kassian avaient été respectés.

Tout en parlant, elle s'approcha de l'autel recouvert d'un carré de soie écarlate, où trônait une coupe en or massif. Artem la suivit pour examiner le magnifique objet de culte aux anses ciselées et aux bords gravés d'un motif fleuri.

— La coupe sera consacrée demain, poursuivit Irina. J'assisterai à la cérémonie. Aujourd'hui, je devais m'entretenir avec le père supérieur des clauses particulières du legs. C'est fait. Il s'est engagé à ce que les moines célèbrent un service funèbre demain et chantent toutes les semaines un office pour le repos de l'âme de Kassian.

— Ta visite est donc terminée ? s'enquit le droujinnik.

— Oui, mais la tienne ?... Pardonne ma curiosité ; si j'ai bien compris, tu es ici en qualité d'enquêteur pour le compte du prince ?

— Assurément. Un meurtre abominable vient d'être commis au palais. J'allais poser quelques questions à Nil à ce sujet.

La pâleur soudaine du peintre n'échappa pas à Artem.

— Pourquoi moi ? articula-t-il du bout des lèvres. Qu'ai-je à voir avec cette histoire ?

— Simple routine, répliqua le droujinnik avec un feint détachement. Je me propose d'interroger tous ceux qui ont quitté le palais avant la fin du banquet donné par Vladimir. Aurais-tu rencontré quelqu'un, hormis les serviteurs ?

— Personne, si je me souviens bien, répondit Nil avec empressement. Je loge dans l'aile gauche du palais, et je suis passé par la sortie de service. J'ai croisé deux ou trois domestiques qui descendaient en direction des cuisines, c'est tout.

— Tu ne demandes donc pas qui est la victime ? On dirait que mes questions te contrarient.

Nil essuya la sueur qui perlait à son front avant de répliquer :

— Tu m'apprends que quelqu'un a péri de male mort sous le même toit que moi, comment ne serais-je pas troublé ? Enfin, la fête a duré toute la nuit... je suppose qu'il s'agit d'une bagarre entre soldats.

— Pas du tout. Dans un cas de ce genre, même si le meurtrier parvient à s'enfuir, on l'identifie aisément. Et toi, boyarina, aurais-tu rendu visite à quelque dame d'atour hier soir ?

Irina, qui avait elle aussi perdu ses belles couleurs, murmura :

— Je suis allée m'entretenir avec la princesse... Mais qui est la victime, boyard, si ce n'est pas un secret ?

— Un Varlet du nom de Boris. Il est arrivé hier et a été assassiné, pour une raison inconnue, dans les appartements qu'il occupait au palais à titre provisoire. Le connaissiez-vous ?

Nil répondit par un geste de dénégation.

— À peine, répondit Irina. Je crois l'avoir aperçu il y a une dizaine de jours ; son nom m'est pourtant familier. N'est-ce pas lui qu'on avait surnommé le rossignol ?

— Le barde à la voix d'or, confirma Artem. Parle-moi de ton audience, je te prie.

— Elle était fixée tout de suite après vêpres. La

princesse se sentait indisposée ces derniers jours, et il se trouve que je pouvais l'aider. J'ai passé ma prime jeunesse à Tmou-Tarakan, au bord du Pont-Euxin. Comme leurs voisins les Grecs, les habitants de cette ville connaissent bien les plantes médicinales du Sud. De cette époque de ma vie, j'ai gardé l'habitude d'acquérir chez les apothicaires grecs les potions qui soulagent grandement certains maux féminins. J'ai donc apporté à Guita le remède dont elle avait besoin. Je suis partie au moment où les jeunes droujinniks commençaient à arriver au banquet. Quelques-uns m'ont apostrophée d'une manière assez cavalière. J'ignore s'ils pourront s'en souvenir...

— Je n'en doute pas, conclut Artem d'un air entendu. Eh bien, nous en resterons là pour l'instant. Si j'ai besoin d'une déposition écrite, ajouta-t-il à l'adresse de Nil, je te convoquerai à mon cabinet plus tard. Dame Irina, permets-moi de t'escorter jusqu'à ta demeure.

La jeune femme le remercia d'un sourire et ils prirent congé du peintre.

Dehors, il faisait sombre comme si une gigantesque chape de plomb avait voulu écraser la terre ; les nuages de plus en plus bas répandaient une pluie fine et glaciale, mais toujours pas la neige tant attendue. Le frère lai préposé aux écuries leur amena leurs chevaux et voulut aider Irina à monter mais Artem s'en chargea. Ils quittèrent le monastère et, au lieu de prendre un raccourci, longèrent au trot la grand-rue qui contournait la propriété de la communauté. Artem demeurait silencieux. Une étrange timidité l'avait saisi ; il n'osait plus interroger Irina et se contentait d'admirer la grâce avec laquelle elle se tenait en selle. Les yeux mi-clos, la jeune femme offrait son visage au vent froid, humant avec délices le faible parfum des plantes qui leur parvenait du jardin du monastère.

— Ces senteurs me rappellent les années les plus heureuses de ma vie, dit-elle soudain. Après mon mariage, lorsque je suis allée m'installer à Kiev, j'appelais ces arbres qui résistent à l'hiver « éternellement verts ». Kassian, mon époux, se moquait de mon attachement au Sud. Mais qui a laissé son regard se perdre à l'horizon de l'immensité turquoise de la mer, entendu gronder le ressac, senti la caresse de l'air chaud de la nuit, contemplé le ciel velouté aux étoiles aussi brillantes que si Dieu lui-même avait allumé les bougies de son royaume... Ah ! Qui a connu ces couleurs et ces odeurs ne pourra jamais les oublier !

— Après le bonheur de tes jeunes étés, ton mariage a dû te paraître encore plus pénible, murmura le droujinnik, déplorant de ne pas trouver de commentaire plus original.

Il avait pourtant l'impression de si bien comprendre Irina ! Sa déception au contact d'un homme grossier, incapable d'apprécier sa nature délicate, avait dû être encore plus amère au souvenir de son doux pays.

— Certes, Kassian n'était pas le plus fidèle des maris, répliqua la jeune veuve. Il se montrait rarement affectueux. Mais j'ai une nature heureuse, je n'ai pas le goût des larmes et n'aime pas me plaindre, et Nil exagère en décrivant mon époux comme une brute insensible. Si toutefois j'osais me lamenter sur mon sort, ce serait maintenant qu'on entendrait mes plaintes.

La voix d'Irina se brisa. Artem lui jeta un coup d'œil surpris : elle détourna la tête pour essuyer une larme discrète.

— C'est aujourd'hui que je baisse les bras, reprit-elle tristement. Kassian n'est plus, et un mauvais mari vaut mieux que pas de mari du tout. Que vais-je faire, seule comme le bouleau au milieu du champ ? Dans ce monde gouverné par la loi des hommes, une femme doit savoir s'imposer et se défendre bec et ongles. Et moi, je n'ai pas cette force-là !

— Allons, allons, boyarina ! Tu t'es fort bien défendue tout à l'heure contre moi. De plus, tu es jeune, belle...

Il s'interrompit. La tête penchée, Irina l'observait en biais.

— Et quoi ? Continue ! s'exclama-t-elle enfin. Tu es jeune, belle et tu trouveras vite à te remarier !

Ils se regardèrent un instant avant d'éclater de rire ensemble.

— Pardon, dame Irina, j'ignore si une union consacrée peut suffire à ton bonheur car tu n'es pas une femme comme les autres...

Le droujinnik se tut, ne sachant plus très bien ce qu'il avait l'intention de dire.

— Mais si, au contraire ! enchaîna Irina qui continuait de rire. Je suis bien ordinaire, et je ne refuserais point de ceindre à nouveau la couronne du mariage. J'aurais plaisir à épouser un homme comme Nil par exemple, doux et sensible, pour qui toute femme est une œuvre d'art, une créature céleste sculptée par le plus grand des artistes.

— Cette union serait encore un échec, intervint Artem, car Nil te reprocherait bien vite de ne pas égaler les saintes qu'il peint.

— Assurément, il n'a pas les pieds sur terre. Il n'y a que son art qui l'intéresse. Il prétend qu'il serait capable de travailler pour un maître sans foi ni loi, pour peu qu'on lui offre la possibilité de réaliser la grande fresque dont il rêve. Celle qu'il vient de terminer en est l'ébauche. Non, je devrais plutôt chercher un homme... comme toi, boyard !

De surprise, le droujinnik tira sur les rênes et son cheval s'immobilisa. Il l'effleura du talon de sa botte et lui flatta l'encolure, espérant que ce geste l'aiderait à dissimuler son embarras. Quelle femme étrange ! Se moquait-elle de lui ? Il lui lança un coup d'œil à la dérobée. La tête penchée, Irina gardait un air mélancolique mais nullement narquois. Aussi court qu'un idiot, Artem demeura silencieux. Il sentait le léger parfum de la jeune femme, une fragrance chaleureuse, épicée, irrésistible. Troublé, il se rappela à l'ordre.

— Ainsi, Nil accepterait d'exécuter une commande pour un prince dont il réprouverait les mœurs, comme Oleg, par exemple ? demanda-t-il d'un ton détaché. Il m'a affirmé le contraire tout à l'heure en me racontant une histoire abominable qui montre la cruauté du maître de Smolensk.

Irina tressaillit comme si la question l'arrachait à quelque secrète pensée.

— Nil est un homme impressionnable, répliqua-t-elle en haussant les épaules. Tu te souviens en quels termes il a parlé de feu mon époux, et pourtant, j'avais à peine évoqué devant lui la conduite frivole et dissipée de Kassian. En réalité, la morale le préoccupe aussi peu que la politique. Devrait-il devenir témoin des pires exactions, il fermerait les yeux et se convaincrait qu'il s'agit de calomnie, pour se consacrer tout entier à son art. En même temps, c'est un homme bon et honnête qui ne ferait pas de mal à une mouche et que le moindre mensonge met au supplice. Je peux bien sûr me tromper... Oh ! me voilà arrivée, boyard. La maison que je loue est à deux pas de ce carrefour.

Le droujinnik examina les alentours. Ils avaient atteint le quartier élégant habité par la petite noblesse et les riches commerçants de la ville. Un peu plus loin, la grand-rue tournait, conduisant à la place du Marché. Artem suivit du regard le geste d'Irina et aperçut une palissade peinte en rouge, que dépassaient les branches dénudées des arbres et un toit d'ardoises.

— Je te remercie de m'avoir raccompagnée, ajouta la veuve avec un sourire. Si tu as besoin de ma déposition en ce qui concerne ma visite à la princesse...

— Je te convoquerai pour le simple plaisir de te revoir, répliqua galamment Artem en prenant congé de la jeune femme.

Il repassa par la résidence princière où il laissa son cheval aux soins d'un palefrenier, avant de partir à la recherche de la demeure des marchands Fédote et Klim. Il se rappelait que leur propriété était située de l'autre côté de la place du Marché, où les rues commerçantes étaient souvent encombrées. À l'évidence, les affaires des deux négociants prospéraient, car il fallait posséder une fortune considérable pour habiter le quartier le plus chic de Tchernigov, situé entre la cathédrale du Saint-Sauveur et l'enceinte qui surplombait la haute berge de la Desna.

Le droujinnik se dirigea vers le marché, s'efforçant de réfléchir à son futur entretien. Il ne pouvait en aucun cas dévoiler ses soupçons à Fédote. Que celui-ci fût innocent ou coupable de haute trahison et de meurtre, Artem ne désirait pas lui révéler ce que Boris avait eu le temps de raconter au prince avant d'être assassiné.

Il se fraya un chemin à travers la place noire de monde, choisissant les galeries commerçantes les moins encombrées, louvoyant entre les étals qui croulaient sous les marchandises protégées de la bruine par des auvents de toile huilée. Sous le coup d'une soudaine inspiration, il s'arrêta devant un comptoir où s'amoncelaient des rouleaux de soie aux vives couleurs et des pièces de brocart rebrodé d'or et d'argent. Il engagea la conversation avec le vendeur qui le renseigna sur la façon de reconnaître les tissus provenant de Byzance, de la lointaine Samarkand et même de l'empire habité par les mystérieux Sounes[1], où commençait la route de la soie. Après s'être enquis des prix pratiqués par le marchand, Artem déclara qu'il allait les comparer à ceux de son voisin, un Arabe coiffé d'un turban, le visage orné d'une barbe couleur de feu. Feignant d'ignorer l'indignation du commerçant qui avait gaspillé sa salive en vain, le droujinnik se fondit dans la foule.

De l'autre côté de la place du Marché, il demanda son chemin à un gamin vêtu de haillons. Il eut le cœur serré en voyant la maigreur squelettique du garçon et lui promit une belle pièce si celui-ci le conduisait à la demeure de Fédote et de Klim. Ils se mirent en route. Comme Artem ralentissait le pas à cause de son genou blessé, d'autres garnements se joignirent à eux, espérant chacun une récompense. Lorsque le droujinnik arriva devant le portail massif surplombé d'un toit triangulaire, il était accompagné par une douzaine de gamins dépenaillés, l'air plus affamé l'un que l'autre. Poussant un soupir, il leur jeta une généreuse poignée de piécettes avant de frapper avec un superbe heurtoir en cuivre ouvragé.

Un moujik vêtu d'une touloupe vint lui ouvrir et le conduisit dans la maison. Une délicieuse odeur de sauce à l'ail flottait dans l'entrée : apparemment, les frères s'apprêtaient à déjeuner. De fait, un domestique à la mine obséquieuse accourut dans la grand-salle où le droujinnik patientait pour lui transmettre l'invitation de ses maîtres à partager leur pain et leur sel. Artem, qui avait de nouveau faim, refusa à regret : il serait plus à même d'observer les réactions de Fédote s'il ne se laissait pas distraire par le plaisir d'un bon repas.

En attendant que les négociants le rejoignent, il

1. Nom que les Russes donnaient aux Chinois.

examina la pièce. Tout ici débordait d'un luxe tapageur : de riches tentures aux couleurs criardes recouvraient les murs, d'épais tapis orientaux s'étalaient sur le sol, et la surface des meubles cossus en bois sculpté disparaissait sous d'innombrables bibelots et objets précieux. Même le grand secrétaire servait à présenter une superbe collection de poignards aux fourreaux de cuir incrustés d'argent, de nacre ou de pierreries. Artem se doutait que les marchands avaient chacun son cabinet de travail avec tout ce qu'il faut pour écrire, mais il fut choqué par cette attitude désinvolte envers le métier des armes. Si l'on exhibe dagues ou épées dans une demeure, songea-t-il, indigné, il faut qu'elles témoignent du passé glorieux de leur propriétaire, et il convient de les accrocher aux murs selon la coutume, et non point de les entasser sur une table comme sur un étal de marché !

Il fut tiré de ses pensées par le bruit de la porte qui s'ouvrait. Sur le seuil apparut l'imposante stature de Fédote derrière laquelle se profilait la silhouette chétive de Klim. Artem réprima un sourire, se souvenant des grimaces de Philippos quand il imitait les deux frères, le gros et le maigre.

— Quel honneur, boyard ! s'écria Fédote d'une voix de stentor. Mais pourquoi, puisque tu daignes visiter cette humble demeure, refuser la chère qu'on y fait ? Nous étions sur le point d'entamer notre repas...

— Nous avions déjà nos serviettes attachées, enchaîna Klim d'une voix qui évoquait le couinement d'une souris à côté des rugissements de son frère.

— Oh ! pardon de retarder votre repas ! intervint Artem avec empressement. En vérité, je n'ai aucune excuse pour perturber ainsi vos saines habitudes. C'est que j'aurais besoin d'un service personnel, et je n'ai point osé me rendre chez vous au vu et au su de tout le monde. J'ai préféré quitter le palais sous prétexte d'aller déjeuner.

— Un service personnel? s'exclama Fédote. Rien ne nous ferait plus plaisir, quand bien même nous devrions jeûner pour t'être agréable!

— Un déjeuner peut attendre, pas les désirs de Sa Seigneurie le conseiller du prince! approuva Klim avec ardeur.

Fédote invita Artem à s'installer sur le banc couvert de coussins de brocart, et les deux marchands s'assirent en face de lui dans des fauteuils à haut dossier. Le corps opulent de Fédote semblait déborder de son siège, tandis que Klim disparaissait à moitié dans le sien. Les frères n'avaient pas besoin de parler pour se comprendre : ils échangèrent un coup d'œil, puis Klim frappa dans ses mains et Fédote ordonna au domestique accouru d'apporter un pichet d'hydromel et un assortiment de beignets à peine sortis du four.

— Si tu n'as pas envie de déjeuner, ce n'est pas une raison pour mourir de faim! déclara ce dernier avec un clin d'œil.

— En quoi pouvons-nous t'être utiles? demanda Klim, renonçant pour une fois à se faire l'écho de son frère.

— Je suis en train de choisir un présent, dit Artem avec un certain embarras. J'ai pensé à une pièce de tissu de qualité, car il s'agit d'une dame... Oh! ne songez pas à mal, car son âge l'honore autant que ses vertus.

— Naturellement! fit Fédote d'un air compréhensif. Je suppose que la dame en question est de petite taille et de constitution fragile, comme c'est souvent le cas pour les personnes âgées.

— Elle est plutôt grande et bien en chair, corrigea le droujinnik.

— Ah! Je me suis trompé. Mais, à coup sûr, son âge vénérable lui fera préférer une matière moins sensuelle, moins voluptueuse que la soie. La laine, par exemple, convient aux personnes affligées par le poids des ans car elle tient chaud. Je suis tout aussi certain que cette brave femme doit affectionner les teintes sobres, les couleurs discrètes...

— Au contraire, elle raffole des étoffes luxueuses, et elle adore les couleurs vives. Mon choix se porterait plutôt sur une pièce de soie jaune ou rouge, ou encore de brocart orné de fil d'or, car elle a le cheveu noir et le teint vermeil... Oui, le Seigneur dans sa miséricorde lui a épargné les outrages de la vieillesse.

— Quel miracle ! Dire qu'il y a des gens qui ne croient pas que Dieu récompense la vertu ! s'écria Fédote en tapant avec enthousiasme sur les accoudoirs de son fauteuil.

— Voilà qui explique ton attachement à cette personne, boyard, susurra Klim. Je suis persuadé que ses qualités nous auraient séduits, mon frère et moi.

— Assurément, confirma Artem, enroulant sa longue moustache autour de son doigt. C'est bien pour respecter la pudeur et la modestie de cette dame que je demande la plus grande discrétion dans cette affaire. Puis-je compter sur vous ?

— Comme sur toi-même ! aboya Fédote. Nous te choisirons une grande pièce de la soie la plus douce et la plus flamboyante de la dernière cargaison que j'ai moi-même rapportée de Tsar-Gorod.

— J'envie ton expérience en matière de tissus, mais aussi la fréquence et la variété de tes déplacements, soupira Artem. Qui voyage s'instruit ! D'ailleurs, point n'est besoin d'aller aussi loin que Tsar-Gorod : à Kiev, on voit autant de merveilles ! Combien de temps y es-tu resté la dernière fois ?

— Une dizaine de jours, pour assister à la foire de la Saint-Siméon.

— Un de mes amis a lui aussi séjourné à la cour de Kiev pendant cette période, remarqua Artem, avant de se pencher vers Fédote d'un air de confidence : Il paraît qu'Oleg, le prince de Smolensk, s'y affichait avec sa belle. On dit que cette ravissante personne a un penchant pour les soieries de Samarkand !

Fédote gratta son menton gras orné d'un collier de barbe à la mode byzantine.

— Je comprends que ce détail t'intéresse. J'ai eu l'occasion d'approcher Oleg, pourtant je n'ai pas aperçu sa compagne. Cependant, les motifs géométriques des soieries de Sam...

— Dommage, l'interrompit Artem. Mais quelle chance inouïe que de côtoyer ce fameux prince ! Tu devais te sentir fort à l'aise avec lui, car il s'entoure de ces dignitaires byzantins que tu connais si bien toi-même.

Fédote parut soudain gêné. S'agitant sur son siège, il coula un regard à son frère avant de répondre :

— Ma foi... Je n'irais pas jusqu'à dire que je les connais. Mes relations d'affaires sont très limitées, elles se bornent à quelques personnes parmi les marchands de Tsar-Gorod.

— Pas de fausse modestie, l'ami ! protesta Artem. On te tient pour le commerçant le plus en vue de Tchernigov, et les prix que tu pratiques, hum... font qu'on se demande comment tu trouves des clients !

— Pour toi, boyard, les prix ne seront pas les mêmes, intervint Klim de sa voix de fausset, et nous ne compterons rien pour notre amicale entremise.

— Voilà qui m'arrange fort. J'avoue que je suis débordé en ce moment avec cette terrible histoire de meurtre au palais, en plein banquet, déclara Artem d'un ton soucieux.

Une stupéfaction mêlée de curiosité se peignit sur les traits des frères. Fédote fut le premier à réagir.

— Tu parles du banquet d'hier ? Nous y avons assisté, mais aucun incident fâcheux n'est venu le troubler !

— Comment ! Si ! piailla Klim. Aurais-tu oublié la brouille qui a éclaté entre le Garde des Livres et son épouse ? Olga a la déplorable habitude de sermonner Phocas devant tout le monde et à tout propos. Le brave homme a fini par lui dire ses quatre vérités, et la vieille mégère, furieuse, a quitté la salle toutes voiles dehors. Pourtant, quand elle est revenue un peu plus tard, elle avait l'air doux comme un agneau.

— Oui, Phocas est un peu soupe au lait, mais il devrait corriger cette vieille bique plus souvent, acquiesça Fédote. Enfin, de quel crime s'agit-il ? Cette dispute n'a certainement rien à voir avec le drame que tu évoques.

Artem leur apprit l'assassinat de Boris, tout en précisant que son mobile laissait le prince et lui-même perplexes. Le meurtrier, souligna-t-il, devait être étranger au palais et avait réussi à s'y introduire pendant la fête, guettant Boris à l'intérieur même de ses appartements. Les deux frères se répandirent en exclamations de surprise et d'horreur. Ils plaignirent le malheureux Varlet, regrettèrent sa jeune vie et sa voix de rossignol. Cependant, le droujinnik s'aperçut vite que leur chagrin manquait de conviction. Devait-on expliquer cela par le fait qu'ils n'avaient guère fréquenté Boris de son vivant ?

— Quelle consolation de savoir que l'assassin n'était pas parmi les convives, qu'il n'appartient pas à notre entourage ! s'exclama Klim en agitant la main.

— Rien de moins sûr, objecta Artem. Vladimir pense qu'il venait de l'extérieur car il raisonne comme vous ; quant à moi, je me réserve une marge de doute.

Fédote et Klim échangèrent un coup d'œil consterné.

— Qu'est-ce que tu insinues, boyard ? Que cet horrible égorgeur était parmi nous ?

— C'est possible. Voilà pourquoi l'incident que vous m'avez raconté m'intéresse. Avez-vous vu quelqu'un d'autre s'absenter de la salle au cours du festin ?

— Personne que je connaisse vraiment bien, répondit Fédote. Certains droujinniks sont sortis à un moment ou à un autre mais je ne saurais préciser de qui il s'agit.

— J'avais un peu trop forcé sur l'eau-de-vie de genièvre, avoua Klim. Mes souvenirs sont plutôt confus. Et toi, mon frère, n'as-tu rien remarqué d'étrange lorsque tu as quitté la table pour aller te rafraîchir ?

Fédote s'empourpra, foudroyant Klim du regard.

— Tu étais en effet rond comme une queue de pelle, tonna-t-il. Sinon tu te souviendrais que c'est un besoin pressant qui m'a poussé à sortir et que je suis revenu aussitôt. Je n'ai rien constaté d'anormal, ajouta-t-il à l'adresse d'Artem.

— Eh bien, si vous vous rappelez un détail insolite lors de cette soirée, n'hésitez pas à me le confier, suggéra le droujinnik. Et songez à ma requête personnelle ! Je vous préviens que je suis un client difficile.

— Sois sans inquiétude ! s'exclama Klim. Nous ne ménagerons pas nos efforts pour te trouver un présent digne de ta belle... pardon, digne de la vénérable vieillarde qui a tellement raison d'affectionner les tissus de qualité. Ah ! ma maudite langue a encore fourché ! se hâta-t-il d'ajouter en voyant l'air outragé d'Artem. Que veux-tu, mon frère est beau garçon — vise un peu cette stature de guerrier, cet embonpoint d'homme comblé — et il m'a habitué à parler des femmes en termes galants.

— À tort, lança le droujinnik en se composant un air sévère.

Comme les deux drôles se confondaient en excuses,

il prit congé. Klim le raccompagna jusqu'au perron et, tout en s'inclinant comme une marionnette, le regarda s'éloigner.

Artem attendit de s'engager dans l'allée menant vers le portail pour donner libre cours à son rire. La belle imaginaire qu'il avait inventée pour entamer la conversation et mystifier les marchands risquait de leur causer bien des soucis, car le droujinnik n'était pas près d'acheter la fameuse pièce de soie ! Avant de sortir dans la rue, il se retourna pour adresser un geste de la main en direction de Klim, toujours perché sur le perron.

Il ne pouvait pas voir l'autre frère qui l'observait à travers la fenêtre en carreaux de mica de la grand-salle. L'expression aimable et joviale de Fédote s'était évanouie. Il arborait un air sombre ; un tic nerveux agitait le coin de sa bouche. Il se sentait rongé par l'angoisse et, pour la première fois de sa vie, commençait à douter de sa bonne étoile. Il avait compris que la demande d'Artem n'était qu'une feinte destinée à lui tirer les vers du nez ! Qu'est-ce que le droujinnik savait exactement ? Que soupçonnait-il ? Pourtant, Fédote s'était toujours montré d'une prudence de chat !

Klim rentra dans la pièce. Il ouvrit la bouche pour dire quelque chose, mais Fédote lui jeta un regard tellement mauvais que le petit homme s'empressa de filer sur la pointe des pieds en direction des cuisines, où leur déjeuner les attendait. Par la Sainte Croix, il ne pouvait même pas compter sur son frère ! Klim était bien brave mais pas très malin, aussi Fédote gardait-il secrète la moitié de ses initiatives.

Cependant, la faim lui tiraillait les entrailles et il se dirigea lentement vers les cuisines. « Allez, quitte ou double ! » s'encouragea-t-il. Si le droujinnik se révélait trop gênant, Fédote avait tout le temps d'agir.

Chapitre IV

Si le peintre Nil, dame Irina et les marchands Fédote et Klim furent les premiers à apprendre par Artem l'assassinat de Boris, la nouvelle se répandit comme un feu dans la steppe et, vers la fin de la journée, il ne restait plus un seul courtisan ni un seul droujinnik qui l'ignorât. Partout on clamait son indignation et on criait vengeance ; les Varlets juraient de provoquer le meurtrier en combat singulier, les musiciens composaient des ballades à la mémoire du meilleur barde du prince, les jeunes filles versaient des torrents de larmes et les dignes boyarinas sanglotaient en cachette de leurs maris. Les hérauts publics parcouraient la ville, promettant une récompense à quiconque fournirait des informations utiles à l'enquête. Artem n'espérait pas grand-chose de cette démarche ; c'est Vladimir qui avait résolu d'y recourir pour calmer l'agitation provoquée par l'audace du meurtrier et la popularité de la victime. En dépit de cette précaution, tôt le lendemain matin, une foule vociférante afflua devant le palais, et le prince fut obligé de haranguer ses sujets du haut du perron.

Au même moment, Artem, Mitko et Vassili, installés dans le cabinet du droujinnik, discutaient des démarches entreprises la veille. La recherche des bijoux dérobés par l'assassin de Katérina n'avait rien donné pour l'instant. Les Varlets s'étaient fait passer pour les acolytes d'un trafiquant clandestin et avaient réussi à aborder trois receleurs de la pègre, leur proposant d'acheter une boucle de valeur à prix coûtant. Le bagout de Mitko avait endormi la méfiance naturelle des truands, mais hélas ! rien de ce qu'ils avaient vu ne rappelait les bijoux de la jeune femme.

À son tour, Artem évoqua brièvement ses rencontres. Lorsqu'il se tut, ils entendirent des cris d'approbation qui leur parvenaient de l'extérieur : le prince terminait son discours et le peuple l'acclamait. Le droujinnik se leva pour ouvrir l'étroite fenêtre qui donnait sur la cour et écouta.

— Peuple de Tchernigov ! Loyaux et fidèles sujets ! s'écria Vladimir. C'est en restant calmes et vigilants que vous m'aiderez à faire justice ! Quant à moi, je vais de ce pas rédiger les instructions concernant la cérémonie des funérailles du Varlet assassiné. Boris sera enterré avec les honneurs dus aux grands chefs militaires. Il l'a bien mérité, notre rossignol doré dont on a osé étouffer la voix !

De nouveau, exclamations, vivats, sifflements montèrent de la foule. La porte du cabinet d'Artem s'ouvrit à cet instant et Philippos apparut sur le seuil. Il promena son regard sur les trois droujinniks avant de s'écrier avec dépit :

— Eh quoi, vous ne m'avez pas attendu ! Je voulais juste écouter le prince...

— Il faut toujours faire des choix dans la vie, répondit Artem avec malice. Contrairement aux apparences, ce n'est pas en musardant avec les badauds que tu en apprendras le plus !

Philippos passa la main dans ses boucles noires avant de répliquer, un sourire espiègle aux lèvres :

— Toutes les sources de renseignements ont leur

intérêt, c'est toi qui m'as enseigné ça ! Alors, donnant, donnant : je vous rapporte les derniers ragots, et vous m'informez de l'avancement de l'enquête.

— Malin comme un renardeau ! admira Mitko en riant.

— Et bavard comme une pie, bougonna Artem. S'il avait l'esprit aussi bien fait que sa langue est bien pendue, c'est lui qui siégerait au Tribunal à ma place !

Il entraîna le garçon vers la sortie tout en s'adressant aux Varlets :

— Continuez à vous occuper des personnes que fréquentait Boris. Moi, je vais commencer par rendre une petite visite informelle à l'épouse du Garde des Livres. Qui sait ce qu'elle a pu remarquer pendant son absence de la salle des banquets ! J'essayerai aussi de rencontrer Svéneld.

— Penses-tu interroger également Phocas ? s'enquit Vassili.

Artem haussa les épaules.

— Plus tard, sans doute. J'ignore pourquoi, cet incident — je parle de leur dispute — m'intrigue, et je veux en avoir le cœur net.

Lorsque le droujinnik et Philippos sortirent du palais en rajustant leurs chapkas, le garçon dit d'un ton suppliant :

— Est-ce que je peux t'accompagner chez Olga ? Je te jure de ne pas me mêler de ton enquête, mais je peux m'y intéresser de loin, non ?

— De très loin, répéta le droujinnik en dissimulant un sourire. Soit, tu peux venir avec moi cette fois-ci, puisque tu as assisté au banquet. Mais que je te surprenne encore à fouiner à la recherche de renseignements sur le meurtre de Boris, et tu passeras tous les après-midi à l'école.

— Pour rien au monde ! Je n'y fais rien et je m'ennuie à mourir. Le grec, je le parle depuis toujours, et je l'écris presque sans fautes grâce à ma mère. Et même pour les Écritures, à côté de ce qu'elle m'a appris, les récits du pope Trofim ne sont que des fadaises !

Artem savait que Philippos avait raison. Pour toute réponse, il vérifia si la veste matelassée du garçon était bien fermée et lui donna une affectueuse bourrade dans le dos.

Ils se dirigèrent vers la demeure du Garde des Livres, située dans le quartier élégant qui s'étendait derrière la cathédrale du Saint-Sauveur. Philippos gardait un air étrangement grave, et le droujinnik comprit qu'il songeait à sa mère, morte trois étés plus tôt. Pour le distraire, il lui relata sa visite au monastère et décrivit la belle fresque de Nil. Philippos s'anima, criblant Artem de questions. N'ayant aucune envie de s'attarder sur sa conversation avec Irina, le droujinnik raconta alors le tour qu'il avait joué aux marchands Klim et Fédote. Philippos, son chagrin entièrement dissipé, ponctuait le récit par des éclats de rire. Il imagina les réactions des deux frères en les imitant tellement bien qu'Artem ne put s'empêcher de sourire à son tour.

— Si Fédote est impliqué dans cette affaire de haute trahison, ça m'étonnerait qu'il agisse à l'insu de Klim, observa le garçon d'un air songeur. Ils sont plus liés que mari et femme !

— Il s'agit peut-être d'une habile mise en scène destinée à tromper...

Le droujinnik s'interrompit pour dévisager sévèrement Philippos.

— Te voilà qui essaies déjà de me tirer les vers du nez ! s'exclama-t-il avec indignation.

— Eh quoi, ce n'est pas moi qui t'ai forcé à parler ! répondit le garçon d'un air innocent. Tiens, nous sommes arrivés.

Ils se tenaient devant un imposant portail en chêne surmonté d'une plaque de marbre blanc ornée d'un bas-relief. Il représentait un dieu grec qui penchait sa tête bouclée vers un instrument à cordes qui ressemblait à des gousli posés verticalement. L'érudit qu'était Phocas avait dû rapporter ce vestige de l'art païen d'un de ses voyages à Byzance, et Artem se promit de le questionner plus tard sur sa trouvaille.

Comme il s'apprêtait à frapper, une jeune servante emmitouflée dans un ample châle bariolé, un panier à chaque bras, sortit du domaine. Elle s'inclina devant Artem avant d'appeler d'une voix forte un domestique qui conduisit les visiteurs à l'intérieur du bâtiment d'habitation. Ils attendirent la maîtresse de maison dans la vaste entrée encombrée de barriques, de coffres et de porte-vêtements.

Olga devait surveiller la préparation du déjeuner dans les cuisines car, dès qu'elle eut ouvert la porte, l'entrée s'emplit d'appétissantes odeurs. Avec ses joues empourprées, le visage austère d'Olga paraissait plus jeune et plus doux que d'habitude. Elle portait une tenue d'intérieur très sobre avec pour seul ornement le mince anneau d'argent qui maintenait son châle sur son front. Elle salua Artem avec déférence et sourit à Philippos, puis les invita à passer dans la grand-salle où un bon feu crépitait dans l'âtre.

— Boyard, tu souhaites sans doute t'entretenir avec mon époux, commença-t-elle en jetant un coup d'œil à la clepsydre en terre cuite ornée de dessins colorés. Il ne sera pas là avant une heure. Tu peux le trouver au Dépôt des Livres...

— Sache que ma visite n'a rien d'officiel, et ce n'est pas Phocas que je cherchais, l'interrompit Artem poliment. L'événement tragique survenu la nuit dernière m'oblige à t'arracher à tes occupations.

Olga acquiesça, le visage assombri.

— Un serviteur nous a appris la funeste nouvelle ce matin, soupira-t-elle. Phocas l'avait envoyé chez un maréchal-ferrant et il a entendu parler le héraut du prince.

D'un geste, elle invita Artem et Philippos à s'installer sur un banc garni de coussins avant de s'asseoir dans un fauteuil en face d'eux.

— Je n'irai pas par quatre chemins, boyarina, déclara Artem. Je voudrais que tu m'expliques ce qui t'a poussée à quitter la salle des banquets hier pendant le festin.

Olga baissa les paupières et s'appliqua à rajuster sa coiffe avec un soin exagéré. Devinant son embarras, le droujinnik ajouta :

— Si tu désires rester seule avec moi, je vais ordonner à mon fils de nous laisser. Cependant, il pourrait t'aider à te souvenir d'un détail que tu aurais oublié.

Levant les yeux vers Artem, Olga répliqua avec franchise :

— Sa présence ne me gêne pas. Je n'ai aucune envie d'étaler sur la place publique mes disputes avec Phocas, mais de toute façon... peine perdue ! Avec sa manie de chicaner pour un oui ou pour un non, notre vie est à l'image de ce proverbe : quand un chat passe entre nous, tous les chiens le savent... Eh oui, tout le monde est informé du moindre différend entre nous. Hier, une bonne vingtaine de personnes ont été témoins de notre brouille. Il serait donc absurde que je me mette à faire des simagrées parce que ton fils est là !

Elle soupira et se passa la main sur le front avant de poursuivre :

— Irritable et colérique, il l'a toujours été. C'est comme si son grand esprit de savant avait besoin de ces brefs accès de violence pour s'apaiser. Or son caractère a changé depuis quelque temps. Bien sûr, il s'emporte contre moi comme à son habitude mais, en privé, il est devenu sombre, taciturne, fuyant. Je le reconnais à peine! À quoi doit-on attribuer cette métamorphose? Elle a commencé à s'opérer en lui il y a à peu près une lune, lorsque le prince lui a confié le poste de Garde des Livres. Peut-être cette nouvelle responsabilité et la surcharge de travail qu'elle entraîne ont-elles déteint sur son tempérament.

— As-tu l'impression qu'il te cache quelque chose?

Olga haussa les épaules d'un air découragé.

— Je ne saurais te répondre. Nous autres femmes, nous soupçonnons toujours le pire dans ces cas-là, mais comment savoir si notre intuition est la bonne?

Elle lança au droujinnik un rapide regard en biais, comme si elle hésitait à lui confier quelque secrète pensée, puis elle parut se raviser.

— Hier soir, reprit-elle, Phocas avait bu plus que de raison et il n'arrêtait pas de critiquer ses voisins de table. J'ai eu le tort de le lui reprocher, soulignant qu'il devenait difficile à supporter même pour des amis, tel ce malheureux Miroslav qui n'a pas fini de pleurer sa fiancée assassinée. J'ai parlé à voix basse, et j'ai veillé à ce que personne ne puisse nous entendre. Mais Phocas m'a répondu en hurlant si fort que les pires brailleurs alentour se sont tus. Alors que tout le monde nous écoutait en ricanant, il m'a traitée de tous les noms, au mépris de mon âge et des liens sacrés du mariage. Incapable de l'arrêter, lasse des gloussements des fêtards autour de nous, je me suis enfuie de la salle.

— Combien de temps es-tu restée à l'extérieur?

— Environ une demi-heure, peut-être un peu moins. Je ne savais où aller car je n'osais rentrer seule par crainte du ridicule. Comme les serviteurs s'étonnaient de me voir dans le couloir et ne cessaient de m'importuner avec leurs questions, je suis montée sur la terrasse. Il y faisait un froid de loup. Je suis restée dans l'obscurité à écouter les mugissements du vent, grelottant de froid et essayant de ravaler mes larmes. Enfin, j'ai pris mon courage à deux mains et je me suis décidée à retourner dans la salle, espérant que Phocas se serait calmé.

— As-tu rencontré un des convives à l'extérieur de la salle des banquets ?

— Seulement deux ou trois Varlets ivres morts que les domestiques aidaient à sortir.

— Aucun détail inhabituel n'a attiré ton attention ? Un bruit de pas, des bribes de conversation ?

Olga fronça les sourcils, cherchant à se concentrer. Elle secouait la tête en signe de dénégation quand, soudain, son visage s'éclaira.

— Si ! Quelque chose m'a paru bizarre. En quittant la terrasse, j'étais tellement transie que, au bord du malaise, je me suis arrêtée dans l'escalier. J'aspirais de grandes goulées d'air pour chasser le vertige. C'est alors que j'ai senti un parfum entêtant qui flottait dans l'air. Dans l'état où je me trouvais, il me donnait la nausée. Je me suis forcée à m'avancer en maudissant les dames nobles qui, telles des courtisanes, se servent d'essences enivrantes pour exciter les sens des hommes. Or, maintenant que j'y pense, il n'y avait que trois ou quatre boyarinas qui assistaient au banquet avec leurs époux. L'une d'entre elles était-elle sortie en même temps que moi ?

— Pareille coïncidence serait assez extraordinaire, commenta Artem. Mais es-tu certaine de la nature de cette substance aromatique ? Les odeurs épicées de la cuisine qui régnaient jusque dans l'escalier auraient pu t'induire en erreur.

Il s'interrompit car Olga éclata de rire avant de répliquer :

— Sans vouloir t'offenser, boyard, voilà une réflexion bien digne d'un homme ! Nous autres, vos mères et vos épouses, passons la moitié de notre temps à surveiller ou à préparer les repas. Jamais nous ne pourrions confondre des senteurs de nature aussi différente que celles de la nourriture et des élixirs de beauté ! Je suis formelle : en revenant dans la salle des banquets, dans l'escalier d'apparat qui relie le premier au deuxième étage, j'ai bien perçu un parfum capiteux de femme.

— Ou de courtisan ! intervint Philippos. Il y en a qui utilisent autant de baumes et de lotions que les femmes !

— Très juste, approuva Artem.

— Ce n'est pas moi qui te contredirai, mon garçon ! s'exclama Olga. Mon propre fils, Cyrille, qui a pourtant le grade de capitaine dans la droujina des Varlets, ne dédaigne pas ces honteux moyens de plaire. Et je ne parle pas de ses amis ! Certains d'entre eux descendent de la plus vieille noblesse de Tchernigov. Comment ne comprennent-ils pas qu'ils ternissent la gloire de leurs pères lorsqu'ils s'enduisent les cheveux et la peau de pommades coûteuses, pour empester comme ces créatures qui font commerce de leur corps !

Artem acquiesça tout en réfléchissant. Le récit d'Olga lui avait apporté le premier indice dans le cours de cette enquête. Le moment où elle était sortie correspondait à l'heure supposée du crime, et l'endroit — les appartements de Boris étaient situés au deuxième étage — indiquait que l'assassin avait laissé dans son sillage l'odeur capiteuse captée par la boyarina. Et si Boris se servait lui-même d'essences aromatiques ? Aucune importance : il n'aurait de toute façon pas eu le temps de faire sa toilette avant de succomber sous le poignard de son assassin.

— Tout ce que tu viens de me confier m'est extrêmement précieux et je t'en remercie, déclara Artem. Voilà encore une affaire où le témoignage d'une femme sera capital ! Tu sauras reconnaître ce parfum, n'est-ce pas ?

— Comment pourrais-je te dire non, moi qui viens de faire l'éloge de mon nez ? répliqua Olga en souriant. Mais soyons sérieux. Je ne saurais bien sûr te garantir le résultat, mais je ferai tout mon possible pour t'aider, tu peux compter sur moi. Et que déduis-tu de mon histoire ? demanda-t-elle avec curiosité. Ce malheureux Varlet aurait-il été assassiné par sa bonne amie, jalouse de ses rivales ?

— Ainsi que Philippos l'a précisé, rien ne permet d'affirmer qu'il s'agit d'une femme, répliqua Artem évasivement. L'enquête s'annonce longue et difficile, et je t'informerai de ses résultats le moment venu.

Le droujinnik se leva pour prendre congé, remerciant Olga de son aide. La boyarina inclina courtoisement la tête puis fixa Artem d'un air soucieux, comme si elle hésitait à lui révéler quelque pensée secrète.

— J'aimerais tenter une expérience, déclara-t-elle d'une voix indécise. Mon fils Cyrille habite avec les Varlets dans la demeure qu'il loue près d'ici depuis peu, mais la moitié de ses affaires sont restées ici. En temps de paix, il vient souvent dîner chez nous. Il a laissé dans sa chambre un coffre entier rempli de baumes et de lotions. Dieu merci, il s'en sert de moins en moins, mais...

— Tu voudrais vérifier qu'aucune de ces préparations ne te rappelle le parfum que tu as perçu dans l'escalier ?

— Par acquit de conscience, oui. Daigne m'accompagner, boyard !

Comme le droujinnik acquiesçait, elle ajouta en s'adressant à Philippos :

— Pendant ce temps, mon garçon, tu pourras examiner tout à loisir la collection de poignards de mon époux, là-bas, sur le mur. Non, non, inutile de protester, je t'ai bien vu dévorer ces belles lames du regard ! Eh bien, je te donne l'autorisation de les examiner de près.

Philippos lança un coup d'œil dépité à Artem : il aurait préféré visiter lui aussi la chambre de Cyrille ! Néanmoins, il remercia Olga avant de se diriger vers le mur du fond où une vingtaine de dagues aux manches ouvragés ornaient la tenture.

Suivi par le droujinnik, Olga sortit de la grand-salle pour se diriger vers l'escalier menant au premier étage. Soudain, elle s'arrêta au milieu de l'entrée et se retourna pour lui faire face.

— N'ordonne pas de me châtier, mais ordonne de me pardonner, boyard ! s'exclama-t-elle avant de poursuivre à voix basse : Je n'ai point de doutes à propos des essences utilisées par Cyrille. Je les connais bien et elles n'ont rien à voir avec le parfum de l'inconnue. Mais je souhaite te confier quelque chose en tête à tête. Je n'ai pas voulu offenser ton fils en le priant de partir.

— Je te sais gré de ton tact, sourit Artem. Les enfants grandissent si vite !

— Pourtant, tout n'est pas bon à dire devant eux... d'autant que mon aveu est de nature bien délicate. Il ne concerne point ton enquête, et la honte m'a empêchée de t'en parler plus tôt. Voilà : je crois savoir la raison du changement d'humeur de Phocas, mon époux.

Elle s'interrompit un instant, tortillant les bouts de son châle d'un air embarrassé.

— Tu ne devines pas ? reprit-elle enfin. C'est le fléau de notre ville, l'outrage à tous ses habitants respectables. Glafira !

— La célèbre courtisane ?

— La vile séductrice ! La pécheresse maudite, l'incarnation de la luxure et de la débauche !

La violence avec laquelle Olga venait de cracher son venin laissa Artem muet de stupéfaction.

— Je partage ta douleur, mais en quoi pourrais-je t'aider ? demanda-t-il au bout d'un instant.

— Phocas a beaucoup de respect pour toi. Si, lors de votre prochaine conversation, tu pouvais mentionner avec mépris les boyards d'âge mûr qui fréquentent les filles de mauvaise vie, si tu lui faisais comprendre l'opprobre et le ridicule dont ils se couvrent, il reprendrait peut-être ses esprits.

— Rien n'est moins sûr !

— Accorde-moi cette grâce : aborde au moins le sujet devant lui.

— Tu as ma parole.

Olga voulut ajouter quelque chose mais, au même instant, la porte d'entrée s'ouvrit et la jeune servante qu'Artem avait croisée en arrivant rentra, ses deux paniers emplis de victuailles. Comme elle les posait sur le sol, elle tira une bourse en cuir rouge de la poche intérieure de sa veste pour la rendre à sa maîtresse, mais celle-ci lui échappa des mains. Olga, qui vérifiait le contenu des paniers, se mit à tancer vertement la jeune fille. Tout en bredouillant une interminable litanie d'excuses, la servante s'élança à la poursuite des pièces qui roulaient dans tous les sens. Agacé par toute cette scène, Artem ramassa la bourse et la tendit à Olga pour lui rappeler sa présence. Son geste mit un terme aux reproches de la boyarina. Elle frappa dans ses mains et ordonna aux domestiques accourus d'emporter les provisions à la cuisine, puis reconduisit le droujinnik dans la grand-salle.

— Une dernière question avant que nous partions, déclara Artem. Il s'agit d'une précision de routine. Je voudrais que tu décrives en bref la soirée que Miroslav a passée avec vous, la nuit où il a perdu sa fiancée.

— Hélas ! Si seulement nous avions pu avoir une idée des funestes événements qui se déroulaient de l'autre côté de la place du Marché... Quand je pense que la malheureuse Katérina a été assassinée à deux pas de la maison de cette sorcière de Glafira ! Ce n'est pas un hasard... Enfin, je me contente de le noter au passage, ajouta Olga en jetant un coup d'œil prudent vers Philippos.

— Sache bien que j'en suis conscient. Miroslav est un habitué de votre maison, n'est-ce pas ?

— Depuis plusieurs lunes. Mon époux et lui se sont liés d'amitié peu après que Vladimir, sa cour et ses droujinniks se furent installés à Tchernigov. C'est à la même époque que tu as fait la connaissance de Phocas, mais Miroslav est tout de suite devenu un de nos familiers. Il adore discuter avec Phocas et il est en admiration devant sa bibliothèque.

— Et la soirée s'est déroulée comme à l'ordinaire ?

— Tout à fait. Miroslav est arrivé un peu avant l'heure du dîner mais il n'a pas voulu se joindre à nous. En fait, il vient souvent au moment des repas, car c'est alors qu'il peut s'installer dans le cabinet de Phocas et consulter tout à loisir les livres qui l'intéressent. Ce soir-là, il s'y est rendu comme d'habitude pour étudier je ne sais quel manuscrit grec — Phocas t'en indiquera le titre, il s'agit d'un livre qu'il a rapporté de Kiev il y a deux lunes. Miroslav n'aime pas qu'on le dérange, mais, au milieu du repas, je suis quand même passée lui demander s'il ne désirait pas au moins quelques beignets à peine sortis du four. Je l'ai trouvé absorbé dans son travail, aussi n'ai-je pas insisté... Viens avec moi, boyard ! Je vais te montrer le cabinet de mon époux.

Artem et Philippos suivirent la maîtresse de maison

dans la pièce voisine. Elle était de dimensions impressionnantes, et pourtant, c'est à peine si elle parvenait à abriter l'immense bibliothèque de Phocas. De lourds manuscrits à reliure en argent, en cuir ou en bois s'empilaient sur les rayonnages qui couraient le long des murs et sur les deux étagères qui flanquaient la fenêtre ; des rouleaux d'écorce de différentes tailles dépassaient de jarres en grès ; d'autres ouvrages encore emplissaient trois énormes coffres aux coins ferrés. L'indéfinissable odeur du vieux parchemin se mêlait au parfum de l'absinthe et autres herbes de la steppe qui protégeaient les précieux ouvrages contre vers et larves. Artem eut un sourire en songeant à la bibliothèque encore plus vaste du prince. Chaque fois qu'il s'y rendait, il lui semblait que ce n'était point le Garde des Livres qui y régnait en maître, mais une impressionnante dynastie de chats qui empêchaient rats, souris et souriceaux de proliférer. Phocas supportait d'ailleurs mal la superbe des félins qui le considéraient clairement comme un intrus.

Artem longea les rayonnages, admirant les reliures finement ouvragées. Il s'approcha du grand secrétaire en bois sculpté disposé devant la fenêtre. Les documents qui s'y entassaient en pagaille, ainsi que la quantité impressionnante de plumes et de bougies à moitié consumées, témoignaient que Phocas consacrait ses jours et ses nuits au travail.

— Je comprends que Miroslav soit fasciné par ce temple du savoir, remarqua le droujinnik.

— Fasciné est le mot ! Il peut rester pendant des heures sans bouger, là, assis dans ce fauteuil, le dos tourné à l'entrée, indifférent à tout sauf ses chers manuscrits. S'il avait pu deviner ce qui allait se passer !... Ce soir-là, mon époux est arrivé en retard. Miroslav s'était déjà installé dans son cabinet de travail. Phocas est allé le saluer, puis il l'a rejoint après le dîner pour discuter du manuscrit que Miroslav hésitait à acquérir. Notre hôte est parti peu avant minuit.

— Comment définirais-tu ses rapports avec Katérina ?

— Jamais je n'ai vu un couple plus uni, des fiancés plus tendres et plus affectueux ! s'exclama Olga avec chaleur. Katérina rayonnait de bonheur, et Miroslav paraissait avoir rajeuni de dix étés ! Le seul souci du brave homme était Svéneld. Il espérait que Katérina s'en détacherait après son mariage. Svéneld est un gentil garçon, mais tête en l'air et panier percé comme ce n'est pas permis. En deux étés, il a dilapidé tout l'héritage !

Artem acquiesça, satisfait. Bien qu'il n'ait jamais douté de l'innocence de Miroslav, le récit d'Olga la prouvait formellement, tout en apportant quelques curieux détails au sujet de la personnalité du Garde des Livres. Un bon enquêteur ne dédaigne jamais ces choses-là, qu'il s'agisse d'un suspect ou pas !

Il prit congé de la boyarina pour affronter le froid et une petite pluie glaciale qui s'était mise à tomber. Alors qu'il enfonçait sa chapka sur ses oreilles et rajustait sa cape, Philippos vint se planter devant lui pour demander :

— Eh bien ? Est-ce que les préparations utilisées par Cyrille rappellent le mystérieux parfum qui flottait dans l'escalier ? Je dois avouer que le comportement d'Olga m'a paru bizarre. Si elle avait des doutes à ce propos, elle aurait pu en avoir le cœur net avant de t'en parler. Une mère ne protège-t-elle pas son fils ?

— Tu as presque deviné : elle voulait s'entretenir avec moi en privé.

— Je m'en doutais ! s'écria Philippos, furieux. Quand est-ce qu'on cessera de me traiter en enfant ? Je suppose qu'il est inutile de t'interroger là-dessus ;

tout comme cette vieille prude, tu tiens à épargner mes chastes oreilles !

Artem lui donna une tape amicale dans le dos avant de répondre :

— Au contraire. Et n'en veuille pas à Olga, c'est la honte qui l'a poussée à agir ainsi. Voilà de quoi il s'agit : elle s'imagine que son époux fréquente une femme de mauvaise vie, la courtisane Glafira. C'est ainsi qu'elle explique la nervosité de Phocas, ses bouffées de mélancolie ou de colère.

Ils se mirent à marcher en direction de la cathédrale du Saint-Sauveur. Philippos demeurait silencieux.

— Tu réfléchis aux confidences d'Olga ? demanda le droujinnik, curieux.

— Tu plaisantes ? Je me fiche des infidélités du Garde des Livres ! Quant au mystérieux espion qui se promène en laissant des effluves capiteux sur son passage, je n'ai pas le droit de m'y intéresser... Non, je pensais au meurtre de Katérina. Je me demande ce qu'elle faisait seule, la nuit tombée, dans ce quartier louche.

— Bonne question ! Peut-être que mon entretien avec Svéneld jettera quelque lumière sur la question... Tu ne m'en voudras pas si j'y vais seul ?

— Pour protéger ma sensibilité d'enfant ? railla Philippos. Bon, bon, je comprends. D'ailleurs, j'ai moi aussi du pain sur la planche. Et ne me demande pas de quoi il s'agit : j'aurais trop peur de blesser ta sensibilité de père !

Tout en riant, Artem convint que la repartie était de bonne guerre, d'autant qu'il était ravi de voir le garçon se montrer aussi conciliant. Ils se séparèrent devant la place du Marché, au début de la grand-rue. Philippos s'engagea sur la place en direction de la résidence princière, tandis que le droujinnik, se souvenant des indications de Miroslav, partit à la recherche de la demeure de Svéneld.

Il suivit quelque temps l'artère principale avant de tourner dans une rue étroite bordée de maisons coquettes qui dénotaient l'aisance de leurs occupants. La plupart d'entre elles appartenaient à des commerçants fortunés et à la petite noblesse de la ville.

Lorsque Artem s'arrêta devant la propriété de Svéneld, il ne put s'empêcher de songer aux récriminations de Miroslav. La peinture écaillée du portail laissait voir le bois vermoulu des planches, les arbres du jardin n'avaient pas été taillés depuis des lustres et étendaient leurs branches nues jusqu'au milieu de la rue, et le toit de la maison qu'Artem apercevait par-dessus la clôture avait grand besoin de réparations. Manifestement, ce n'était pas à l'entretien de la demeure familiale que Svéneld employait l'héritage de ses parents !

Après avoir frappé plusieurs fois sans résultat, il fut enfin introduit dans le domaine par une vieille femme coiffée d'un châle gris, une pelisse élimée jetée sur les épaules. Elle s'inclina aussi bas que la rigidité de son corps le lui permettait, puis expliqua qu'elle était la nourrice du maître de maison et répondait au nom d'Inga. Il n'y avait pas d'autres domestiques en vue, et Artem songea que Svéneld n'avait sans doute pas les moyens de mener un grand train de maison.

— Le jeune maître n'est pas là, annonça Inga. Tu ferais mieux de revenir avant le repas du soir. Mon beau faucon passe toujours se changer avant d'aller souper avec ses amis.

Mais Artem insista pour qu'Inga le reçoive : il voulait bavarder un peu avec elle en l'absence de Svéneld.

Haussant les épaules, la vieille femme obtempéra. Elle conduisit le droujinnik dans la grand-salle, l'installa près de l'âtre et lui servit un pichet d'hydromel. Artem se rendit vite compte qu'il n'apprendrait pas grand-chose. Inga était intarissable quand il s'agissait de raconter l'enfance de son « beau faucon », évoquait avec fierté l'affection qu'il lui portait, louait la vaillance dont il avait fait preuve lors de la dernière campagne militaire mais, en dépit des questions du droujinnik, elle restait peu diserte en ce qui concernait les fréquentations et les passe-temps du jeune homme. À l'évidence, Inga était dévouée corps et âme à Svéneld.

Enfin, Artem fit rouler la conversation sur Katérina.

— Nous aimions beaucoup notre colombe, soupira Inga en s'essuyant le coin des yeux du bout de son châle. Pourtant, elle n'a pas voulu se confier à nous. Si elle l'avait fait, elle n'aurait peut-être pas péri de male mort !

Le droujinnik dressa l'oreille.

— Explique-toi.

— Katérina est souvent sortie seule au cours des deux dernières lunes. Oh, les prétextes ne manquaient pas ! Tantôt l'envie lui prenait de faire un tour au marché, tantôt elle courait au port admirer un bateau étranger, ou encore elle voulait se dégourdir les jambes, prendre l'air... Mais est-ce qu'une ruse de jeune fille peut tromper la vieille Inga ? Je n'étais pas dupe, oh, que non ! Katérina rentrait de ces promenades les joues en feu, le regard étincelant. Puis elle restait pendant des heures entières devant le feu, silencieuse, l'esprit ailleurs. Je ne la pressais pas de questions car j'étais sûre que, tôt ou tard, elle finirait par ouvrir son cœur à sa fidèle Inga.

— Tu n'as jamais mentionné tes soupçons à Svéneld ?

— Eh ! nous autres femmes savons garder nos secrets ! J'aime mon beau faucon comme un fils — le mien, mon pauvre Olaf chéri, a été emporté par la maladie en bas âge et repose dans la paix du Seigneur...

Inga s'interrompit pour essuyer les grosses larmes qui roulaient sur ses joues ridées.

— Oui, j'aime Svéneld comme s'il était la chair de ma chair et le sang de mon sang. Mais c'était à Katérina de décider si elle voulait se confier à lui et à quel moment. Hélas ! elle a emporté son secret dans la tombe !

— Et Miroslav ? Peut-être les escapades de Katérina s'expliquent-elles de la façon la plus naturelle qui soit : elle allait retrouver son fiancé.

Inga sourit d'un air indulgent.

— Peut-on comparer la douce clarté du jour avec l'éclat ardent du feu ? Peut-on confondre la caresse d'un rayon de soleil avec la brûlure des flammes ? De même, l'affection sereine et profonde que Katérina portait à Miroslav n'avait rien à voir avec la vive excitation qu'elle trahissait à l'occasion de ses absences.

— Est-ce que tu insinues que Katérina rencontrait quelqu'un en cachette ? demanda Artem en tirant sur sa moustache.

La vieille femme détourna le regard et sembla réfléchir avant de répondre :

— Sans vouloir offenser la mémoire de la pauvre enfant, j'avoue que cette idée m'a traversé l'esprit... mais j'ai fini par la rejeter. Katérina aimait Miroslav et se réjouissait de leur future union. Non, je suis certaine qu'il s'agissait de tout autre chose. Ni Miroslav ni Svéneld n'étaient dans le secret de Katérina. Si notre colombe avait dû s'ouvrir à quelqu'un, elle se serait d'abord tournée vers moi !

Le droujinnik reconnut qu'Inga avait raison. Il se sentait intrigué. L'affaire était-elle plus compliquée que ce qu'il avait imaginé jusqu'à présent ? Il n'arrivait pas à admettre que Katérina ait pu avoir une aventure galante alors même qu'elle s'apprêtait à ceindre la couronne du mariage avec Miroslav. Pourtant, quelqu'un était entré dans sa vie voici deux lunes et y avait d'emblée occupé une place importante. Cette personne était-elle mêlée de près ou de loin à la mort brutale de la jeune fille ?

La voix d'Inga le tira de sa réflexion.

— Maintenant que je sais pourquoi tu cherches à rencontrer mon jeune maître, je vais t'aider, boyard. Retourne dans la grand-rue et prends la direction de la porte du Nord. Au deuxième carrefour, tu verras la taverne *Cornes et Sabots.* Svéneld y va souvent, seul ou avec des amis ; il peut y traîner pendant des heures... Au fait, pourrais-tu lui rappeler qu'il m'a promis de souper ce soir à la maison ?

Artem acquiesça, remercia la nourrice et partit à la recherche du jeune boyard. Le *Cornes et Sabots* se révéla une gargote minable, aux volets à moitié arrachés et à l'enseigne pendue de guingois. Artem poussa la porte qui grinçait à déchirer l'âme et balaya du regard la pièce aux murs sales et au plafond bas noirci par la suie. Bien qu'on fût à l'heure du déjeuner, l'établissement était presque désert. Un voyageur fatigué, son balluchon posé à ses pieds, dévorait une bouillie fumante servie dans une écuelle en bois ; quelques pochards réunis autour d'un grand pichet d'eau-de-vie discutaient bruyamment dans un coin de la pièce. Enfin, tout au fond, le droujinnik aperçut un jeune homme attablé d'un air mélancolique devant un pot d'hydromel. Bien qu'il n'eût croisé Svéneld qu'une seule fois, il le reconnut à sa chevelure blond argenté.

— Salut à toi, brave Svéneld ! dit-il en s'approchant du jeune homme.

Celui-ci tressaillit, fixant Artem de ses yeux cernés

et injectés de sang. À l'évidence, il ne s'était pas encore remis de sa dernière beuverie.

— Mes assistants, les Varlets Mitko et Vassili, tes compagnons d'armes, ne tarissent pas d'éloges en évoquant ton courage et ta vaillance au combat. Je suis le boyard Artem...

— ... haut fonctionnaire du Tribunal et conseiller du prince, enchaîna Svéneld en s'inclinant. Qui ne te connaît, boyard ! Pardon de t'accueillir dans cet état. Hier, j'ai eu l'imprudence de tâter d'une eau-de-vie au goût douteux. Je dois avouer que les vapeurs de ce poison ne se sont pas encore complètement dissipées.

— Tu devrais porter plainte contre la personne qui t'a servi cette dangereuse boisson, compatit Artem.

— Précieux conseil ! L'ennui, c'est que je ne me souviens plus du mastroquet, ni de la taverne... Encore un effet de cette maudite drogue !

Le droujinnik esquissa un sourire. Quelles que fussent les incartades du jeune homme, il ne manquait pas d'esprit. Cependant, Svéneld ôta sa cape du siège en face de lui, invita Artem à s'y installer, puis héla un serveur pour réclamer de l'hydromel frais et un deuxième gobelet. Un gaillard au tablier de cuir maculé de graisse toisa le jeune homme d'un œil soupçonneux et exigea d'être payé sur-le-champ. Tandis que Svéneld s'exécutait en maugréant, Artem l'examina avec curiosité. Il ne devait guère compter plus de vingt-cinq étés et, comme la plupart des jeunes courtisans, il portait un collier de barbe à la mode grecque. Malgré les traces de sa vie dissolue, son visage ouvert aux traits doux inspirait la confiance et la sympathie. On pouvait même le trouver séduisant... Artem ne put s'empêcher de songer aux rapports entre Svéneld et Katérina. Il n'y avait aucun lien de parenté entre eux ; leur affection réciproque n'avait-elle pas pu se transformer en attirance physique ? Non, se répondit-il. La vieille Inga aurait flairé la moindre ambiguïté dans les rapports entre les jeunes gens.

— Eh bien, boyard, que me vaut l'honneur de t'accueillir en ces lieux indignes de toi ? demanda Svéneld, comme il remplissait d'hydromel leurs deux gobelets.

— Indignes de tout honnête homme, ne put s'empêcher de marmonner Artem.

Svéneld ne broncha pas. Il vida son gobelet d'un trait et poursuivit :

— Lorsqu'un homme de ton importance se rend dans un troquet minable pour y dénicher un personnage aussi insignifiant que moi, ce n'est sûrement pas pour parler de la pluie et du beau temps. Je suppose que le meilleur limier du prince est aux trousses de l'assassin du malheureux Boris... Serais-je sur la liste des suspects ? Tu m'as abordé avec des propos aimables ; j'en déduis que tu désires m'interroger en qualité de témoin. Que penses-tu de mon raisonnement ? ajouta-t-il avec un petit sourire satisfait.

— Tes conclusions sont justes — à un détail près. Mais parle-moi d'abord de Boris.

— Je l'ai croisé plusieurs fois, mais nos échanges n'ont jamais dépassé les formules de courtoisie. Nous n'avions pas beaucoup d'amis en commun et, hormis le palais, nous ne fréquentions guère les mêmes endroits. J'ai bien peur que tu ne te sois dérangé pour rien !

— On verra cela. En réalité, je voulais m'entretenir avec toi de Katérina. Je m'étonne que tu ne l'aies pas deviné !

Svéneld parut troublé. Il se passa la main sur le visage, puis haussa les épaules et répliqua :

— Et moi, je m'étonne que tu aies besoin de moi dans cette affaire ! Qu'est-ce que j'ai à voir avec les vulgaires coupe-jarrets qui ont assassiné ma pauvre sœur pour s'emparer de ses bijoux ? Je pensais que ton enquête suivait son cours ! Enfin, si tu estimes que je peux t'aider, dis-moi comment et j'obéirai avec joie.

— En répondant à mes questions. Ta nourrice Inga vient de m'apprendre un détail que ni Miroslav ni toi n'avez mentionné dans vos dépositions. Elle affirme que Katérina s'absentait souvent de la maison ces derniers temps, probablement pour rencontrer quelqu'un. Aurais-tu une idée de l'identité de cette personne ?

Svéneld poussa un soupir exaspéré.

— Boyard, tu ne vas pas prêter foi aux élucubrations d'une commère ! Cette pauvre Inga ! La langue lui démange et, lorsqu'elle n'a pas de nouvelles à colporter, elle raconte des histoires de son cru. Tiens, en voici un exemple : il y a environ deux lunes, je suis parti à la foire de Kiev, espérant nouer des relations d'affaires pour vendre la cire et le miel de mes ruchers. Malgré l'excellente qualité de mes produits, je suis revenu bredouille — il faut croire que je n'ai pas la bosse du commerce... Un peu plus tard, j'ai surpris Inga en train de commenter mon voyage : selon elle, je l'aurais entrepris à cause d'un coup de foudre pour une boyarichna de Kiev ! Comme il se doit, elle me prêtait mille aventures extraordinaires par la même occasion.

— Tu n'as donc rien remarqué d'inhabituel dans le comportement de Katérina peu avant son assassinat ?

— Penses-tu ! Sa loyauté envers ce vieux croûton de Miroslav était au-dessus de tout soupçon.

— On dirait que tu ne portes pas dans ton cœur l'ancien fiancé de ta sœur.

— Tu n'ignores sans doute pas que ce sentiment est réciproque ! Je ne te cache pas que ce projet de mariage ne me plaisait guère. Certes, Miroslav a bien des vertus... mais cet homme prude, avec son bon sens de paysan, ses gros chaussons de tille et son visage taillé à la serpe n'avait pas la moindre chance de rendre ma sœur heureuse ! Katérina vivait dans ses rêves. Un jour, elle se serait réveillée pour tomber amoureuse d'un homme de son âge, au cœur ardent, au sang chaud et aux manières courtoises. Oui, tôt ou tard, elle aurait regretté son union avec ce paysan mal dégrossi, qui se croit autorisé à donner des leçons de morale à tout le monde... Quand je pense qu'il venait à peine de rompre le fromage avec Katérina, et qu'il a osé m'admonester pour l'échec de mon voyage à Kiev ! On aurait dit que j'avais perdu son précieux argent, gagné à la sueur de son front !

— Katérina aimait Miroslav, et elle est morte, rappela Artem d'un ton dur. Si tu veux respecter la mémoire de ta sœur, abstiens-toi d'évoquer tes griefs envers son fiancé.

Svéneld se tut. Il arborait une mine arrogante et boudait en silence, contemplant le fond de son gobelet. Au bout d'un instant, le droujinnik déclara :

— Bien que déplacé, ton raisonnement n'est pas faux. Il arrive souvent qu'une jeune épousée se sente attirée par un homme de son âge, oubliant le dévouement qu'elle doit à celui qui l'a conduite à l'autel. Je voudrais que tu oublies ton animosité envers Miroslav pour te concentrer un moment sur le comportement de Katérina. As-tu jamais remarqué un détail quelconque — une expression du visage, un geste insolite, un mot lâché à l'improviste — qui aurait trahi l'existence d'un autre homme dans sa vie ?

Svéneld repoussa son gobelet vide avec violence.

— Maintenant, c'est toi qui insultes sa mémoire, boyard ! Je me suis borné, moi, à évoquer un avenir incertain. Je voulais suggérer que, au bout de quelques étés, toute jeune femme douce et rêveuse risque de s'ennuyer avec son vieux moralisateur de mari. Mais Katérina était un modèle de vertu. Elle n'aurait jamais commis la moindre infidélité envers son fiancé. En vérité, tu la connaissais bien mal !

— Je ne la connaissais pas du tout, répliqua Artem. J'essaie juste de comprendre ce qui l'a poussée à s'aventurer dans ce quartier louche où elle a trouvé la mort. Comment tu expliques cela, toi ?

Le jeune boyard haussa les épaules d'un air embarrassé.

— Il m'arrive de rendre visite à... hum, une jeune personne qui habite non loin du carrefour où l'on a découvert le corps de ma sœur. Le camarade chez qui je soupais ce soir-là fréquente lui aussi cette personne. C'est sans doute ce qui a provoqué la confusion dans l'esprit de Katérina. Elle devait se diriger chez... la dame en question lorsqu'elle a été attaquée par des bandits. Je suppose que, craignant que Miroslav ne m'accable de nouveaux reproches, elle s'était abstenue de le préciser. Oh, Katérina m'aimait mieux que si l'on avait été unis par les liens du sang ! Elle était si tendre, si compréhensive !

— Qui sait, c'est peut-être cette indulgence qui lui a coûté la vie, bougonna le droujinnik.

Réprimant un sanglot, Svéneld cacha son visage dans ses mains et s'immobilisa.

— Quoi qu'il en soit, il est trop tard pour manifester des regrets à ce sujet, ajouta Artem. Essaie plutôt de te montrer moins hostile envers Miroslav. Il est en proie au même chagrin que toi.

Il prit congé du jeune homme et sortit de l'estaminet, respirant avec plaisir l'air froid de la rue après les odeurs douteuses de la salle. Ses pensées revinrent à l'affaire du Varlet assassiné et du mystérieux espion qui agissait au sein de la résidence princière. Il ne songeait plus à Svéneld et pouvait encore moins imaginer la réaction de celui-ci après son départ.

À peine la porte s'était-elle refermée sur Artem que Svéneld lâcha un chapelet de jurons à mi-voix avant de fixer d'un regard sombre le mur maculé de taches. Au bout d'un instant, son visage s'éclaircit et un fin sourire se dessina sur ses lèvres. Non, le droujinnik n'avait aucun moyen de pénétrer son secret ! La mort avait scellé les lèvres qui auraient pu le trahir, et cet imbécile de Miroslav ne soupçonnait rien. Svéneld se sentit ragaillardi, de nouveau en sécurité. Il appela le serveur d'une voix de stentor pour réclamer un pichet de la meilleure eau-de-vie de l'établissement. Avant que le garçon, qui connaissait l'état de ses finances, ait pu protester, il jeta négligemment quelques piécettes sur la table et se renversa sur son siège d'un air satisfait.

Chapitre V

Pendant qu'Artem s'entretenait avec Svéneld, Philippos s'apprêtait à mener sa propre enquête sur le meurtre de Katérina. Il avait décidé d'explorer la piste des objets dérobés à la victime avec l'aide de son ami la Balafre, jeune vagabond, chef d'une bande de gamins qui excellaient dans la mendicité et le vol à la tire. Philippos avait rencontré la Balafre lors de la précédente enquête d'Artem[1]. Se faisant passer pour un orphelin sans foi ni loi, il avait alors réussi à gagner l'estime de la petite troupe et s'était lié avec la Balafre. Depuis, il avait révélé sa véritable identité à son ami mais n'avait pas cessé de le fréquenter. Les deux garçons gardaient leur amitié secrète. Artem ne soupçonnait pas que Philippos côtoyait de jeunes délinquants, pas plus que ces derniers n'imaginaient que leur nouveau camarade appartenait à l'entourage du prince.

Après avoir quitté Artem, Philippos regagna à la hâte la résidence princière. Dans le pavillon qu'il occupait avec le droujinnik, au fond de sa chambre, sous une table de travail recouverte de dessins tracés avec un canif, se trouvait un petit coffre cerclé de fer

1. Voir *La Nuit des ondines,* 10/18, n° 3121.

qui contenait tous ses trésors. Respectant l'intimité de son fils, Artem n'en inspectait jamais le contenu. S'il l'avait fait, il aurait découvert avec stupeur des outils d'étrange apparence, certains évoquant des passe-partout, un redoutable couteau de chasse au manche d'os jauni, une boîte en argent ouvragé remplie d'une mystérieuse poudre brunâtre, quantité de pots et de fioles contenant diverses préparations à base d'herbes médicinales et, enfin, une vieille tenue usée composée d'une cotte de laine, d'un pantalon et d'une épaisse veste ouatinée, toute rapiécée mais encore capable de tenir chaud. C'étaient ces nippes que Philippos était venu chercher ; il les tira du coffre et les enfila prestement, sans oublier d'attacher à sa ceinture le vieux couteau de chasse. Maintenant, il ne craignait ni Dieu ni Diable, ni même ses nouveaux camarades, toujours prêts à jouer un mauvais tour à celui d'entre eux qui se montrait distrait.

Évitant de passer devant les gardes, Philippos quitta la résidence par la sortie arrière. Dès qu'il fut dans la rue, le vent lui coupa le souffle et lui envoya à la figure des gouttelettes de pluie glaciales, piquantes comme des aiguilles. Regrettant sa chapka, Philippos releva le col de sa veste et pressa le pas, espérant se réchauffer en marchant. Il traversa rapidement la place du Marché, longea quelque temps la grand-rue puis s'engouffra dans un dédale de ruelles, se dirigeant vers le quartier du Vendredi-Saint. C'est près de l'église du même nom que la Balafre réunissait sa bande deux fois par jour, avant le départ pour le « travail », qui au marché, qui au port, et au moment du partage du butin. C'était également là que Philippos retrouvait son ami.

À cette heure de la journée, la Balafre exerçait ses talents dans les galeries animées du marché. Philippos espérait rencontrer un des plus jeunes de la bande et l'envoyer chercher son ami. Il vint se poster dans une ruelle déserte derrière l'église, inspecta les alentours puis émit un double sifflement, signal convenu pour annoncer sa présence. Quelle ne fut sa surprise lorsqu'il vit la Balafre en personne surgir de derrière une palissade à moitié écroulée ! Son visage étroit était orné d'une longue cicatrice et paraissait fatigué.

— Alors, comme ça, tu t'es accordé une journée de repos ? s'exclama Philippos en guise de salutation.

— Un congé dont je me serais volontiers passé, répliqua la Balafre en grimaçant un sourire.

Alors seulement Philippos s'aperçut que son ami boitait.

— Qu'est-ce qui t'est arrivé ?

— Il y a deux jours, j'ai organisé une petite expédition chez un pope... pas celui de notre paroisse, il est presque aussi pauvre que ses ouailles. Non, j'avais repéré un archiprêtre bien gras qui officie à l'église Boris-et-Gleb. Sa maison se trouve au fond d'une impasse où il n'y a jamais personne : le rêve ! Et ses dépendances regorgent tellement de provisions que les domestiques ont dû laisser quelques barriques dehors, le temps de faire de la place à l'intérieur. C'était le moment de visiter sa demeure ! Alors, on a escaladé la clôture — un vrai rempart, mais on en a vu d'autres —, on a assommé le chien, et tout a marché comme sur des roulettes. On est partis avec trois sacs pleins à craquer. Sauf que, à la fin, le damné molosse a repris ses esprits et s'est jeté sur moi. Tu sais que je file toujours en dernier, et cette satanée bestiole a eu le temps de me planter ses crocs dans le mollet. Je pensais que ce n'était rien, mais ma jambe a enflé et j'arrive à peine à marcher.

— Montre, commanda Philippos.

Le garçon s'exécuta, révélant une plaie purulente aux lèvres rouges et gonflées. Philippos palpa la chair tuméfiée, ce qui arracha un gémissement à son ami.

— Ce n'est pas bien grave, je vais te soigner, déclara-t-il enfin. Mais il n'y a pas de temps à perdre, sinon ça risque de s'infecter davantage. Attends-moi ici, je vais faire un saut à la maison chercher ce qu'il nous faut.

— S'il s'agit d'une pommade quelconque, pourquoi ne pas aller au marché et piquer ça chez n'importe quel apothicaire ? Je ne peux pas courir mais, à deux, on se débrouille toujours.

— Je ne suis pas d'accord, répondit Philippos. Ma mère était apothicaire, ce serait comme si je volais ma famille. Et puis, le baume auquel je pense n'est pas facile à trouver. C'est encore ma mère qui m'en a appris la recette. Elle connaissait des choses que même les meilleurs herboristes ignorent !

Renonçant à discuter, la Balafre regagna sa cachette derrière la palissade de la ruelle, tandis que Philippos s'élançait en direction du palais. Moins d'une demi-heure plus tard, il revint tout essoufflé. Sous les yeux ébahis de son ami, il étala son mouchoir sur le sol pour y disposer des bandelettes de lin propre, une bougie, un couteau tranchant comme un rasoir, une fiole remplie d'un liquide transparent et un petit pot recouvert d'un chiffon huilé.

— Tu vas avoir très mal, prévint-il, mais il faut que j'évacue le pus. Sans ça, la pommade ne servira pas à grand-chose.

Impressionné, son ami acquiesça. Les deux garçons s'installèrent contre le mur arrière de l'église, la jambe malade de la Balafre étendue sur les genoux de Philippos. Celui-ci commença par laver la plaie à l'aide du liquide contenu dans la fiole.

— Mais c'est de l'eau-de-vie ! s'exclama la Balafre, les yeux écarquillés.

— Je me suis servi aux cuisines, marmonna Philippos pour toute explication.

Après avoir allumé la bougie à l'aide de son briquet de silex, il chauffa à blanc la lame effilée du couteau, incisa la plaie et se mit à presser la chair afin d'en extraire le pus. Les dents serrées, la Balafre supporta l'opération sans un cri. Enfin, Philippos appliqua sur la blessure une épaisse couche de son baume miraculeux. Pour terminer, il confectionna un pansement et déclara :

— Je repasserai demain changer tout ça et jeter un coup d'œil sur la blessure, mais ne t'inquiète pas, vieux frère : tu es tiré d'affaire !

— Je me sens déjà mieux ! s'écria la Balafre. Je te dois une fière chandelle, l'ami.

— Ah oui ? sourit Philippos. Ça tombe bien, j'ai besoin d'un coup de main.

— Tu veux que je fasse les poches au métropolite de Kiev ? Que je cambriole le palais du grand-prince ? Ordonne et j'obéirai — pourvu que ce soit dans mes cordes !

Ils éclatèrent tous deux de rire, puis Philippos redevint grave et expliqua :

— Artem enquête sur le meurtre d'une jeune boyarichna et l'affaire m'a l'air bien plus embrouillée qu'il ne l'imagine. À vrai dire, je pense que sans ton aide et la mienne, il ne parviendra pas à résoudre cette énigme. Il n'existe qu'un seul espoir : retrouver la trace des objets volés à la victime. Mitko et Vassili s'y sont déjà employés et ont fait chou blanc. Mais toi, tu as peut-être entendu parler des bijoux disparus.

Philippos se lança dans une description détaillée des bagues, bracelets et colliers de Katérina, son excellente mémoire lui permettant de citer mot pour mot la liste établie par Miroslav. La Balafre l'écoutait, secouant la tête de temps à autre.

— Ça ne m'évoque rien, déclara-t-il enfin. Pourtant, je garde une oreille à la traîne lorsque je vais chez les receleurs, histoire de me tenir informé sur les grosses affaires ; on ne sait jamais quand ça peut servir. On me connaît dans le milieu et personne ne se méfie de moi, pas même les envoyeurs — je veux dire, les assassins. Mais là, rien ! Pas une de ces babioles qui me rappelle quoi que ce soit. Peut-être qu'on les a écoulées sans passer par le réseau habituel.

Philippos soupira d'un air résigné.

— Attends ! s'écria-t-il soudain en sursautant. J'ai failli oublier, on lui a aussi volé sa veste et son châle. Une veste de laine rouge au col brodé d'or, et un beau châle en soie très fine, avec des rayures de toutes les couleurs... Qu'est-ce qu'il y a ? Tu en fais une tête !

La Balafre le fixa quelques instants d'un air incrédule et effrayé à la fois.

— C'est pas possible ! s'exclama-t-il enfin. Ça ne colle pas. Non, ça ne tient pas debout !

— Mais quoi ? Parle ! Tu te rappelles notre serment ? On s'est entaillé les poignets pour mélanger notre sang. Maintenant, on doit tout se dire. Allez, ne me fais pas languir !

L'évocation du rituel qui avait scellé leur amitié à la vie à la mort sembla décider la Balafre.

— C'est Ianko le Musicien, bredouilla-t-il. Enfin, pas lui mais son amie, Mila. Je l'ai vue vêtue de cette veste et coiffée de ce châle. Mais je te jure que ça ne colle pas ! Ianko n'est pas un envoyeur.

— Parle-moi de lui.

— C'est un voleur d'une incroyable habileté. Il a les doigts si lestes qu'il te faucherait la croix que tu portes autour du cou sans que tu t'en aperçoives ! Un jour, pour s'amuser, il a dérobé les gousli d'un comédien ambulant, et qu'est-ce que tu crois ? il a appris à jouer en une semaine ! Depuis, on l'a surnommé le Musicien. Il peut piquer ce que tu veux, où tu veux...

mais il n'a jamais tué personne, j'en mettrais ma main au feu !

— Il doit au moins pouvoir expliquer comment il a mis la main sur ces vêtements. Je peux le rencontrer ?

— Tout de suite ? C'est un peu difficile. Il évite de se montrer en ce moment. Il a délesté de sa bourse un pope qui reluquait les filles de Petite mère Dounia. Sauf que ce n'était pas un pope ordinaire mais un archiprêtre ! Cet hypocrite, ce fourbe a fait un tel scandale au Tribunal que les gardes sont accourus comme s'ils avaient le diable aux trousses ! Ils ont arrêté la tenancière et la plupart des filles, et ils recherchent le Musicien. Alors, il se cache en attendant que les choses se tassent. J'imagine que ton père donnerait cher pour pouvoir le dénicher ! ajouta-t-il avec malice.

— Artem ne s'occupe pas de pareilles plaisanteries, répliqua Philippos avec hauteur, avant d'insister : Écoute, vieux frère, je ne te demande pas souvent de me rendre service, mais là, c'est important. Tu sais où se terre le Musicien ; va le voir et explique-lui que j'ai besoin de discuter avec lui. Il peut compter sur ma discrétion... et mon soutien en cas de pépin. Enfin, raconte-lui ce que bon te semble, pourvu qu'il accepte de me rencontrer !

La Balafre poussa un long soupir et gratta son pansement d'un air indécis.

— D'accord, fit-il enfin. Je ne te promets rien mais je vais essayer. Attends-moi ici.

En proie à une vive excitation, Philippos le regarda s'éloigner puis, incapable de tenir en place, il se mit à arpenter le passage désert. Une demi-heure plus tard, il commença à déchanter. Comment avait-il pu être assez insensé pour espérer l'aide d'un truand notoire ? Il s'arrêta de marcher, contemplant d'un air morose une flaque d'eau où une botte à la semelle arrachée pourrissait au milieu de quelques feuilles mortes. Soudain, une tape sur l'épaule le fit sursauter. C'était la Balafre : malgré sa jambe blessée, il avait gardé cette démarche silencieuse qui lui permettait de surgir comme par enchantement. À la vue de son sourire rayonnant, le cœur de Philippos bondit de joie.

— Il est d'accord. Je n'en reviens pas ! Viens, il m'a dit de t'amener à la foire aux traîneaux. Sa compagne Mila nous y attend ; elle nous conduira dans un cabaret sûr où le Musicien pourra discuter tranquillement avec toi.

Philippos sauta au cou de son ami.

— Qu'est-ce que tu lui as raconté ? demanda-t-il tandis qu'ils se mettaient en chemin.

— Sûrement pas ce que tu m'as suggéré ! C'était le meilleur moyen de le faire décamper. Jamais il n'aurait approché un gars qui trafique avec le Tribunal. Je lui ai donc expliqué que tu es le petit frère de la fille assassinée... tu m'as bien dit qu'il s'agit d'une boyarichna ?

Comme Philippos acquiesçait, la Balafre poursuivit :

— Voilà : vous avez grandi séparément parce que tu es un bâtard, mais tu veux quand même venger ta sœur chérie. Pour les détails, à toi de te débrouiller.

— Pourquoi un bâtard ?

— Non, mais tu as regardé tes fripes ? Descends de ton nuage ! Je ne te conseille pas d'avoir l'esprit ailleurs avec le Musicien, il a plus de flair que tous mes petits camarades réunis !

Ils suivirent des venelles tortueuses et puantes, prenant garde de marcher au milieu de la chaussée pour éviter détritus et immondices amoncelés le long des palissades. Ils débouchèrent enfin dans une rue animée, bordée d'échoppes et d'étals ouverts, qui conduisaient vers la porte du Nord, où se tenait la foire aux traîneaux. Ils se laissèrent porter par le flot humain toujours plus dense et plus bruyant. Les commerçants hélaient les passants, ces derniers criaient des injures aux gamins dépenaillés qui se faufilaient entre eux à l'affût d'une piécette, les ménagères marchandaient âprement, les chiens couraient dans tous les sens en aboyant après les chariots... Ces cris, couleurs, images fascinaient Philippos et, d'habitude, il pouvait passer des heures à flâner dans les rues commerçantes et à observer la foule bigarrée. Mais l'avertissement de la Balafre avait produit son effet ; le visage grave, il avançait sur les talons de son ami, réfléchissant à toute vitesse à son futur entretien avec le voleur.

Après avoir pénétré dans la première galerie de la foire, la Balafre prit Philippos par la main pour ne pas le perdre dans la cohue et se mit à guetter Mila.

— Si tu avises une fille qui ressemble à une Koumane, fais-moi signe, avertit-il.

Philippos acquiesça, même s'il commençait à douter qu'il fût possible de repérer qui que ce soit au milieu des douzaines de passants qui remplissaient chaque galerie. Clients et badauds s'attroupaient devant de magnifiques traîneaux peints en vives couleurs, ornés de motifs or et argent. Les artisans les transportaient du faubourg nord tout proche pour les installer sur des estrades alignées sur une surface de plus de deux cents coudées. À côté, on vendait les produits en bois et en fer indispensables en hiver : pelles, râteaux et balais à neige, haches et pieux pour briser la glace sur le fleuve et y percer des trous, et tout ce qu'il fallait pour la chasse et la pêche pendant les longs mois de froid et de neige. On vendait également d'épaisses touloupes en peau de mouton, des vestes et des manteaux de fourrure, des chapkas, des bottes de feutre et, bien sûr, les immenses châles de laine brodés de fleurs. Entre les galeries et les rangées d'étals se faufilaient les marchands ambulants qui proposaient aux passants beignets, tourtes, petits pâtés et friandises.

Ils avaient dépassé les plus beaux traîneaux de la foire amenés de la ville de Galitch, célèbre pour la qualité de ses dorures, lorsqu'une jeune fille d'une vingtaine d'étés surgit devant eux. Elle salua la Balafre d'un hochement de tête, examina Philippos puis, d'un geste, les invita à la suivre.

— C'est Mila, murmura la Balafre. Elle va nous conduire au lieu du rendez-vous. Elle vérifie que personne ne nous file le train ; le Musicien n'a confiance qu'en elle.

Petite et potelée, la compagne du truand avait une jolie frimousse ronde comme une pomme encadrée de cheveux lisses noir de jais. Ses yeux légèrement bridés trahissaient ses origines ; elle était sûrement le fruit de l'union entre un prisonnier kouman et une Russe, songea Philippos. Mais c'était la tenue de la jeune fille qui attira surtout son attention. Une veste de laine rouge au col brodé d'or moulait sa poitrine, et un châle en soie fine de Samarkand, aux rayures multicolores, lui enveloppait les épaules.

— Je peux lui demander comment ça se fait qu'elle porte le châle et la veste de Katérina, la fille assassinée ? s'enquit Philippos à mi-voix tandis qu'ils emboîtaient le pas à Mila.

— Pas la peine, elle ne te dira rien. Tu pourras tout demander au Musicien... Mais est-ce qu'il voudra te répondre ? Ça, c'est une autre paire de manches ! C'est un brave gars, mais le moment n'est pas propice aux confidences.

Après avoir tourné dans une ruelle latérale, un sentier boueux bordé de pauvres masures, la jeune fille s'arrêta devant une isba délabrée au toit de chaume humide et pourrie. En voyant son enseigne, une perche surmontée d'une gerbe de houblon effilochée, Philippos compris que c'était la gargote où Ianko le Musicien les attendait.

Pénétrant à l'intérieur, ils se retrouvèrent dans l'unique pièce de l'estaminet au plafond bas et au sol en terre battue. Pour tout mobilier, elle comprenait deux longs tréteaux entourés de tonneaux renversés qui servaient de sièges. Comme toutes les tavernes des quartiers animés, la gargote se remplissait de monde à la nuit tombée, lorsque marchands et artisans venaient y dépenser la recette d'une journée de marché. À présent, il n'y avait qu'un jeune homme qui somnolait dans un coin devant une carafe d'hydromel vide et trois moujiks, la touloupe ouverte sur une tunique de lin crasseuse, qui jouaient aux dés en sirotant de l'eau-de-vie. Philippos se dit d'abord que le Musicien n'était pas encore arrivé, lorsque la Balafre le tira par la manche, tout en se dirigeant vers le fond de la salle sur les pas de Mila.

Comme ils s'approchaient du jeune homme qui semblait cuver sa boisson, Philippos se rendit compte que, loin d'être ivre, ce dernier l'étudiait à la dérobée. Il les salua laconiquement tout en désignant du menton trois sièges libres. Philippos s'installa sur un tabouret branlant et rencontra le regard aigu du truand qui continuait à le détailler.

Le Musicien devait compter environ vingt-cinq étés ; il avait un visage en lame de couteau, dont la peau hâlée contrastait avec sa tignasse couleur paille et ses yeux bleu clair. Philippos fut agacé par l'insistance méfiante avec laquelle Ianko le dévisageait. Au lieu de se lancer dans le discours qu'il avait préparé, il s'adressa à Mila, maintenant assise à la droite du Musicien.

— Comment ça se fait que tu portes les vêtements de Katérina, ma sœur chérie ? demanda-t-il de but en blanc.

— C'est à moi qu'on cause, petit, répliqua Ianko d'un ton coupant. Et d'abord, qu'est-ce qui prouve que ces fripes appartenaient à ta sœur ? Je les ai achetées pour Mila au marché de...

— Tu sais bien que ce n'est pas vrai ! l'interrompit Philippos, avant de poursuivre d'une voix qui vibrait d'émotion : Je les reconnaîtrais entre mille, cette veste et ce châle ! Mais ce n'est pas pour les récupérer que j'ai demandé à te voir, honorable Musicien. Katérina était ma sœur aînée mais je l'aimais comme une mère. Elle a grandi dans l'opulence et moi, dans la misère ; pourtant, elle ne m'a jamais rejeté. Ce prétentieux de Svéneld, son frère de lait, me chassait de son domaine chaque fois que je m'y aventurais, mais elle me rencontrait en cachette, me donnait de la nourriture, des vêtements chauds, et même de temps en temps un quart de grivna en argent. Je n'ai pas eu la chance d'être adopté, je n'avais qu'elle au monde...

Il s'interrompit pour se moucher bruyamment dans sa manche, tout en jetant un coup d'œil discret sur Ianko. Le visage impénétrable, celui-ci l'écoutait en silence. Philippos n'aurait su deviner si le truand croyait à son récit. Feignant de ravaler ses larmes, il reprit :

— Au lieu de jalouser sa bonne fortune, j'étais heureux pour elle. Katérina avait un cœur d'or ! Après ses fiançailles, elle m'avait promis que je pourrais venir souvent dans sa nouvelle maison, chez son futur époux. Elle voulait le convaincre de me donner du travail dans sa propriété. Elle disait que j'avais assez trimé, qu'elle s'arrangerait pour que j'aie un bol de soupe et un quignon de pain tous les jours, et une paillasse fraîche toutes les nuits... Et maintenant, elle est morte !

Philippos baissa la tête d'un air de profond chagrin. La jeune compagne de Ianko claqua la langue avec sympathie et poussa vers le garçon une écuelle en bois remplie de raisins secs et de noix.

— Allez, mange un peu, pauvre orphelin ! soupira-t-elle. C'est dur de perdre ceux qu'on aime, j'en sais quelque chose.

— Tais-toi, Mila, intervint le Musicien. Les orphelins, ça court les rues ; c'est pas à moi qu'il faut venir se plaindre mais au bon Dieu. Écoute-moi, petit frère : si tu espères me soutirer une pièce avec tes pleurnicheries, tu auras plus de chance sur le parvis de l'église !

Philippos rougit sous l'offense.

— Tout ce que j'espère, Musicien, c'est régler son compte au coquin qui a étranglé ma sœur ! lança-t-il en relevant le menton. La Balafre affirme que tu n'es pas un assassin ; soit. Tu as pourtant pris les bijoux et les vêtements de Katérina, j'en suis certain ! Eh bien, garde-les, va. Je veux seulement que tu me dises ce que tu sais sur son meurtrier.

Ianko éclata de rire. Puis il cracha avec force sur le sol et répliqua :

— Par les cornes de Belzébuth, tu es trop généreux ! Tu m'autorises à garder ce qui est à moi ! Je n'ai fait que dépouiller une morte ; tu n'étais pas là, toi, et ce butin me revient de droit.

Philippos posa les deux mains à plat sur la table devant le Musicien. Au sein de la pègre, ce geste signifiait la soumission au plus fort.

— Je ne le conteste pas, acquiesça-t-il. Je te demande, frère aîné, de partager ce qui se partage.

Dans la langue codée des malfrats, cela voulait dire : Raconte-moi ce dont tu as été témoin.

— J'aime mieux cette façon de parler, commenta le Musicien en ricanant. Je commençais à me demander si tu étais vraiment des nôtres. Sache que je regrette pour ta sœur. C'était une fort belle fille...

J'ignore qui lui a fait passer le goût du pain, et j'ignore pourquoi. Ça, je te le jure. Pour le reste, un loup solitaire ne chasse pas en meute. Compris ?

Philippos inclina la tête en signe d'assentiment. Ianko eut un bâillement, s'adossa contre le mur et ferma les yeux. La Balafre se leva, imité par Philippos qui s'efforçait de cacher sa déception. Les deux garçons se dirigèrent vers la sortie. Ils étaient près du seuil lorsque Mila les rattrapa.

— C'est quoi, ta planque ? demanda-t-elle à Philippos.

— Il crèche avec moi en ce moment, répondit la Balafre à la hâte. Pourquoi ?

— Qui sait trop vieillira bientôt, répliqua Mila en leur donnant à tous les deux une tape amicale dans le dos. Allez, filez !

Dehors, Philippos donna libre cours à son dépit. Lâchant un juron, il se planta devant son ami en le dévisageant d'un air furieux, comme s'il voulait l'accuser du maigre résultat de leur entretien.

— C'est ça que tu appelles un brave gars ? Il a vu l'assassin, et il refuse de me le décrire ! Mais peut-être qu'il n'a pas mordu à l'hameçon ? Est-ce que j'ai commis une erreur ?

— Au contraire, tu t'es débrouillé comme un as. Tu as même réussi à pleurer pour de vrai !

— Alors, pourquoi est-ce qu'il se méfie autant de moi ? Il a peur de son ombre, ou quoi ?

— On ne peut pas lui en vouloir d'être prudent, répliqua la Balafre. Ce qu'il sait est trop dangereux pour le confier aux autres. C'est cela que ça veut dire, « un loup solitaire ne chasse pas en meute ». Mais tout espoir n'est pas perdu. C'est lui qui a envoyé Mila te demander où il peut te trouver, des fois qu'il changerait d'avis.

Sous les rafales de la bise, les deux amis se blottirent l'un contre l'autre et rebroussèrent chemin dans le crépuscule grisâtre qui descendait sur la ville.

Alors qu'ils s'éloignaient en direction du quartier du Vendredi-Saint, à l'intérieur de la taverne, le Musicien contemplait d'un air sombre les trois moujiks ivres qui jouaient aux dés au bout de la salle. Le regard dans le vague, sa compagne grignotait les raisins secs et les noix.

— J'ai soif, Ianko ! se plaignit-elle en froissant son petit nez retroussé.

Le Musicien frappa dans ses mains et commanda une carafe d'hydromel à la souillon surgie des cuisines. Ils burent tous les deux, puis Ianko reprit sa méditation en observant Mila qui fredonnait un air mélancolique et jouait avec les bouts de son châle.

— C'est avec ça que le scélérat a étranglé la fille, marmonna soudain le Musicien.

— Qu'est-ce que tu dis ?

— C'est avec ce joli châle de soie que la sœur du gamin a été étranglée, répéta Ianko.

— Comment ça ? chuchota Mila, les yeux agrandis par une peur où se mêlait l'excitation. Tu ne m'en as jamais parlé ! Je pensais qu'il n'y avait pas un mot de vrai dans ce que tu as dit au gosse. Raconte !

— Ce soir-là, je flânais près de la maison de Glafira, la putain aux boyards...

— Tu espérais encore faire les poches à quelques-uns de ses invités ? gloussa Mila.

— Aux siens ou à ceux de ses voisines, oui. J'attendais que les clients des filles commencent à sortir, mais il était encore trop tôt. J'ai fait le tour du quartier pour me dégourdir les jambes et je venais de traverser la petite place devant l'église Frol-et-Lavr lorsque j'ai aperçu la fille...

Le Musicien se pencha vers Mila et baissa la voix avant de poursuivre :

— Elle se tenait seule au coin de la rue, pas loin de l'entrée d'une demeure qui donne sur le carrefour. J'ai pensé qu'elle venait de frapper et qu'on allait lui ouvrir, puis j'ai compris qu'elle attendait quelqu'un qui devait la rejoindre dans la rue. Je la distinguais bien à la lumière de la torche fixée au portail. Ce n'était pas une des traînées du coin ; elle était blonde, blanche, mignonne à croquer, et habillée comme une boyarichna avec ça. Elle portait cette veste et ce châle, qui avait glissé de ses cheveux et reposait sur ses épaules.

— Quand tu me les as offerts, tu as dit que tu les avais volés à une noble...

— À son cadavre, corrigea Ianko d'un air sinistre. Écoute plutôt ! Je me trouvais juste de l'autre côté du carrefour, et je continuais à l'épier par curiosité. Soudain, j'ai entendu un bruit de pas. Quelqu'un s'approchait, d'une démarche sûre et silencieuse, comme une bête sauvage qui réduit la distance avant de prendre son élan et de bondir sur sa proie. Moi, je ne bougeais pas ; j'avais senti le danger et je restais à les observer, tapi dans l'ombre. La jeune fille, au contraire, n'entendait rien, ne soupçonnait rien... Elle regardait ailleurs quand l'autre s'est jeté sur elle par-derrière. Ça s'est passé si vite ! L'espace d'un instant, j'ai vu la silhouette massive de l'homme penchée sur la boyarichna. Il avait saisi les bouts de son châle noué autour de son cou et il serrait, serrait de toutes ses forces, tandis qu'elle s'agrippait à sa gorge.

Ianko s'interrompit pour boire avidement un gobelet d'hydromel. D'un air effrayé, Mila baissa les yeux vers les extrémités de son châle avant de dévisager son compagnon.

— Ianko... Il est beau ce châle, mais le porter me donne la chair de poule !

— Et moi, je suis content de le voir sur toi. C'est

comme si cette fille nous avait laissé quelque chose. Et puis, tu sais que je travaille peu en ce moment. Ce n'est pas demain la veille que je pourrai t'offrir de si belles pièces !

Mila acquiesça en soupirant. Au bout d'un instant, elle murmura :

— Tu n'as pas cherché à aider cette malheureuse ? Tu l'as laissée périr sans rien tenter ?

Le Musicien haussa les épaules.

— L'homme était sûrement armé. Tu sais bien que la bagarre n'est pas mon fort ! Et puis, je ne tenais pas à m'attirer des ennuis. Tu crois peut-être que c'était un hors-la-loi, un gars du milieu, un envoyeur ?

— Qui, alors ? fit Mila, une étincelle de curiosité dans ses yeux bridés. Un soldat ?

— Pire : un Varlet ! J'ai bien remarqué sa cape jaune brodée de rouge à la lumière de la torche. Tu imagines ce qui serait arrivé si j'étais intervenu ? Même si j'avais pu sauver la fille, elle n'avait pas vu son agresseur ; celui-ci n'avait qu'à appeler au secours et à prétendre que c'était moi l'assassin. Ç'aurait été ma parole contre celle d'un membre de la droujina des Varlets. Tu peux deviner la suite ! Pourtant, Dieu sait que ça me travaille ! J'ai failli vider mon sac tout à l'heure, rien que pour soulager ma conscience.

— Ne te tourmente pas, puisque tu n'as rien à te reprocher, le rassura Mila. Et ensuite, qu'est-ce qui s'est passé ?

— Il a laissé le cadavre s'affaisser sur le sol et s'est agenouillé pour le fouiller. Le coquin a dépouillé la fille de tous ses bijoux ! Il les a rangés dans les poches de sa cape, puis il a éteint la torche avant de repartir aussi calmement qu'il était venu. Moi, je me suis glissé jusqu'à l'endroit où gisait la malheureuse... Rien à faire ! son cœur ne battait plus. Alors, j'ai emboîté le pas au Varlet ; les poches, c'est mon rayon, je ne pouvais pas laisser filer un si beau butin ! Je l'ai suivi jusqu'à la première taverne ouverte sur le chemin puis je l'ai rattrapé en feignant de tituber comme un ivrogne. Je l'ai bousculé tout en l'accusant de me chercher noise : le truc classique, quoi ! Furieux, il s'est rué sur moi et a essayé de m'assommer. J'ai fait semblant d'avoir reçu un coup sur la tête et je me suis accroché à lui en tombant. C'est alors que les babioles ont changé de poche !

— Il ne s'est aperçu de rien ?

— Tu te moques de moi ? Tu oublies à qui tu as affaire ! Bref, dès que le Varlet se fut éloigné, je me suis relevé et j'ai pris mes jambes à mon cou. Je suis revenu sur mes pas pour examiner le corps à tâtons. Je me souvenais de ce qu'elle portait, et j'ai voulu prendre pour toi sa veste et son châle. La malheureuse n'en avait plus besoin. Quant aux bijoux, je les ai fourgués le lendemain à un receleur sûr.

— Ça me fait froid dans le dos de savoir comment elle est morte, dit Mila en réprimant un frisson. Le gamin qui est venu tantôt... il a l'air assez débrouillard. Ça ne m'étonnerait pas qu'il trouve quelqu'un pour l'aider à venger sa sœur. Tu devrais peut-être lui parler de l'assassin.

— Crois-moi, je lui rendrais un fort mauvais service ! D'ailleurs, ajouta le Musicien en se frottant les paupières, qui t'a dit que je pourrais décrire ce Varlet ? La rue était mal éclairée quand je lui ai fait le coup de l'ivrogne, et j'avais autre chose en tête que de le détailler. Il faudrait que je tombe nez à nez avec lui pour le reconnaître !

CHAPITRE VI

Au moment où Philippos s'apprêtait à questionner le Musicien sur le drame qui s'était déroulé le soir fatidique d'octobre dans le quartier Frol-et-Lavr, Mitko et Vassili se trouvaient à deux pas du lieu du crime, précisément dans la taverne devant laquelle Ianko avait volé les bijoux de Katérina à l'assassin. Pourtant, les deux amis ne songeaient pas à la défunte fiancée de Miroslav ; c'était l'enquête sur les fréquentations de Boris qui les avait conduits dans le quartier habité par la belle Glafira. Déguisés en modestes commis, ils s'étaient rendus près de la maison de la courtisane dans l'intention d'observer ses clients et de la prendre en filature si elle sortait. Mais la jeune femme n'avait reçu personne ni bougé de chez elle. Transis, affamés, Mitko et Vassili avaient fini par renoncer à leur surveillance pour se précipiter vers la taverne la plus proche.

C'était l'heure du déjeuner, et la salle aux murs chaulés, noircis par la suie, était remplie d'une foule bruyante. Alléché par l'odeur appétissante de la viande grillée, Mitko s'apprêtait à déguster une énorme écuelle de pieds de porc à la sauce d'airelles et aux légumes marinés, tandis que Vassili, qui affectionnait le poisson, venait de s'attaquer à son plat d'esturgeon fumé aux raves cuites à la vapeur. Ils avaient également commandé un pichet d'eau-de-vie au genièvre, espérant que la boisson forte dissiperait leur humeur maussade.

— On dirait que cette sacrée Glafira sait qu'on la tient à l'œil, marmonna Vassili tout en savourant son repas.

Mitko hocha la tête et essuya le jus d'airelles qui traçait une moustache rouge autour de ses lèvres gourmandes.

— On pourrait attendre jusqu'à la fin des temps sans qu'elle daigne montrer le bout de son nez, grommela-t-il. Il faut changer de tactique. Ça me rappelle ce vieux récit de guerre grec que Philippos nous a raconté un jour. Lorsque les héros n'arrivent pas à prendre une ville en l'assiégeant, ils se faufilent à l'intérieur grâce à une ruse.

Vassili le dévisagea en silence d'un air sceptique.

— Tu m'observes comme si je venais de lâcher un crapaud, comme on dit ! s'indigna Mitko. Est-ce que j'ai l'habitude de raconter des absurdités ? Laisse-moi m'en occuper, tu verras ! Deux beaux gaillards comme nous ne sauraient-ils pas trouver le moyen de se faire convier chez une dame galante ? Je suis prêt à parier le cadeau de ma dernière douce amie, Dacha...

Il s'interrompit car Vassili avait levé la main pour lui intimer le silence, tout en désignant d'un geste une table de l'autre côté de la salle. Mitko jeta un regard discret dans cette direction. À travers la vapeur qui s'échappait des cuisines et le va-et-vient des serveurs, il put distinguer le visage émacié, auréolé de cheveux filasse, du peintre Nil. L'interlocuteur de l'artiste leur tournait le dos, mais Mitko remarqua avec étonnement sa cape rouge brodée d'aigles d'or, suspendue au dossier de son siège. L'ornement de la cape, ainsi que la tunique soyeuse et l'étole que le jeune homme portait avec élégance sur une épaule, dénotait son appartenance à la cour byzantine. Était-ce un dignitaire grec reçu officiellement par Vladimir ou un riche marchand venu à Tchernigov pour affaires ? Impossible de le deviner sans examiner les insignes qui ornaient sa poitrine. De plus, à l'instar des autres clients, le Grec avait gardé son couvre-chef profondément enfoncé sur sa tête, si bien que les deux amis ne pouvaient détailler ni la coupe ni la couleur de ses cheveux.

Les Varlets échangèrent un coup d'œil intrigué et se consultèrent en baissant la voix malgré les clameurs qui s'élevaient dans la pièce. Des centaines de Grecs visitaient en toutes saisons la capitale de Vladimir, et seule une partie d'entre eux logeait au sein de la résidence princière. Il n'y avait donc rien d'étrange à ce que les deux amis ne parviennent pas à identifier le compagnon du peintre. Ce qui piquait leur curiosité, au contraire, c'était le petit air familier qu'ils trouvaient tous les deux à la dégaine et aux gestes de l'inconnu. Il n'y avait qu'une seule explication possible : le Grec fréquentait le palais, et Mitko et Vassili avaient eu l'occasion de l'y croiser.

Mais qu'est-ce qui pouvait bien unir le jeune étranger fringant et le peintre réservé et solitaire qui ne vivait que pour son art ? Quel intérêt mystérieux, quel inavouable secret partageaient-ils ? Pourquoi, dans cette salle bondée où tout le monde cherchait à parler plus fort que ses voisins, les deux hommes rapprochaient-ils leurs visages comme s'ils craignaient les oreilles indiscrètes ? De quoi le Grec semblait-il vouloir convaincre Nil en se penchant vers lui et en pressant son bras d'un air insistant ? Et à quoi le peintre songeait-il en l'écoutant, tandis que son visage reflétait une gravité teintée de frayeur ? Il existait sûrement un lien entre le fait qu'Oleg complotait contre Vladimir avec le basileus de Tsar-Gorod et la présence de ce courtisan byzantin à Tchernigov. Et si la divine providence avait mis l'espion d'Oleg, voleur de la missive secrète et assassin de Boris, sur le chemin des Varlets ?

Soudain, ils virent le Grec tendre à Nil d'un geste furtif un paquet enveloppé dans un morceau de tissu. Ouvrant un pan de son manteau de fourrure, l'artiste s'empressa de le dissimuler contre sa poitrine. Peu après, l'inconnu se leva, jeta quelques pièces sur la table et remit sa cape, rajustant soigneusement la boucle qui la fermait.

Mitko et Vassili échangèrent un clin d'œil complice : sans avoir besoin de dire un mot, ils venaient de prendre la même décision.

— Je vais filer le train à ce freluquet, murmura Mitko.

— Je me charge du peintre, confirma Vassili avant d'ajouter : Puisque nous ignorons où ira ton bonhomme, retrouvons-nous dans une heure ou deux là où le mien finira par se rendre : au monastère d'Életsk.

Mitko émit un son inarticulé en guise d'assentiment : il se hâtait d'avaler le reste de son repas avant d'emboîter le pas au Grec qui se frayait un chemin vers la sortie à travers la salle.

— Dommage, ces pieds de porc sont succulents, marmonna-t-il en s'essuyant la bouche avec la manche de sa veste élimée. J'en aurais bien pris une deuxième portion ! Tu as de la chance, vieux frère, Nil n'a pas encore terminé son assiette !

Il bondit de son siège pour s'élancer à la poursuite de l'homme.

Dehors, à travers le voile du léger brouillard, il repéra la silhouette enveloppée de la cape rouge et or juste avant qu'elle se fonde dans la foule. L'inconnu s'était engagé dans une rue animée qui menait vers la porte du Nord. À son tour, Mitko fendit la cohue et joua des coudes. Grâce à sa haute taille, il voyait la toque rouge écarlate de l'inconnu voguer dans le flot humain, mais il ne parvenait pas à réduire la distance qui les séparait. Le Grec avait le pas leste et léger, et Mitko commença à regretter d'avoir englouti son abondant repas. Après avoir louvoyé dans la foule une dizaine de minutes à la poursuite du jeune homme, Mitko comprit enfin où celui-ci se dirigeait. « La foire aux traîneaux ! » songea-t-il en lâchant un chapelet de jurons. Avec le monde qui s'y pressait, il avait toutes les chances de perdre des yeux celui qu'il avait déjà baptisé « l'espion d'Oleg » ! Celui-ci s'arrêta soudain près de la devanture d'une échoppe. Mitko redoubla d'efforts et réussit à s'avancer assez pour voir l'espion absorbé dans la contemplation d'un riche tissu de brocart. « Tous pareils, ces Grecs, se dit le Varlet en ricanant, vaniteux comme des paons et coquets comme des femmes ! » Il espérait déjà apercevoir son visage mais, à cet instant, l'inconnu se détourna brusquement pour se remettre en chemin.

Ils arrivèrent à la porte de la foire décorée d'un énorme collier de cheval en bois sculpté, orné de rubans et de clochettes. Les pires craintes de Mitko se réalisaient ; les badauds s'attroupaient devant l'entrée de chaque galerie, et la foule menaçait à chaque instant de happer et d'engloutir le Grec. Il prit le risque de se rapprocher autant qu'il le pouvait, bénissant le ciel qu'il portât le costume d'un simple commis à la place de la tenue des Varlets. Il vécut le quart d'heure suivant dans l'angoisse permanente de perdre de vue l'espion qui flânait quant à lui entre les étals, admirait les beaux équipages et achetait à boire et à manger aux marchands ambulants. Chose étrange, il se tenait toujours le dos tourné à Mitko, si bien que celui-ci commença à soupçonner que le Grec s'était aperçu qu'il était filé.

À un moment, l'espion s'arrêta devant un beau traîneau aux patins d'acier, le devant orné de guirlandes de clochettes, le bois des sièges peint d'images dorées de chevaux à longue crinière. Deux clients richement vêtus marchandaient avec le vendeur, essayant de faire baisser le prix sous prétexte que la neige n'était pas encore tombée. Ils se couvraient réciproquement de quolibets et de railleries, et les gens qui les entouraient se tenaient les côtes de rire. L'espace d'une seconde, Mitko observa la scène. Lorsque, l'instant d'après, il chercha des yeux l'inconnu, celui-ci avait disparu. Le Varlet s'agita dans tous les sens, bousculant sans ménagement spectateurs et passants. Soudain, il l'aperçut de l'autre côté du traîneau, adossé à celui-ci, le visage toujours invisible. Il avait les épaules secouées par un rire muet. Étaient-ce les moqueries qu'échangeaient marchands et clients ou l'air ahuri de son poursuivant qui provoquaient son hilarité ?

Avant que Mitko ait eu le temps d'y réfléchir, le jeune homme s'éloigna de son pas dansant en direction du passage commerçant voisin. Le Varlet plongea sous le traîneau et, se glissant entre les patins, émergea à quelques coudées du Grec. Celui-ci s'élança vers les comptoirs où s'alignaient pelles, râteaux à neige et seaux de bois.

Ici, il y avait moins de monde, mais Mitko en avait plus qu'assez de jouer au chat et à la souris — d'autant que les rôles semblaient désormais inversés ! Et puis, qu'est-ce que ce courtisan byzantin était venu faire dans cette galerie d'objets destinés à la vie de tous les jours ? N'était-il pas en train de mener Mitko par le bout du nez ? Celui-ci décida de jouer son va-tout : révéler à l'espion son grade de capitaine de droujinniks et, au nom du prince, exiger qu'il décline son identité et explique les motifs de sa présence dans la capitale.

Le Varlet vint à sa hauteur et lui posa la main sur l'épaule. L'homme semblait examiner une lourde pelle en bois. Il ne se retourna pas tout de suite ; quand Mitko comprit ce qui arrivait, il était trop tard pour réagir. Tenant le manche à deux mains, l'inconnu pivota sur ses talons en même temps qu'il projetait la pelle, telle une massue, vers la tête de Mitko. Celui-ci n'eut pas le temps de s'écarter. Le coup le fit vaciller, et la ruade que le Grec lui décocha de son pied botté lui fit perdre l'équilibre et s'écrouler sur le sol de tout son poids, comme un arbre qui tombe.

À demi conscient, il entendit l'espion crier d'une voix aiguë :

— Au secours ! Au voleur ! Braves gens, il a essayé de couper ma bourse !

— Au voleur ! répondirent en écho plusieurs voix.

Lorsque Mitko fut enfin capable de se dresser sur son séant et de regarder autour de lui, l'individu s'était volatilisé. Un cercle compact de spectateurs l'entourait ; des visages hostiles se penchaient vers lui tandis que quelqu'un hurlait :

— Gardes ! Par ici ! Gardes !

Il mit au moins une demi-heure à s'expliquer, d'abord avec ses concitoyens qui l'abreuvaient d'injures, puis avec les deux soldats qui refusaient de l'écouter et s'apprêtaient à le conduire au Tribunal. Rassemblant ses forces, Mitko réussit à s'arracher aux bras qui le maintenaient pour ôter sa veste de commis : son insigne de Varlet brillait sur sa légère cotte de mailles qu'il portait en toutes circonstances. Alors seulement les gardes le lâchèrent et la foule, déçue, commença à se disperser, non sans lui décocher quelques railleries.

— Imbéciles ! Ignorants ! grommela Mitko en quittant la galerie.

Caressant l'énorme bosse sur son crâne, il emprunta les petites ruelles puantes et jonchées d'immondices du quartier misérable qui le séparait du monastère d'Életsk. Vassili l'y attendait depuis une bonne heure.

— Je n'ai rien à t'apprendre, déclara celui-ci comme il accueillait son camarade à l'entrée. Après avoir terminé son repas, Nil s'est rendu directement ici. Je l'ai suivi comme prévu, sans me faire remarquer. Il s'est aussitôt enfermé dans l'église et s'est remis au travail. Pendant ce temps, j'ai bavardé avec le frère tourier.

— Moi, si, j'ai quelque chose à t'apprendre, répliqua Mitko d'un ton lugubre. Ce maudit espion m'a donné du fil à retordre... À vrai dire, je me suis fait avoir comme un novice !

Il résuma sa mésaventure en maugréant.

— Il n'y a pas de quoi rigoler ! lança-t-il avec humeur à un Vassili hilare. Le Grec est bien plus malin qu'on le croyait !

— On sait depuis le début que ce n'est pas un enfant de chœur, souligna Vassili. Tout porte à croire que nous avons affaire à un traître doublé d'un assassin. Il ne perd rien pour attendre ! Allons voir Nil, il est grand temps de lui poser quelques petites questions.

Ils se dirigèrent tous deux vers l'église dont la silhouette claire et élancée se détachait sur le fond du ciel déjà crépusculaire. À l'intérieur, Nil se tenait immobile au milieu de la nef et contemplait sa fresque sur le mur latéral. Il ne se retourna pas au bruit de la porte, et continua à ignorer les Varlets jusqu'à ce qu'ils l'interpellent.

— Ton œuvre t'absorbe-t-elle au point de te rendre

sourd et aveugle à tout ce qui t'entoure ? railla Mitko après avoir salué laconiquement le peintre.

— Oui, répondit celui-ci avec simplicité. Il s'agit du moment le plus important. Mon travail est achevé ; j'essaie de savoir si j'ai réussi ou si j'ai échoué. Il faut une solitude et une concentration parfaites pour y voir clair...

— Toutes ces conditions sont réunies dans la prison princière ! l'interrompit Mitko. Au cachot, tu auras tout le temps de réfléchir à ce que tu as fait, à ce que tu n'as pas fait et à ce que tu ne feras jamais.

Le peintre écarquilla les yeux.

— Je ne comprends rien... Deux vaillants droujinniks travestis en modestes négociants... qui se déplacent jusqu'au monastère... et qu'est-ce qu'ils m'annoncent ? Ils me menacent de la prison ! Et en quoi aurais-je mérité pareil traitement ? Il y a sûrement une erreur ! Vladimir n'a pas la cruauté d'Oleg, qui récompense ainsi ses serviteurs !

— Ha, ha ! comme le nom d'Oleg vient à propos ! rétorqua Mitko. Ne t'occupe pas de notre tenue, c'est aux collaborateurs du boyard Artem que tu as affaire ! Tu ferais mieux de tout avouer sur-le-champ.

— Mais... avouer quoi ? balbutia l'artiste en blêmissant.

— Tout ! Avoir comploté contre Sa Seigneurie le prince, avoir ourdi et participé à l'assassinat du Varlet Boris, avoir...

— Ce n'est pas vrai ! hurla Nil en tremblant de peur. Noble droujinnik, n'ordonne pas de me châtier, mais ordonne de me pardonner ! Ce sont là de viles calomnies. Je suis incapable de comploter ou de participer à un meurtre ! Je suis peintre !

— Il est peintre ! singea Mitko. Un beau déguisement, oui !

— Laisse-moi essayer, dit Vassili à son camarade,

avant de s'adresser à Nil : Tu ne peux pas nier avoir tantôt rencontré un Grec, un homme habillé comme un courtisan byzantin, dans une taverne près de l'église Frol-et-Lavr.

Une lueur de compréhension passa dans le regard du peintre. Il poussa un soupir de soulagement en essuyant la sueur qui perlait à son front. Esquissant un sourire jaune, il répondit :

— Comme vous êtes prompts à faire d'un rien toute une montagne ! Pour peu que ça vous arrange, vous n'hésitez pas à accuser un honnête homme ! Nobles droujinniks, je ne cherche pas à nier la vérité. Je ne suis ni intrigant ni assassin, mais j'ai effectivement déjeuné avec un de mes amis, un jeune Grec, honnête négociant natif de Tsar-Gorod. Pas plus que moi, il n'a commis aucun crime.

— Qu'est-ce que tu en sais ? riposta Vassili avant de demander : Où réside-t-il ?

Le peintre se troubla.

— Ça, je ne saurais vous l'indiquer, répondit-il en écartant les bras. Je sais seulement qu'il loue une maison à Kiev et je suppose qu'il fait de même dans votre ville.

— Comment peux-tu ignorer où loge ton ami ? insista Vassili.

— C'est toujours lui qui vient me trouver à l'église, pour la simple raison que je ne m'absente guère d'ici. Vous pouvez le vérifier auprès des moines.

— Admettons, intervint Mitko. Qu'est-ce qu'il t'a remis tout à l'heure dans la taverne ? Montre-nous ce paquet.

Cette fois, le visage de Nil se détendit et il eut un vrai et franc sourire. Il se dirigea vers un tabouret près de l'entrée où il avait posé son manteau de fourrure et en sortit le paquet enveloppé dans un morceau de tissu que les Varlets avaient remarqué pendant le repas. Sans mot dire, il le tendit à Vassili. Celui-ci déroula le tissu : il dissimulait une petite fiasque en terre cuite cachetée de rouge. Le Varlet la secoua, jetant à Nil un coup d'œil interrogateur. Comme celui-ci approuvait d'un hochement de tête, Vassili brisa le cachet et renifla le contenu du récipient.

— Du vin, annonça-t-il à l'intention de Mitko.

— De l'excellent vin de Chypre, précisa Nil. C'est que mon ami... Ilarion... est négociant.

Sa légère hésitation n'échappa pas à Vassili.

— Ilarion ? Tu es sûr que c'est ainsi qu'il s'appelle ? Tôt ou tard, nous mettrons la main sur ce gaillard. Si tu as menti sur quoi que ce soit, tu ne tarderas pas à t'en repentir !

— Je vous ai dit la vérité, répliqua fermement Nil. J'ignore de quoi vous accusez cet homme. Comme je vous l'ai précisé, nous ne nous rencontrons pas souvent, et je ne le connais que depuis deux lunes.

— S'il en est ainsi, tu as de la chance ! commenta Vassili. Il est coupable d'agression sur la personne de mon camarade et sans doute de crimes bien plus graves : haute trahison, vol et meurtre.

— Il est dans ton intérêt de collaborer avec la justice du prince, enchaîna Mitko. Si tu revois cet individu, ne laisse surtout rien paraître, tâche de savoir où il habite et cours prévenir le boyard Artem, mon camarade ou moi-même. C'est clair ?

Le peintre acquiesça en silence avant d'ajouter :

— Il est possible que je ne le revoie plus. Je crois avoir compris qu'Ilarion a l'intention de quitter Tchernigov ces jours-ci.

— Pour aller où ? demandèrent les Varlets en chœur.

Leur inquiétude était manifeste ; au contraire, Nil semblait avoir recouvré son sang-froid. Il haussa les épaules d'un air indifférent.

— Kiev, ou peut-être Tsar-Gorod. Il ne l'a pas précisé.

Mitko et Vassili échangèrent un coup d'œil préoccupé et s'éloignèrent de Nil pour se consulter à voix basse. Il fallait au plus vite avertir Artem de ce qu'ils avaient appris. Si le nommé Ilarion était l'espion qu'ils recherchaient, comment l'empêcher de filer et d'emporter la lettre d'Oleg pour laquelle le malheureux Boris avait payé de sa vie ? Pas question de laisser le traître échapper au juste châtiment qui l'attendait !

Cependant, le peintre avait récupéré la fiasque ouverte que Vassili avait abandonnée par terre. D'un geste, il porta une santé aux Varlets avant de savourer une gorgée de vin.

— Voulez-vous partager ce breuvage avec moi ? proposa-t-il. On dirait le nectar des dieux grecs !

Mitko hésita mais Vassili l'entraîna vers la sortie.

— Bois donc à notre santé, à celle du prince... et à ta chance ! Car, par la Sainte Croix, tu en auras besoin dès que nous aurons pincé ton ami !

Ils quittèrent l'église, et la lourde porte cloutée se referma en grinçant derrière eux.

Une demi-heure plus tard, ils pénétraient dans le palais et montaient frapper à la porte du cabinet de travail d'Artem.

Le droujinnik était en train de rédiger quelques notes pour les archives. Il salua ses assistants et les invita à s'installer, les priant d'expliquer la raison de leurs mines soucieuses.

— Raconte, toi, suggéra Vassili à l'adresse de son ami, puisque c'est toi qui as eu à en découdre avec cette fripouille !

Mitko se lança dans son récit. Pour appuyer ses dires, il montra au droujinnik la bosse qui ornait son crâne. À cet instant, Philippos se faufila dans la pièce sur la pointe des pieds. Feignant de ne pas s'apercevoir de l'expression mécontente d'Artem, il intervint pour promettre à Mitko de confectionner un cataplasme qui guérirait sa bosse, puis il alla se blottir sur un tabouret près du poêle. Dès que Mitko eut terminé, Vassili prit la parole afin d'apporter quelques précisions.

— Nous avons fort bien pu ne rencontrer cet individu qu'une seule fois, la nuit même où Boris a été assassiné. On peut imaginer qu'il habite à l'extérieur du palais et qu'il a réussi à y pénétrer ce soir-là avec les autres invités du prince. Mais il est possible que nous l'ayons croisé plusieurs fois ici pour peu qu'il y loge. Si c'est le cas, Nil nous a raconté un beau tissu de mensonges ! Ses propres appartements se trouvent dans le palais, et il n'aurait pu ignorer la présence de son ami au sein de la résidence.

— Très juste, acquiesça Artem. Je vois mal l'artiste en meurtrier et en traître, mais il est sûrement capable de mentir pour protéger un ami. Le Grec se comporte à l'évidence en coupable... Mais pour quelle raison a-t-il voulu s'attacher le peintre, un véritable « bonhomme de Dieu », timide et inoffensif ? C'est ce qu'il nous reste à établir. Une chose est certaine : Nil est le seul lien qui nous permette de le retrouver. Il est probablement, aussi, un témoin capital dans cette affaire.

— Je me souviens de son trouble au moment où il nous a donné son nom : Ilarion, reprit Vassili. Plus j'y pense, plus je suis persuadé qu'il l'a inventé à notre intention.

— Et moi, je commence à regretter que vous ne l'ayez pas amené avec vous au palais, remarqua Artem.

— Il a bien mérité qu'on le soumette à un interrogatoire poussé, mené par des droujinniks rompus à la tâche ! approuva Mitko. Faut-il qu'on aille le chercher, boyard ?

Artem se leva de son fauteuil et se mit à arpenter la pièce en tirant sur sa moustache.

— L'ennui, dit-il en s'arrêtant devant les Varlets, c'est que votre Grec surveille sans doute le peintre. Cette soudaine convocation ne manquerait pas de l'alarmer, et il prendrait aussitôt la clé des champs.

Il s'apprêtait à ajouter quelque chose lorsque des coups frappés à la porte le firent se retourner. Celle-ci s'ouvrit à la volée et Miroslav, le visage défait, apparut sur le seuil.

— Boyard, n'ordonne pas de me châtier, mais ordonne de me pardonner, souffla-t-il. Je me suis permis d'interrompre votre conciliabule car il vient de se produire un événement grave.

Artem l'invita à prendre un siège, se rassit lui-même dans son fauteuil et le fixa d'un air interrogateur.

— J'ai découvert tout à l'heure une lettre, commença Miroslav en s'efforçant de maîtriser sa voix. Elle n'est pas signée, quelqu'un l'a glissée sous mon portail. Elle m'apprend que, le soir de sa mort, Katérina a rencontré un Varlet...

— Un Varlet ? répéta Philippos, les yeux agrandis par la curiosité.

— Je constate que ton fils montre un vif intérêt pour cette enquête, commenta Miroslav d'un air pincé. Tu le laisses donc y participer ?

— Nullement, répondit Artem, imperturbable. C'est bien pour cela qu'il parle à tort et à travers. Il ferait mieux de tenir sa langue ! Mais continue, je te prie.

— L'expéditeur m'invite à lui verser une somme rondelette en échange de certains renseignements sur ce rendez-vous. J'ai apporté la missive, souhaites-tu l'examiner ?

Artem acquiesça en lui prenant des mains un rouleau d'écorce. S'armant d'une éponge humide, il le déroula et lut à haute voix les caractères maladroits tracés à l'encre noire :

— « Boyard, ta fiancée a rencontré un Varlet le soir où elle est passée de vie à trépas. J'ignore si c'est lui qui l'a tuée, mais je les ai vus tous les deux aussi bien que je vois en ce moment mon reflet dans le miroir éclairé par les bougies. Veux-tu connaître d'autres détails ? Cela te coûtera cinq grivnas d'or. Si tu es d'accord, ne parle à personne de ma lettre et écris-moi clairement : "Je consens à verser tant à l'auteur de ces lignes." Laisse ta réponse dans un pot ou une boîte sur la tombe de ta fiancée. Je viendrai la chercher. » Hum... Le style n'est pas dénué d'éloquence, mais l'auteur ne doit pas pratiquer souvent l'écriture. Ce n'est ni un noble ni un marchand ; il faut aussi exclure tous les métiers qui...

— Qu'importe qui c'est ! l'interrompit Miroslav. Je veux rencontrer cette personne. Je veux savoir la vérité !

— Calme-toi, mon ami, l'exhorta Artem. Qu'est-ce qui nous prouve qu'il ne s'agit pas d'un vulgaire imposteur, d'un faux témoin qui tente de s'enrichir en se servant de ton chagrin ?

— Mais alors, comment savoir si ce témoignage est vrai ou faux ? demanda Miroslav, dérouté.

— Il n'y a qu'un seul moyen : attendre. Le coquin espère te soutirer de l'or et il n'y renoncera pas tout de suite. Si tu t'abstiens de répondre, il comprendra que tu hésites. Pour peu que son récit soit véridique, il te communiquera quelques détails supplémentaires — pas sur le Varlet mais sur Katérina : par exemple, la façon dont elle était vêtue ce soir-là. Si, au contraire, son histoire est un leurre, il se démasquera ; quoi qu'il invente, il te sera aisé de t'apercevoir de la tromperie.

Entre-temps, nous avons toutes les chances de le confondre.

— De quelle manière ? s'étonna Miroslav.

— La plupart de ces petits escrocs, de ces misérables maîtres chanteurs commettent vite des imprudences de toutes sortes. Plus l'affaire traîne en longueur, plus l'empressement, l'impatience, l'avidité les poussent à oublier les précautions qu'ils s'imposent au début, et leurs machinations finissent par éclater au grand jour.

— Tu as donc bon espoir de découvrir bientôt l'identité de ce coquin ? demanda Miroslav en proie à la plus vive excitation.

— Sans aucun doute, mon ami. Prends ton mal en patience et tu seras récompensé. En cas de besoin, il suffira de lui tendre un piège. Toutefois, il est inutile de se précipiter.

Miroslav sembla rasséréné ; pourtant, lorsqu'il fixa Artem quelques instants plus tard, une lueur d'inquiétude brillait de nouveau au fond de ses prunelles.

— Tout de même, comment se fait-il qu'un Varlet puisse être mêlé à cette affaire ? Katérina connaissait un seul jeune guerrier, son frère de lait Svéneld, et il n'est pas Varlet !

— Je doute qu'il y ait du vrai dans cette histoire, lui assura Artem. Je suis presque certain que c'est la première et dernière lettre que tu reçois.

Miroslav secoua la tête d'un air désolé.

— Pardonne-moi, je t'ai promis de me comporter en enquêteur et non pas en homme frappé par le sort. J'ai encore donné libre cours à mon imagination au lieu de raisonner avec logique... À propos des recherches que tu mènes en ce moment, où en es-tu de cette affaire de meurtre et de haute trahison ?

— Je m'intéresse aux Grecs qui séjournent dans notre ville... C'est tout ce que je peux te confier car le prince exige un secret absolu à ce sujet.

— Je comprends, fit le vieux droujinnik tandis qu'un sourire illuminait son long visage triste. N'oublie pas que nous sommes collègues ! Tu as donc des raisons de croire que Boris a été assassiné par un Grec. Intéressant... Je te conseille d'interroger Svéneld, il a quelques amis grecs. On ne sait jamais, le monde est petit... Mais je m'en vais. Je n'ai que trop abusé de ton temps !

Artem lui rendit son sourire. Les anciens compagnons d'armes se saluèrent, et Miroslav prit congé, laissant la missive anonyme au boyard et promettant de le tenir informé de la suite des événements.

— Ce bon vieux Miroslav ! s'exclama Artem, resté seul avec les Varlets. J'aurais tant aimé lui épargner une nouvelle peine et, peut-être, une terrible déception.

— Tu supposes donc... commença Vassili.

— ... que Katérina lui était infidèle ? termina Mitko à la place de son ami.

Artem enroula d'un air pensif sa longue moustache autour de son index.

— Je me méfie des parangons de vertu, répliqua-t-il d'un air sombre. Et je me demande s'il s'agit vraiment d'un Varlet... Mais il suffit, inutile de se perdre en conjectures. Nous avons du pain sur la planche.

Il se releva pour arpenter de nouveau la pièce en tiraillant sa moustache.

— Il y a quelque chose qui me tracasse à propos de cette rencontre entre Nil et le Grec, avoua-t-il enfin. Pourquoi ce dernier n'est-il pas venu voir le peintre au monastère mais lui a-t-il donné rendez-vous dans une taverne ?

— On ne sait pas ce qu'ils se sont raconté, ni ce qui s'est passé entre eux, intervint Philippos d'une voix timide. Tant qu'on l'ignore, on ne peut pas répondre à tes questions.

Le droujinnik s'arrêta devant le garçon dans l'intention de lui rappeler sa promesse de ne pas se mêler de l'enquête en question... mais demeura silencieux. De vagues idées tourmentaient son esprit sans parvenir à prendre forme.

— Il faut que je parle au peintre, déclara-t-il soudain. Mitko, prends deux gardes et va au monastère chercher Nil. Tu m'apporteras aussi cette fiasque de vin de Chypre.

Le Varlet bondit sur ses pieds et sortit en courant, laissant Vassili et Philippos plongés chacun dans ses pensées et Artem, en proie à une funeste prémonition.

Immobile au milieu de l'église, la fiasque presque vide à la main, Nil scrutait la fresque, mais son esprit était ailleurs. Il n'arrivait plus à se concentrer depuis la visite des Varlets. Poussant un soupir, il se mit à faire les cent pas dans la nef. Il s'approcha de l'autel pour contempler la magnifique coupe d'or, présent de l'époux de dame Irina, avant de revenir vers la table montée sur tréteaux où s'étalaient pinceaux et mélanges de couleurs. Il les examina d'un air absent, but une gorgée de vin puis passa en revue une nouvelle fois tout ce qu'il avait dit aux Varlets. Non, il n'avait pas trahi son cher Ilarion, songea-t-il en savourant ce nom en pensée. Les droujinniks pouvaient bien s'élancer à sa poursuite, remuer ciel et terre pour le retrouver ! Ils n'avaient aucune chance de le débusquer — pas plus qu'ils ne risquaient de découvrir ce qu'Ilarion avait confié à Nil. Ilarion et son secret étaient en sécurité. Nil y avait veillé.

Mais alors, pourquoi l'angoisse lui nouait-elle le ventre ? Il en avait presque mal. Qu'est-ce qui n'allait pas ? Jamais il n'aurait cru que la peur puisse faire souffrir à ce point !

Laissant échapper la fiasque, Nil pressa les deux

mains au creux de son estomac. La fiasque se brisa avec fracas contre les dalles du sol mais il n'entendit rien. La douleur s'intensifia avant de déferler sur lui, si puissante que ses pensées se brouillèrent et qu'il faillit s'évanouir. Par le Christ, que lui arrivait-il ? Un flot de sueur inondait ses tempes et sa nuque, plaquant ses cheveux fins sur son crâne et collant sa tunique à son corps. Pourtant, il grelottait de froid.

Il garda une main posée sur son ventre et s'appuya de l'autre sur la table pour se soutenir. Ses oreilles bourdonnaient ; il avait la nausée. Luttant contre le vertige, il ferma les yeux. Lorsqu'il les rouvrit, son regard tomba sur les éclats de la fiasque éparpillés sur le sol. À travers la brume qui flottait devant ses yeux, il distingua un dépôt noirâtre sur un fragment de terre cuite. Alors, il comprit. Ou, plutôt, il était sur le point de comprendre, mais tout son être s'y refusa.

Faisant un effort désespéré pour ne pas penser à ce qui s'imposait à son esprit, Nil leva la tête pour fixer la Vierge, qui semblait s'avancer vers lui en le toisant avec sévérité. À cet instant, il aurait souhaité un regard plus doux, plus réconfortant... mais il savait qu'il ne l'avait pas mérité.

Les vagues de douleur se succédaient de plus en plus rapidement, mais il parvenait à rester conscient en respirant à fond. Il contempla une nouvelle fois sa fresque. Une drôle d'impression le saisit ; il se sentait piégé dans l'espace intérieur de l'œuvre, captif du jeu des lignes et du croisement des regards. Il en fut d'abord effrayé puis faillit éclater de rire. Imbécile ! C'était bien la preuve qu'il avait réussi !

Il lui restait encore un dernier doute. Il scruta le visage de Marie dont les lèvres fines semblaient articuler le véritable nom d'Ilarion. Nil avait-il eu tort de lui accorder sa confiance ? Avait-il placé sa foi dans un être indigne ? Il savait qu'il ne trouverait pas seul la réponse à cette question. Pourtant, quelqu'un pouvait l'aider. Artem.

Se mordant les lèvres, Nil s'éloigna du mur sans cesser d'étudier sa composition et l'espace alentour. Et, d'un coup, il *vit* la solution : elle était là, masquée par son évidence même. Elle se déroberait à l'œil du profane pour s'imposer à celui du peintre. Et Artem ? Saurait-il la déchiffrer, la *voir* ? Nil ne pouvait que l'espérer.

Il se dit qu'il lui faudrait travailler sur le mur déjà sec et que les couleurs risquaient de ne pas bien prendre. Mais il n'avait pas le choix ; l'important, c'était de laisser un message à Artem. La douleur qui lui déchirait les entrailles s'était un peu estompée. Il devait profiter de ces quelques minutes que la divine providence lui accordait.

L'espace d'un instant, Nil s'arrêta en songeant à sa fresque. Il avait voulu la construire et il y était parvenu. La modification nécessaire n'allait-elle pas lui ôter cet aspect unique qu'il était arrivé à lui conférer ? Tout en respectant les canons, il avait représenté l'espace divin à l'aide de lignes et de formes colorées. Si le spectateur était attiré par la fresque, c'est que Nil lui avait assigné une place dans sa composition. Cette présence, nul spectateur n'y échapperait jamais. Et cette représentation divine serait désormais marquée par les choses humaines. Par la présence d'Ilarion. Et Nil ne le regrettait pas.

Il s'approcha du fragile échafaudage qui semblait tenir par des bouts de ficelle ; il avait remplacé celui que ses apprentis avaient démonté avant de partir. Craignant le bavardage des deux garçons, Ilarion — toujours lui — avait exigé que Nil les congédie. Offensés, les deux adolescents s'étaient vengés en cassant la plate-forme érigée devant le mur et en jetant les couleurs préparées par le peintre. Cependant, le travail était terminé, et Nil ne pensait pas se servir du nouvel échafaudage construit à la va-vite en fines planches de sapin...

Rassemblant toutes ses forces, il le repoussa vers le mur. Puis il choisit un pinceau, prépara à la hâte sa palette et se mit à grimper. Il avait toujours été agile comme un singe, cette curieuse créature qu'il observait parfois à la grande foire d'été de Kiev. Maintenant, il gémissait, ahanait, pleurait de douleur, mais il réussit à se hisser à la bonne hauteur. Il traça quelques lignes, disposa ombres et lumières. Tout son corps frissonnait d'épuisement, pourtant, sûre et rapide, sa main ne tremblait pas.

Lorsqu'il eut terminé, Nil pria pour qu'Artem décrypte son message. Il n'eut pas le temps d'achever sa prière : une dernière vague de souffrance le submergea, le projetant dans un gouffre noir et sans fond.

Chapitre VII

On trouva le corps de Nil étendu sur les dalles du sol, au bas de l'échafaudage sur lequel il travaillait encore quelques instants avant sa mort. Mitko et les deux gardes qui l'accompagnaient crurent d'abord à un accident. La construction était fragile et branlante, et son palier supérieur, dépourvu de rampe. Tout portait à croire que le peintre s'était rompu le cou en tombant. Cependant, Mitko fut alerté par l'expression de souffrance aiguë que reflétait le visage de l'artiste. La chute avait-elle été provoquée par une indisposition passagère ? Si oui, quelles avaient été les causes de ce malaise ?

Informé de l'accident par Mitko, le père supérieur du monastère prêta aux gardes une charrette pour le transport du corps, et les deux soldats partirent pour la résidence princière. Quant à Mitko, il s'attarda dans l'église à la recherche d'indices qui pourraient aider Artem à découvrir la véritable cause du décès du peintre. Mitko admirait le boyard, capable de reconstituer la scène d'un crime en se servant de repères en apparence insignifiants recueillis sur les lieux. Mitko, lui, avait beau écarquiller les yeux, gratter sa grosse tête et caresser la bosse qui ornait son crâne : il ne voyait aucune marque suspecte, aucun détail insolite digne d'être signalé à Artem. Cependant, il devait se dépêcher : l'heure des vêpres approchait et les moines affluaient dans l'église. Poussant un soupir résigné, Mitko s'apprêtait à partir quand il se souvint qu'Artem lui avait demandé de lui rapporter la fiasque de vin offerte au peintre par son mystérieux ami. Il aperçut alors les fragments de terre cuite sur les dalles du sol. Se mettant à quatre pattes, il parvint à les ramasser entre les pieds des moines qui lui dardaient des coups d'œil désapprobateurs car l'office commençait. Enfin, il enveloppa les morceaux de la fiasque dans son mouchoir, confectionna un balluchon avec un chiffon maculé de peinture qu'il trouva près de l'échafaudage et se glissa à l'extérieur au moment où les religieux se mettaient à genoux pour prier.

Pour regagner le palais, Mitko choisit le chemin le plus court. Il allait couper à travers le quartier habité par les Drevlianes puis celui des teinturiers avant de déboucher dans la grand-rue. Il se félicita de s'être rendu au monastère affublé de son costume de modeste commis, car l'hostilité des « maudits païens », ainsi que Vassili et lui appelaient les Drevlianes, envers les droujinniks du prince n'avait d'égale que leur haine des popes.

Dans la maigre lumière de ce crépuscule de novembre, les ruelles puantes bordées de palissades lui parurent particulièrement sinistres et menaçantes. Il regretta d'être parti pour le monastère sans arme, comptant sur la présence des deux soldats, et se promit d'imiter désormais l'exemple de Vassili qui ne sortait jamais sans son petit arc dissimulé sous sa veste et son poignard recourbé caché dans sa botte.

Il pressa le pas, cherchant à éviter les regards soupçonneux que lui jetaient les rares passants qu'il croisait, de petits hommes trapus et larges d'épaules, coiffés de bonnets de fourrure et vêtus de courts manteaux en peaux de bêtes. La plupart d'entre eux devaient rentrer après leur journée de travail au marché ; pourtant, c'est en vain que Mitko guettait les rires, les plaisanteries et les commentaires que marchands et artisans échangent d'habitude à cette heure de la journée. Ces gens-là glissaient comme des ombres, méfiants et silencieux. Était-ce la présence d'un étranger qui les rendait aussi réservés ? songea Mitko. « Mais non, se répondit-il en lui-même, ils sont comme le chat du proverbe, qui sait ce qu'on a à lui reprocher ! »

Il pestait en pensée contre les Drevlianes lorsqu'une scène insolite attira son attention. De l'autre côté de la palissade qu'il longeait, au fond d'un minuscule jardin, un couple discutait avec animation près de la porte entrouverte d'une chaumière. À dire vrai, seul l'homme parlait tandis que sa compagne s'exprimait par gestes. Ce fut d'abord cette dernière qui excita la curiosité de Mitko. Malgré le châle de grosse laine qui lui cachait le front et l'enveloppait jusqu'à la taille, on pouvait deviner qu'elle était très belle. Visiblement, elle essayait de convaincre son interlocuteur d'entrer dans la maison. Son visage était rose d'émotion, et ses grands yeux noirs pleins de feu fixaient l'homme avec une expression mi-rieuse mi-suppliante. Celui-ci tournait le dos à Mitko mais sa magnifique cape framboise, sa chapka bordée de fourrure et ses bottes en fin cuir jaune trahissaient le jeune élégant de la ville, sans doute un boyard. Que faisait-il à la nuit tombante dans ce quartier habité par de dangereux païens ?

Intrigué, le Varlet s'approcha de la clôture basse à pas de loup et s'accroupit, épiant le couple à travers un interstice entre les pieux. Le jeune homme n'hésita pas longtemps.

— Tu as raison, belle muette ! lança-t-il en riant. Je te suivrai au bout du monde ; et pourquoi pas en passant d'abord par cette cabane ?

La jeune femme lui décocha un sourire espiègle, et le couple disparut à l'intérieur de l'isba. Mitko se demandait s'il devait poursuivre son observation quand il aperçut deux silhouettes d'hommes se détacher des arbres du petit jardin pour se glisser l'une après l'autre vers l'arrière de la cabane. Il devina que l'isba possédait une seconde entrée. Les deux lascars étaient sûrement de mèche avec la belle... Tout cela ressemblait fort à un piège !

Sans balancer davantage, Mitko posa son balluchon sur le sol, escalada la palissade et, courbé en deux, courut vers la maison. Il poussa doucement la porte mais, comme il s'y attendait, elle était verrouillée de l'intérieur. L'unique fenêtre de l'isba était fermée au moyen de vantaux fissurés et branlants, et Mitko put reprendre son observation à travers les interstices des planches.

À l'intérieur, la jeune femme avait allumé un éclat de bois résineux qui remplaçait les bougies dans les maisons pauvres. À la lueur de la maigre flamme qui vacillait dans un courant d'air, Mitko distingua une petite pièce au sol en terre battue qui comportait pour tout ameublement une table rustique, un tabouret taillé dans un vieux tonneau et un matelas posé à même le sol, recouvert d'une couverture bariolée. Assis sur le tabouret, le jeune boyard avait les yeux rivés sur sa compagne qui se tenait bien droite devant lui. Ôtant son châle, elle découvrit une magnifique chevelure noir de jais qui se répandit telle une cape sur ses épaules. L'homme poussa un cri d'admiration et tenta d'enlacer la belle, mais celle-ci s'écarta en minaudant avant de disparaître derrière le rideau qui masquait le fond de la pièce.

Mitko s'attendait à voir surgir les deux drôles qu'il avait aperçus se faufiler vers l'isba. Mais, l'instant d'après, la muette revint, portant un petit pichet et deux gobelets de bois. Elle disposa le tout sur la table, remplit les récipients et, d'un geste engageant, invita son hôte à boire en sa compagnie.

— Ce n'est pas de l'hydromel ! s'écria celui-ci en reniflant la boisson. Tu veux donc me faire absorber un philtre, jolie diablesse ? Je suis pourtant bien assez amoureux !

De nouveau, il enlaça la jeune femme par la taille. Elle se laissa attirer par lui tout en pressant une main sur son cœur, tandis qu'elle désignait le gobelet de l'autre.

— Soit, je vais goûter à ta potion, mais je mérite un baiser ! s'exclama l'homme en riant.

Mitko serra les poings de dépit. « Imbécile ! » jura-t-il en silence à l'adresse du boyard écervelé. Cependant, celui-ci avala quelques gorgées de son breuvage, installa la belle muette sur ses genoux et s'empara de ses lèvres. Les paumes moites, la gorge sèche, Mitko s'avoua qu'il donnerait cher pour être à la place du jeune étourdi. Il détourna les yeux, inspectant les volets qui menaçaient ruine. En cas de danger, il pourrait les arracher pour...

Un cri de frayeur le fit sursauter. Il colla le nez à la fente entre les planches : les deux complices de la muette venaient de surgir de derrière le rideau. Noirauds, barbus, ils portaient comme la plupart des Drevlianes des vestes en peaux de bêtes et des bonnets de fourrure enfoncés jusqu'aux sourcils. Leurs mines patibulaires ne laissaient pas le moindre doute sur leurs intentions. L'un des bandits s'avança vers le boyard pétrifié en brandissant un gourdin, pendant que l'autre, immobile, se contentait de jouer avec un long couteau de chasse. Quant à la fille, elle avait sauté des genoux de son galant et reculé vers le lit, observant la scène.

Sans perdre un instant, Mitko poussa un hurlement

sauvage et secoua les vantaux. Les vieilles planches pourries cédèrent avec fracas, et le Varlet dégagea rapidement la fenêtre des débris de bois qui l'encombraient. Cependant, il se rendit compte que sa puissante carcasse ne passerait pas par l'étroite ouverture. Comme les occupants de la pièce le fixaient en écarquillant les yeux, il cria pour donner le change :

— Rendez-vous ! La maison est cernée ! Gardes, saisissez-vous de ces bandits !

Puis, tournant le coin de la maison, il se précipita vers la sortie arrière. Il ne pouvait espérer vaincre que s'il se battait à l'extérieur. Par chance, ainsi qu'il l'avait escompté, l'un des malfrats s'était rué au-dehors. C'était le plus jeune des deux, celui qui portait un gourdin. Mitko courut à sa rencontre. Il aperçut en un éclair la matraque fendre l'air et bondit de côté pour éviter le coup qui allait lui fracasser le crâne. Avant que son assaillant pût lever de nouveau son arme, il projeta son pied au creux de l'estomac du gaillard. Celui-ci étouffa un râle et se plia en deux, perdant son bonnet. Mitko assena alors un formidable coup du tranchant de sa main sur la nuque découverte de l'homme. Tandis que celui-ci s'effondrait comme une masse, son acolyte émergea de derrière l'isba et courut vers Mitko en jurant.

Plus petit et plus âgé que le premier adversaire du Varlet, l'homme était pourtant plus dangereux que lui. Son méchant couteau brilla dans la lumière du soir, éraflant la poitrine de Mitko. La légère cotte de mailles que le Varlet portait sous sa veste n'aurait sans doute pas résisté à la longue lame d'acier... Alors que cette inquiétante pensée lui traversait l'esprit, Mitko exécuta un plongeon pour ramasser le gourdin du premier bandit, toujours inconscient. En un clin d'œil, il était debout, abattant la matraque sur le poignet de son assaillant. Celui-ci hurla de douleur, mais réussit à reprendre le poignard dans son autre main. Poussant un cri de triomphe, il se rua sur le Varlet. C'était mal connaître Mitko ! Dans sa toute première jeunesse, avant de s'enrôler dans la droujina du prince, il rêvait de devenir lutteur de foire et avait appris à se battre au bâton ; aussi le gourdin était-il entre ses mains une arme aussi dangereuse que l'épée ou la pique. L'agresseur de Mitko avait beau sauter autour de lui en essayant de l'atteindre avec sa redoutable lame, le Varlet parait chaque coup avec la plus grande précision. Que le couteau fût dirigé vers sa gorge ou sa poitrine, la matraque l'arrêtait aussitôt, virevoltant dans l'air comme animée d'une vie propre. Soudain, alors que son assaillant projetait son arme en avant, Mitko bondit pour le frapper latéralement à la base du cou, atteignant ainsi un des points les plus vulnérables du corps humain. L'autre s'écroula sans un cri.

— Par Dieu tout-puissant ! Où as-tu appris à te battre comme ça, l'ami ? dit une voix qui tremblait un peu.

Mitko aperçut le jeune boyard qui l'observait, adossé au mur de l'isba.

— Et toi, où as-tu appris à courir le jupon ? répliqua le Varlet en reprenant son souffle. Par saint Krithinos le Vertueux, on dirait que tu ne sais pas faire la différence entre une honnête putain et une méchante garce, une sorcière !

— Je ne suis pas près d'oublier la leçon, reconnut le jeune homme, tout penaud. Pendant que tu t'occupais de ses acolytes, la muette a tenté de me blesser avec le poignard qu'elle cachait sous sa veste... comme si son infecte mixture ne suffisait à me rendre malade ! J'ai réussi à m'esquiver et je lui ai jeté à la figure le contenu du pichet. Puis, comme mes esprits se brouillaient, je me suis enfoncé la main jusqu'au fond de la gorge et j'ai vomi tripes et boyaux...

— Il est temps de décamper, l'ami, l'interrompit Mitko. Les Drevlianes, ces maudits païens, sont tous de mèche. S'ils s'aperçoivent de ce qui vient de se passer à leur nez et à leur barbe, on est cuits ! Je ne suis pas le preux Dobrynia[1] pour me battre seul contre cent. Allez, en route !

Le boyard tâta les poches de sa belle cape puis secoua la tête en riant.

— Pas avant d'avoir récupéré ma bourse ! s'exclama-t-il. La belle muette a déployé tous ses talents... sauf celui que j'ai la faiblesse d'apprécier !

— Si elle est si douée, elle t'attend sans doute pour une dernière démonstration, bougonna Mitko. Viens, je t'accompagne.

Ils pénétrèrent dans la minuscule entrée arrière encombrée par un énorme coffre cerclé de fer. Mitko le désigna à son compagnon avec un clin d'œil éloquent.

— Dommage qu'on ne puisse pas s'attarder pour examiner son contenu ! On y trouverait sans doute autant de bourses que cette douce colombe a plumé de pigeons !

— Je n'y tiens pas, répliqua d'un air maussade le dernier du nombre. Il n'y a que la mienne qui m'intéresse.

Dans l'unique pièce de l'isba, le jeune boyard s'approcha du lit où gisait la muette, des mèches humides collées sur son front. Une forte odeur douce-amère flottait dans l'air.

— Elle est évanouie ?... murmura-t-il. Mon Dieu, j'espère que cette drogue que je lui ai balancée à la figure ne l'a pas tuée !

1. Héros invincible des bylines (anciennes légendes) russes.

Mitko l'écarta sans ménagement et se pencha sur la jeune femme pour palper sa tempe du bout des doigts.

— Elle dort, c'est tout, annonça-t-il.

Il fouilla ses vêtements et finit par extraire de l'ample poche de sa robe une grosse bourse en cuir qu'il tendit à son compagnon.

— Maintenant, filons avant qu'elle reprenne ses esprits et ameute tout le voisinage !

— Et ses complices ? demanda le boyard en détachant le regard de la jeune fille. S'ils revenaient à eux ?

— Aucun danger, ricana Mitko. S'ils étaient bons chrétiens, je leur enverrais un pope, car ils risquent de rendre l'âme avant de recevoir l'extrême-onction !

En partant, il ramassa le balluchon qu'il avait posé près de la palissade et inspecta les alentours avant de commander à son compagnon de le suivre. Heureusement, la nuit était tombée, et l'obscurité dissimulait la cape trop voyante du boyard. Mitko lui avait imposé le silence car le moindre mot pouvait les trahir, les Drevlianes parlant entre eux leur propre langue. Pendant qu'ils marchaient, le Varlet réfléchit à sa nouvelle connaissance. Sans nul doute, le jeune étourdi appartenait à la fine fleur de la ville, et il se passionnait pour la gent féminine... il pourrait donc aider Mitko et Vassili à rencontrer la courtisane Glafira !

Dès que les deux hommes eurent pénétré dans le quartier des teinturiers, que Mitko reconnut à l'âcre odeur flottant dans l'air, il reprit la parole.

— Si tu tiens tant à te lier avec les jolies ribaudes, pourquoi ne pas revêtir une discrète tenue comme la mienne, au lieu de narguer les pauvres gens avec ta mise luxueuse ? Tu n'as rien de ces vieux boyards répugnants qui espèrent plaire grâce à leur bourse !

— Parce que toi... commença l'autre, médusé.

— Bien sûr ! Je me présente : Michée, fils d'un

riche marchand de Rostov, en voyage d'affaires dans cette ville. En vérité, ma façon de voyager ne contribue guère à la prospérité de mon père...

Ils éclatèrent tous deux de rire, puis Mitko poursuivit d'un ton grave :

— Comme je m'apprêtais à sortir ce matin, j'ai pensé : pourquoi ne pas lier connaissance avec les plus belles filles de Tchernigov ? Et qui dit les plus belles ne dit pas les plus fortunées ! Elles n'ont ni le front altier ni l'œil sévère des boyarichnas, ni leurs fards ni leurs bijoux, mais le regard tendre, les lèvres fraîches et le teint vermeil... Mais elles ont aussi pères tyranniques, frères susceptibles, fiancés jaloux ou, pire, intéressés ! Comment, me suis-je demandé, un beau gaillard comme moi peut-il éviter de s'attirer une attention malvenue ? Et c'est alors que j'ai revêtu le modeste costume d'un de mes commis !

— Par saint Jean Chrysostome, tu parles d'or, ami Michée ! Permets que je me présente à mon tour : Cyrille, fils de Phocas, boyard membre de la droujina des Varlets depuis deux lunes... Mais qu'est-ce que tu as à me dévisager ainsi ?

— Euh, rien, balbutia Mitko. Tu es donc le fils du Garde des Livres !

Il avait du mal à croire à sa chance. Avec du doigté, il pourrait soutirer au fils de Phocas et d'Olga quantité de renseignements utiles ! Le seul danger, c'était que Cyrille risquait de les reconnaître, Vassili et lui, car ils avaient tous participé en leur qualité de Varlets au banquet donné par le prince la nuit de l'assassinat de Boris. D'un autre côté, près de mille personnes avaient assisté à la fête, et Cyrille n'avait pas plus de chances de se souvenir des deux camarades que Mitko du jeune boyard, au moment où il l'avait aperçu en compagnie de la belle muette.

— J'ai l'impression que mon nom ne t'est pas inconnu, observa Cyrille.

— Celui de ton père, pas le tien, répondit Mitko. J'ai eu l'occasion de fréquenter les bibliophiles de cette ville ; ils tiennent Phocas en très grande estime.

— C'est exact, son savoir est sans pareil... Si seulement cela suffisait pour faire un bon père ! lança Cyrille d'un ton amer. Le moindre de ses manuscrits poussiéreux représente davantage à ses yeux que son fils ou son épouse. Ses crises de colère dissimulent en réalité la plus parfaite indifférence envers nous ! Ma pauvre mère continue à en souffrir... Quant à moi, c'est terminé ! J'ai quitté leur maison, j'ai choisi la carrière militaire et, hormis le respect que je dois au Garde des Livres de Sa Seigneurie le prince, plus rien ne me lie à mon père.

Stupéfié par la haine brûlante qui perçait dans la voix de Cyrille, Mitko demeura silencieux.

— Mais il suffit ! reprit le jeune homme. Comment puis-je te remercier, cher Michée, de m'avoir arraché aux griffes de cette diablesse et de ses acolytes ?

— En me livrant aux griffes d'une autre diablesse, répliqua Mitko en souriant. Tu ne devines pas ? Qui a croqué tant de fortunes, brisé tant de ménages, fait pleurer tant d'épouses et de mères qu'on la considère comme un véritable fléau ?

— La belle Glafira ! s'exclama Cyrille avec fougue. Eh bien, rien de plus facile, mon ami ! Demain, je donne un banquet en l'honneur de cette dame. Cette créature unique a instauré une nouvelle coutume dans notre ville : chaque boyard, jeune ou vieux, qui tient à sa réputation de galant homme doit convier au moins une fois, chez lui, Glafira et tous ceux dont la présence lui est agréable. Le maître de maison a quant à lui le droit d'inviter deux ou trois de ses amis. Tu en feras partie !

— Qui sont les autres ?

— Svéneld, un sacré gaillard que j'aime comme un

frère. Il devait y avoir un troisième, un certain Boris, mais le malheureux n'est plus... victime sans doute de quelque sombre intrigue ourdie par un rival.

Le visage rembruni, Cyrille s'interrompit quelques instants. Puis, passant la main sur son front, il poursuivit :

— Enfin, ce drame ne concerne que les habitants de notre ville ; je t'en parlerai une autre fois. Quant à ce brave Svéneld, tu ne manqueras pas d'admirer l'art avec lequel il disperse la fortune familiale. Je parie qu'il surpasse ton zèle à négocier les bonnes affaires pour le compte de ton père !

Les nouveaux amis éclatèrent de rire. Tout en bavardant, ils débouchèrent dans la grand-rue, où Mitko prétexta un rendez-vous galant pour prendre congé de Cyrille. Celui-ci lui expliqua comment trouver le chemin de sa maison, et ils se séparèrent jusqu'au lendemain.

En arrivant au palais, le Varlet trouva Artem et Vassili dans le cabinet de travail du droujinnik malgré l'heure tardive. Philippos les rejoignit aussitôt, surgissant comme par enchantement, prévenu par on ne sait quel bon ou mauvais esprit. Il expliqua que, de toute façon, la pensée de la mort soudaine du peintre Nil l'empêchait de dormir. D'un geste résigné, Artem l'autorisa à rester.

Mitko se lança alors dans le récit de ses dernières aventures, plus glorieuses en vérité que sa poursuite du mystérieux Grec à la cape rouge. Lorsqu'il eut annoncé l'identité de celui qu'il avait tiré d'un mauvais pas dans le quartier des Drevlianes, Philippos poussa un hurlement de joie, Vassili émit un sifflement enthousiaste et même Artem haussa les sourcils d'un air admiratif et se lissa longuement la moustache avec satisfaction. Mitko se rengorgea comme un coq.

— Inutile de le préciser, vieux frère, jeta-t-il à Vassili, tu viendras avec moi chez Cyrille. Il est prêt à tout pour me faire plaisir ! Je le trouve fort sympathique, ce jeune boyard ; un peu étourdi, mais quelle noblesse d'âme ! Je sens d'ailleurs que, lui et moi, nous allons devenir inséparables.

— Je serai peut-être de trop entre vrais nobles ! rétorqua Vassili d'un ton sarcastique.

— Au fait, Mitko, intervint Artem, revenons à la tâche que je t'ai confiée. Est-ce que tu as découvert des marques suspectes ou des traces quelconques qui permettent de préciser les causes du décès de Nil ?

L'espace d'un instant, le géant blond resta bouche bée en tirant sur les boucles de son collier de barbe. Il avait complètement oublié ses recherches infructueuses, ainsi que le malheureux paquet contenant les fragments de la fiasque ! Dissimulant son embarras, il se pencha pour ramasser le balluchon qu'il avait posé sous son fauteuil en arrivant.

— Voici la fiasque que le Grec avait offerte à l'artiste... ou, plutôt, ce qu'il en reste. Nil a dû la laisser échapper et elle s'est brisée. À part ça, je n'ai rien trouvé. Crois-moi, boyard, ce n'est pas faute d'avoir cherché !

Il déplia le chiffon maculé de peinture pour disposer les morceaux de terre cuite sur la table devant Artem.

— Selon toi, Nil a-t-il eu le temps de terminer le vin avant d'être victime de son malaise ? demanda le droujinnik en inspectant les fragments.

— Comment savoir ? s'étonna Mitko.

— C'est tout simple, intervint Vassili. As-tu remarqué si du vin était répandu sur le sol ? Non ? Eh bien, voilà ! Mais à quoi bon réfléchir à de telles vétilles ? ajouta-t-il d'un ton mielleux. Glosons plutôt sur la noblesse !

— Allons, allons, mes amis, fit Artem en dissimulant un sourire, ce n'est pas le moment de vous chamailler. Je vous propose de récapituler tout ce que nous savons sur la mort du peintre... car il est clair à présent qu'il s'agit d'un meurtre.

— Je m'en doutais ! s'écrièrent en chœur Vassili et Philippos, tandis que Mitko acquiesçait en silence d'un air confus.

— Mitko nous en a apporté la preuve ultime, reprit le droujinnik. Regardez ce dépôt, cette poudre noirâtre sur les fragments de la fiasque : c'est le poison violent que l'assassin a utilisé pour se débarrasser de Nil. Dès que les soldats furent arrivés avec le corps du malheureux, j'ai demandé au médecin du palais de l'examiner. Il a tout de suite découvert des signes troublants : le cadavre avait le ventre dur et gonflé, la langue noircie et quelques taches sombres sur le cou et les paumes. Manouk a fini par identifier ces marques comme étant celles d'un poison ignoré sur les terres russes mais bien connu à Byzance...

— C'est donc le mystérieux Grec l'assassin ! intervint Mitko.

— Je le crois. Comme vous l'avez vu donner le vin de Chypre empoisonné à sa victime, vous êtes les principaux témoins à charge. Je suppose qu'il a éliminé le peintre parce que celui-ci détenait un secret trop dangereux.

— Celui du meurtre de Boris, suggéra Vassili.

— Et du vol de la lettre d'Oleg, ajouta Mitko.

Artem approuva d'un signe de tête avant de poursuivre :

— Je pense que l'espion que nous recherchons ne fait qu'un avec le jeune homme vêtu d'une cape byzantine que vous avez aperçu en compagnie de Nil. En d'autres mots, l'assassin de Boris est aussi celui du peintre...

Le droujinnik s'interrompit en tiraillant sa moustache d'un air songeur.

— Il n'y a qu'un détail qui me rend perplexe. La façon dont ces crimes ont été commis ! Qu'il soit grec ou qu'il se serve de ce déguisement, le meurtrier connaît bien les poisons répandus à Byzance ; il vient de le prouver par la façon dont il a liquidé le peintre. Pourquoi ne pas avoir supprimé Boris de la même manière ? Rappelez-vous l'agitation provoquée par l'arrivée du Varlet, et toute cette foule qui se pressait autour de lui, les uns lui offrant une coupe, les autres la remplissant... Il aurait été bien plus facile d'empoisonner l'hydromel de Boris que de le suivre jusqu'à ses appartements en courant le risque d'être pris en flagrant délit ! Il doit y avoir une explication à cela... mais, pour l'instant, je ne me sens bien incapable de la trouver.

Dans le silence qui tomba, chacun réfléchissait aux propos du droujinnik lorsque Philippos prit la parole.

— Il y a un autre détail intéressant, avança-t-il. Les soldats qui ont ramené le corps de Nil du monastère affirment que le peintre travaillait en haut de l'échafaudage quand il a eu son malaise. Pourtant, il vous a déclaré plus tôt dans la journée qu'il avait terminé sa fresque !

— C'est juste, confirma Mitko. Tu t'en souviens, Vassili ? Même qu'il s'est plaint qu'on le dérange alors qu'il essayait de savoir s'il avait réussi son œuvre ou pas. Or, quand les gardes et moi l'avons découvert, il gisait sur le ventre, le visage ensanglanté. On en a conclu qu'il s'était rompu le cou en tombant.

— Avez-vous examiné la fresque avant l'accident ? demanda Artem aux Varlets. Sauriez-vous indiquer les modifications que Nil a bien pu y apporter ?

Mitko et Vassili échangèrent un coup d'œil gêné.

— On a du mal avec tout ce barbouillage... avant ou après, c'est du pareil au même, lâcha Mitko.

— C'est toi qui l'as étudiée ! rappela Philippos au droujinnik. L'autre jour, tu me l'as décrite sur le chemin de la maison du Garde des Livres. Si tu as oublié, je peux t'aider à t'en souvenir. Mais en quoi est-ce si important, que Nil ait remanié son tableau ?

Artem haussa les épaules.

— J'aimerais bien le savoir ! Le médecin prétend que l'effet du poison se manifeste environ une demi-heure avant que survienne la mort. Peut-être le peintre a-t-il compris ce qui lui arrivait... Dans ce cas, les dernières modifications qu'il a apportées à son œuvre prennent valeur de testament, et il est de mon devoir de déterminer ce qu'elles signifient.

Le droujinnik se leva et se mit à arpenter la pièce, comme chaque fois qu'il réfléchissait à quelque dilemme.

— Quels qu'aient été ses rapports avec le traître, Nil ne vivait que pour son art, et il considérait cette fresque comme son œuvre majeure. Mourant, se sachant condamné, il a employé ses derniers instants à l'améliorer. Puisque ces ultimes transformations lui importaient tant, par respect pour lui je me dois de découvrir en quoi elles consistent. J'en rendrai compte à Vladimir et à Guita qui lui avaient commandé la fresque.

Artem avait parlé d'un ton naturel et sincère, mais ses assistants savaient que ces propos simples équivalaient au plus solennel des serments, celui qu'on fait en baisant la croix.

— Je vais m'y appliquer dès demain, conclut le droujinnik en soupirant : Dieu sait que les énigmes ne manquent pas dans cette affaire !

— Est-ce que je pourrai venir avec toi ? le supplia Philippos, avant d'ajouter en baissant les yeux : Tu sais bien qui de nous deux s'y connaît en icônes et en fresques !

CHAPITRE VIII

Le lendemain, Artem se réveilla le corps trempé de sueur, un début de migraine battant à ses tempes. Il avait fait un cauchemar, le même qui l'avait déjà visité quelques jours auparavant. Il avait rêvé de la jeune fille à la natte blonde dont le visage avait pris les traits de Katérina. Quant à l'assassin, il lui était cette fois apparu vêtu de la cape réglementaire des Varlets. Ne croyant pas aux visions prémonitoires, le droujinnik décida que l'image du Varlet s'expliquait d'une façon bien naturelle : elle avait été suscitée par la lettre que Miroslav était venu lui montrer la veille.

Au loin, les cloches de la cathédrale du Saint-Sauveur se mirent à sonner l'office de prime. Il se força à se lever et alla chercher l'unique remède qui se fût jamais révélé efficace contre ses maux de tête, une potion aux graines de pavot, en avala deux longues gorgées puis se mit à s'habiller.

Philippos se réveilla et descendit le rejoindre au moment où Artem achevait ses ablutions. Le garçon avait la ferme intention de l'accompagner au monastère, et le droujinnik n'eut pas le cœur de refuser. Ils prirent une légère collation au réfectoire de la droujina des Varlets, puis Artem ordonna à un palefrenier au visage ensommeillé de seller leurs chevaux. Ils quittèrent la résidence avant le lever du jour.

Ils coupèrent à travers le quartier des teinturiers mais contournèrent celui des Drevlianes en dépit de l'insistance de Philippos, qui suggérait de visiter l'isba de la muette pour fouiller le gros coffre aperçu par Mitko. Le droujinnik dut arborer son air le plus sévère pour faire promettre au garçon de ne jamais s'aventurer dans ce repaire de bandits et de païens. Arrivés au monastère, ils laissèrent leurs montures au frère tourier et se dirigèrent vers l'église.

Dès qu'ils furent entrés, Philippos s'empressa d'admirer la somptueuse coupe d'or, legs de feu l'époux d'Irina, qui trônait sur l'autel recouvert d'une nappe écarlate. Quant au droujinnik, à peine eut-il franchi le seuil que son attention fut attirée par la fresque.

À sa grande surprise, il n'eut pas la même impression que la fois précédente. Il se souvint de la sensation qui l'avait alors saisi : il avait été comme happé par l'espace intérieur de la peinture, prisonnier du jeu de ses lignes, rivé au sein de la croisée de regards qui s'y dessinait. Rien de tel à présent ! Certes, la Vierge de Nil en imposait par sa composition insolite et par la gamme splendide de ses tons bleus, mais le tableau ne semblait plus posséder cette étrange attraction, cette force enveloppante qui inspirait presque un malaise. Pourtant, il avait beau inspecter l'œuvre pouce par pouce ; rien n'indiquait en quoi Nil l'avait modifiée.

Comme Philippos le rejoignait, Artem posa l'index sur ses lèvres, l'invitant à examiner la peinture en silence. Il se souvint du mot que Nil avait employé : pour lui, il s'agissait autant de peindre que de « construire » ses œuvres. Nil avait-il altéré la composition ? Artem étudia la mère de Dieu aux bras levés, avec sur la poitrine le cercle où l'Enfant irradiait sa divinité, avant de scruter les deux autres personnages, saint Joseph et saint Jean le Précurseur, reconnaissable à sa coiffure et à sa barbe échevelées. Rien n'avait changé dans l'attitude des protagonistes. Les deux vénérables saints, leurs fins traits ascétiques presque identiques, entouraient la Vierge et fixaient le Divin Enfant reposant contre son sein; celui-ci levait le regard vers le visage de sa mère dont les grands yeux sombres semblaient refléter un reproche mélancolique. Peut-être, songea Artem, la transformation que Nil avait opérée n'était-elle visible qu'à un regard de peintre? Peut-être avait-il simplement amélioré la gamme de ses bleus, comme il en avait l'intention?

La porte d'entrée grinça; le droujinnik et Philippos se retournèrent d'un même mouvement. Le Garde des Livres se tenait sur le seuil. Ils se contemplèrent tous trois avec un égal étonnement, puis Phocas et Artem se saluèrent cérémonieusement.

— Par quel hasard te trouves-tu en ce lieu saint qui, pourtant, vient d'être témoin d'un drame terrible? demanda le droujinnik avec curiosité.

— Je voulais te poser la même question, répliqua Phocas sans se troubler. Je viens souvent travailler dans la bibliothèque du monastère, et j'en profitais pour admirer la nouvelle fresque de l'église... Hélas! le père supérieur vient de m'apprendre le malheur qui est arrivé au peintre. Quant à moi, je ne m'étonne guère de ce malaise subit, conclut-il en haussant les épaules d'un air fataliste.

— Explique-toi!

— Le pauvre homme était de santé fragile. Combien de fois je l'ai entendu se plaindre du dérèglement de ses humeurs qui lui donnait des vertiges et des nausées! Non, Nil n'était pas fait pour séjourner longtemps en ce bas monde. Je suis allé jusqu'à soupçonner...

Phocas s'interrompit, et Artem dut insister pour qu'il reprenne :

— Comme dit le proverbe, la maladie naît du chagrin. Eh bien, j'avais souvent l'impression que des pensées mélancoliques passaient derrière le front pâle de Nil. Ainsi que je l'ai précisé, je m'intéressais à l'avancement de son travail. Parfois, il ignorait ma présence, et j'avais beau me mettre en colère, il ne daignait pas m'adresser la moindre parole. D'autres fois, il semblait avoir peur de quelque chose et, après avoir répondu à mes questions, il me priait de partir, comme s'il craignait qu'on ne nous vît ensemble. Ne me demande pas les raisons de ces silences ou de cette étrange frayeur, je les ignore. Était-ce là les bizarreries d'un tempérament d'artiste ?

Le Garde des Livres se tut, interrompu par une voix de femme, gaie et chaleureuse :

— L'artiste a-t-il terminé son chef-d'œuvre ? Peut-on enfin l'en féliciter ?

Le droujinnik aurait reconnu cette voix entre mille : c'était celle de dame Irina. La jeune veuve marchait vers eux à travers la nef. Elle portait la même pelisse et la même coiffe noire que le jour où Artem l'avait rencontrée ; la tristesse avait disparu de ses traits, ses yeux ambrés brillaient, ses lèvres pleines esquissaient un sourire et tout son visage rayonnait de bonheur. Elle s'inclina pour saluer Artem et Phocas, adressa un geste bienveillant à Philippos puis, promenant son regard autour d'elle, s'exclama :

— Eh bien, où est Nil ? J'espère que vous ne profitez pas de son absence pour le critiquer, lui ou sa fresque ! Elle est superbe, n'est-ce pas ?

— Personne ne s'aviserait de dire du mal d'un mort, lança Phocas d'un ton irrité.

Le sourire s'évanouit des lèvres d'Irina.

— Il s'est passé quelque chose ? s'enquit-elle d'une voix blanche en se tournant vers Artem. J'ai sans doute mal compris...

— Nil est décédé hier, répliqua le droujinnik. Il semble avoir été victime d'un malaise grave.

— Mon Dieu ! murmura Irina. Quelle perte pour nous tous ! Et pour moi... Mon pauvre, pauvre ami ! Lui qui rêvait de concevoir des œuvres encore plus belles, qui avait tant de projets...

Elle se mordit la lèvre et baissa la tête pour cacher ses larmes. Le droujinnik s'apprêtait à l'interroger avec tact sur ce qui l'avait amenée au monastère lorsqu'elle leva les yeux vers lui en battant des cils.

— Je voulais demander à Nil s'il allait bientôt repartir pour Kiev, précisa-t-elle comme si elle avait lu dans les pensées d'Artem. J'aurais tant aimé faire le voyage avec lui ! Il était si bon, si patient... Je me sentais moins seule et moins inutile en sa présence.

— Inutile ? Quelle absurdité, boyarina ! s'exclama le droujinnik tandis que le Garde des Livres considérait la jeune veuve d'un œil narquois. Toi, inutile ? Je vais te prouver à quel point tu te trompes. Je te supplie de m'aider à déchiffrer une énigme. Je ne saurais y parvenir sans l'avis de tous ceux qui ont souvent contemplé cette fresque.

Il expliqua en peu de mots que Nil avait remanié sa peinture avant de mourir. Il omit cependant de mentionner que le peintre avait été empoisonné et que, de ce fait, son dernier message acquérait une importance particulière. Il invita Phocas à examiner le tableau avec dame Irina et lui-même. Un long silence s'établit pendant lequel tous, même Philippos qui n'avait cessé d'étudier d'un œil jaloux Irina, se concentraient sur la fresque.

— Je crois que j'ai trouvé ! s'écria soudain le garçon. Si Nil a modifié quelque chose, c'est sans doute ces deux personnages minuscules, là, agenouillés aux pieds de la Sainte Vierge. Il est vrai que c'est la première fois que je vois cette fresque, mais ça me paraît évident ! S'il avait transformé les grands personnages, ça sauterait tout de suite aux yeux. Or Nil voulait laisser un indice sûr et discret...

Il se mordit la langue. Trop tard !

— Un indice ? fit Irina en ouvrant de grands yeux. Un indice de quoi ?

— Voilà en vérité un mot étrange, renchérit Phocas. À moins que... le boyard ne considère la mort du peintre comme suspecte !

— Pas du tout, répondit Artem avec une feinte insouciance. Mon fils se passionne pour les enquêtes criminelles, aussi ne parle-t-il qu'en termes d'indices et de preuves. Et, ajouta-t-il avec un soupir, quand on est jeune, la langue est plus agile que l'esprit !

Philippos rougit jusqu'à la racine des cheveux, furieux de sa bourde ainsi que de la réplique acide d'Artem. Le Garde des Livres esquissa un sourire indulgent, alors qu'Irina s'approchait pour inspecter la partie inférieure de la peinture.

— Tu es trop dur avec le petit, boyard, observa-t-elle comme Philippos la foudroyait du regard. Indice ou pas, sa remarque ne manque pas d'intérêt. Nil a souvent modifié la position du prince et de la princesse — car il s'agit des donateurs, bien sûr. Il s'inquiétait de la taille respective des protagonistes et de l'impression d'harmonie qu'il voulait conférer à l'ensemble. Pourtant, je suis certaine qu'il n'a pas modifié cette partie du tableau depuis le jour où nous nous sommes rencontrés ici.

— Dame Irina a raison, confirma Phocas. J'ai contemplé la fresque hier matin. Ces deux personnages n'ont pas changé d'attitude ; ce n'est pas là qu'il faut situer l'énigme que Nil a laissée avant de mourir, souligna-t-il avec un regard appuyé à l'adresse d'Artem.

Philippos n'y tint plus. Il avait pourtant bien compris que le droujinnik souhaitait garder secrète la cause du décès du peintre ! Maintenant, par sa faute, le Garde des Livres avait conçu des soupçons à ce propos ; dame Irina se moquait de lui en lui donnant du « petit », et Artem risquait de le mépriser ! Humilié, fou de rage contre lui-même, il marmonna au droujinnik que, puisqu'on n'avait pas besoin de lui, il allait rentrer au palais sans attendre. Celui-ci voulut le retenir, mais Philippos s'écarta comme un chat sauvage en lui lançant :

— Je sais ce que tu penses : bon débarras, pourvu que « le petit » évite les quartiers dangereux sur le chemin du retour. Eh bien, c'est promis. Et bonne chance pour l'énigme de la fresque !

Sans attendre de réponse, il courut vers la sortie, se débattit avec la lourde porte et disparut dans la pâle lueur du jour.

Artem commença à s'excuser pour la réaction de Philippos mais Irina l'interrompit d'un geste pour l'inviter à revenir au sujet de leur conversation. N'ayant contemplé l'œuvre que peu de fois, elle se rappelait moins de détails que le Garde des Livres ; en revanche, elle avait souvent écouté Nil parler de son art durant leur voyage vers Tchernigov. Aussi tenta-t-elle d'expliquer à Artem comment Nil « construisait » ses œuvres. Phocas, lui, semblait plutôt ennuyé par cette conversation à laquelle il ne participait guère. Il écouta quelque temps l'évocation d'Irina et les questions d'Artem puis finit par prendre congé, prétextant le travail qui l'attendait à la bibliothèque.

Le droujinnik bénit son départ : il lui permettait de se consacrer à sa ravissante interlocutrice. Tandis qu'Irina continuait de parler, il intervenait de moins en moins, captivé par la beauté de la jeune femme. Ces yeux or foncé, ce visage aux traits fins et réguliers, ces douces lèvres sensuelles, cette silhouette svelte et majestueuse auraient suffi à faire damner un saint !

Il proposa de raccompagner la jeune veuve jusqu'à sa demeure et celle-ci lui répondit par un sourire radieux qui en disait long sur sa joie. Pendant le trajet, le droujinnik oublia le crachin glacial et la tristesse du paysage avec ses arbres dénudés, ses isbas à moitié enfoncées dans le sol boueux et les figures moroses des passants que le vent impitoyable chassait le long des rues comme autant de feuilles mortes. Il savourait le son grave et profond de la voix d'Irina, s'émerveillait de la blancheur de son teint que soulignait une mèche noire et brillante échappée de sa coiffe, admirait ses mains gantées qui tenaient avec grâce la bride de sa monture.

Lorsqu'ils arrivèrent devant la maison entourée d'une palissade peinte en rouge, il aida sa compagne à descendre et demeura silencieux, cherchant à cacher son trouble. Irina se rapprocha de lui, et il put capter le parfum enivrant qui flottait autour d'elle.

— As-tu besoin de précipiter ton départ pour Kiev ? s'enquit-il soudain au lieu de saluer Irina. Nil n'est plus, et je pourrai te faire escorter par un détachement militaire quand tu le voudras, mais... pourquoi ne pas prolonger ton séjour dans notre ville ?

— Si tel est ton souhait, j'obéirai avec joie, répondit-elle. À condition que ce soit le boyard Artem qui me le demande, pas le fin limier de Vladimir !

Artem eut l'impression de se noyer dans l'immensité des prunelles dorées. Aucun son ne sortit de sa gorge nouée. Il finit par marmonner un mot à peine articulé qui ne voulait dire ni oui ni non. Irina l'interpréta cependant comme un acquiescement.

— Dans ce cas, puis-je t'offrir une coupe d'hydromel pour sceller notre amitié ? enchaîna-t-elle avec gravité.

Il voulut refuser mais la veuve poursuivit, une douce ironie teintant sa voix :

— Serait-ce qu'une nouvelle enquête t'oblige à me quitter ? Nous pourrions pourtant en discuter ensemble. À moins que l'intrépide guerrier et l'astucieux enquêteur n'ait peur d'une pauvre femme sans défense !

Pour toute réponse, le droujinnik baissa la tête, se dandinant d'un pied sur l'autre comme un idiot de village. Irina ôta un de ses gants, et Artem sentit sa main, brûlante comme un charbon ardent, se poser sur son poignet. Il plongea son regard dans le sien et se sentit perdu. Alors, elle le prit par la main, ouvrit le portail et le conduisit vers la petite maison aux vantaux décorés de plantes et d'animaux fantastiques.

Le même jour, alors qu'un crépuscule de plomb enveloppait la ville, Mitko et Vassili sortirent de la résidence princière pour se diriger vers la demeure de Cyrille. Vêtus de pelisses doublées de soie rouge, de caftans et de pantalons aux couleurs voyantes, ils avaient chacun préparé une histoire censée confirmer leurs identités de jeunes négociants en goguette, fils de commerçants aisés de Rostov, surtout connus pour l'insouciance avec laquelle ils dilapidaient la fortune amassée par leurs pères.

Mitko trouva sans peine le chemin que le jeune boyard lui avait expliqué la veille. Cyrille habitait non loin du domaine de ses parents, au cœur du quartier élégant qui s'étendait de la cathédrale du Saint-Sauveur jusqu'à la porte du Sud. Dans la grand-rue, de belles demeures entourées de palissades massives voisinaient avec des établissements de bains et des tavernes bien tenus. Ces dernières abritaient souvent les montures de leurs voisins dont les propriétés ne possédaient pas d'écurie.

Cyrille louait une confortable maison à un étage flanquée d'un verger et de dépendances. Une jeune servante, fraîche et coquette, ouvrit le portail et conduisit les Varlets à l'intérieur du bâtiment principal. Cyrille descendit les accueillir et se précipita à leur rencontre.

— Bienvenue à mon hôte le plus cher ! Viens que je te serre dans mes bras, ami Michée ! s'exclama-t-il en embrassant Mitko trois fois sur les joues. Vous n'êtes pas en avance, loin de là ! Tout le monde est arrivé, sauf l'aimable Glafira et sa suivante.

Mitko parvint enfin à s'arracher aux bras de Cyrille et annonça :

— Voici Vlas, mon fidèle ami, bourreau des cœurs et grand pécheur devant l'Éternel.

Cyrille gratifia Vassili d'une accolade aussi fougueuse que celle qu'il venait de donner à Mitko, puis il frappa dans ses mains. Le domestique accouru à la hâte débarrassa les Varlets de leurs pelisses et Cyrille, excité comme un gamin, monta l'étroit escalier quatre à quatre en les invitant d'un geste à le suivre.

Ils pénétrèrent dans la grand-salle, pas très vaste en réalité mais meublée avec goût et fastueusement décorée. Un grand tapis de laine recouvrait presque toute la surface du plancher, une immense tapisserie byzantine représentant une scène de bataille ornait le mur en face de l'entrée, tandis que les trois autres murs exposaient une magnifique collection d'armes accrochées à des tentures aux vives couleurs. Posés aux quatre coins de la pièce, de grands candélabres de cuivre éclairaient brillamment une longue table en chêne ainsi que les convives installés les uns en face des autres, sur deux bancs munis de coussins et de peaux de bêtes.

Mitko et Vassili examinèrent rapidement les invités, repérant sur-le-champ les commerçants Fédote et Klim. Bien qu'ils figurent sur la liste des suspects, Artem ne les avait pas encore convoqués au palais, et les deux frères n'avaient aucune chance de deviner la véritable identité des Varlets. Quant aux autres hôtes, ils ne les avaient jamais rencontrés. Soulagés, ils échangèrent un coup d'œil complice avant de suivre Cyrille qui voulait les présenter aux convives.

Hormis Fédote et Klim, il y avait là Svéneld, que Mitko et Vassili identifièrent grâce à son abondante chevelure claire, et trois jeunes godelureaux, boyards comme le maître de maison. L'un d'entre eux, un brun aux yeux vifs et aux épaules d'athlète, portait un collier de barbe à la mode grecque. Il était flanqué de deux blonds au visage rubicond de Vikings, l'un affligé d'une calvitie précoce, l'autre arborant l'ancienne coiffure des Varègues : cheveux coupés à ras du crâne avec une longue mèche au milieu du front. Tous les invités étaient parés de leurs plus beaux atours, portant des médaillons ou des grivnas d'or en sautoir par-dessus leurs caftans rebrodés d'argent, de lourdes bagues aux doigts et, à la ceinture, de magnifiques poignards aux manches incrustés de nacre, d'argent et de pierreries.

Glafira n'étant pas encore arrivée, les hôtes de Cyrille conversaient avec lui à mi-voix en buvant de l'hydromel frais et du vin de groseille. Au bout d'un instant, Svéneld quitta la table pour aller s'installer sur un tabouret près de l'âtre et, l'air morose, s'absorba dans la contemplation du feu. Quant à Mitko et à Vassili, les présentations terminées, ils se précipitèrent vers la collection d'armes qui ornaient les murs.

Ils retinrent leur souffle en admirant les redoutables instruments de combat varègues, épées à double tranchant avec leurs fourreaux gravés de runes et haches de guerre à large fer évasé, terminé par deux pointes. Puis ils inspectèrent un râtelier qui supportait de belles lames provenant de Rhénanie. Ces dernières, très appréciées pour leur robustesse et leur souplesse, étaient toutes signées du nom de l'armurier qui les avait trempées. Le mur voisin présentait des armes petchénègues et koumanes. Vassili en profita pour faire l'éloge des épées à lames recourbées, des boucliers recouverts de plaques rondes en fer forgé et des carquois richement décorés contenant des flèches à empennage multicolore. Il les connaissait bien par son père, prince kouman passé du côté des Russes et converti à la religion orthodoxe. Il regarda avec une certaine mélancolie un heaume plat enduit de poix pour éviter de briller au soleil, qui avait servi de couvre-chef à quelque khan célèbre avant de tomber entre les mains de Vladimir au cours d'une bataille sans merci entre Russes et nomades.

Après avoir terminé leur examen, Mitko et Vassili échangèrent un sourire entendu : ces armes ne pouvaient être des trophées de guerre car Cyrille n'appartenait à la droujina des Varlets que depuis peu de temps ! Il avait dû dépenser une fortune pour les acheter à quelque guerrier endurci qui, lui, avait réellement versé son sang pour la gloire du prince !

Gardant cette réflexion pour eux, ils s'apprêtaient à louer poliment la collection lorsqu'un tintement de clochettes parvenant de l'extérieur annonça l'arrivée de Glafira. Cyrille sortit en courant pour l'accueillir. Il revint dans la grand-salle accompagné de deux jeunes femmes. La première fit son entrée d'un pas majestueux, s'inclina d'un air digne puis embrassa l'assemblée du regard en s'arrêtant sur Mitko et Vassili. Ceux-ci l'étudièrent à leur tour.

Grande, bien en chair, Glafira avait des yeux noirs

comme la nuit qui soulignaient la blancheur de son teint et la fraîcheur de ses lèvres. Une couronne de cheveux noir de jais auréolait un visage frais qui n'avait nul besoin de fard. Elle portait une pelisse de zibeline jetée par-dessus une ample sarafane en soie rouge. Le fin tissu de sa tunique blanche ne dissimulait guère sa poitrine généreuse qu'ornait un riche collier composé de trois rangs de pièces d'or.

Derrière elle se tenait une jolie rouquine modestement vêtue. Sa sarafane azur mettait en valeur ses yeux bleus, et ses pendants d'oreilles en bronze seyaient à merveille à son joli minois parsemé de taches de rousseur. Elle avait une longue natte qui, jetée par-dessus son épaule, lui descendait jusqu'à la taille. À l'exemple de Glafira, elle avait gardé son mantelet sur les épaules. À l'évidence, c'était la suivante de la célèbre courtisane.

Comme Cyrille présentait les Varlets à cette dernière, Mitko ne put retenir un sifflement d'admiration.

— En vérité, s'exclama-t-il, tu as mérité ta réputation de plus belle femme de Tchernigov !

— Tu ne trouves donc rien de mieux qu'un compliment éculé à m'adresser ? demanda celle-ci avec une petite moue.

— Mieux vaut adresser un compliment un peu fatigué que d'avoir les talons usés comme tes malheureux admirateurs, qui piétinent devant ta porte sans jamais parvenir à te voir ! répondit Mitko du tac au tac. Par le Christ, tu n'es pas facile à rencontrer, belle Glafira !

La jeune femme échangea un coup d'œil avec sa suivante.

— Voilà un gaillard qui ne manque pas d'esprit, n'est-ce pas, Lisa ? dit-elle à cette dernière avant de gratifier le Varlet d'un sourire éblouissant de blancheur. Et comment se fait-il que, sans avoir piétiné devant ma porte, tu participes à un festin donné en mon honneur ? s'enquit-elle.

— Ce banquet, intervint Vassili, aurait été fort compromis si mon ami n'avait pas donné un coup de main à l'honorable maître de maison.

— C'est vrai, renchérit Cyrille. Sans le courage du brave Michée, je risquais d'être fort maltraité par cette maudite engeance, les Drevlianes. Mais venez, j'ai hâte de partager cet humble repas avec mes invités d'honneur. Je vous raconterai l'exploit de mon nouvel ami tout à l'heure.

Sur ces mots, Cyrille s'assit dans le fauteuil surélevé, en bout de table, assez large pour servir de siège à trois solides gaillards, et se tourna vers Mitko.

— Cher Michée, toi qui as bien voulu honorer ma maison de ta présence, accepte de prendre place à ma droite. Et toi, dame Glafira, daigne t'asseoir à ma gauche ; ta beauté sera l'ornement de ce banquet.

Mitko et la courtisane s'installèrent sur le même siège que Cyrille, alors que Vassili et Lisa occupaient les places libres de part et d'autre du fauteuil du maître de maison. Celui-ci frappa dans ses mains. À ce signal, deux jeunes servantes entrèrent, portant des plats d'argent contenant poisson séché et viande froide. Un garçon blond comme les blés les suivit, tenant à bout de bras un immense plateau chargé de coqs de bruyère au safran. Cyrille, dont la main se trouvait plus souvent sur la cuisse de Glafira que près de son assiette, caressa au passage les fesses rebondies du blondinet, qui rougit comme une pivoine. « Décidément, songea Mitko, troublé, ce joyeux drille de Cyrille apprécie la beauté des deux sexes ; ce n'est pas demain la veille que je me rendrai aux bains avec lui ! » Il adressa un clin d'œil à Vassili, mais celui-ci semblait tout occupé par Lisa qui parlait avec animation en penchant vers lui sa jolie frimousse. Mitko ouvrit grands les yeux : il n'avait encore jamais vu son camarade aussi excité.

Cependant, Cyrille se mit à raconter comment son « cher Michée » l'avait arraché aux griffes des truands. Ainsi que Mitko s'y attendait, il omit de mentionner la raison principale de sa présence chez les Drevlianes, transformant la belle muette en vieille diseuse de bonne aventure. Comme il terminait sa description de la bagarre, Glafira leva ses mains potelées pour applaudir le Varlet, et les autres convives s'arrêtèrent de manger pour l'imiter.

— Et savez-vous quelle récompense le valeureux Michée m'a demandée pour m'avoir sauvé de male mort ? s'exclama Cyrille. De le présenter à la belle Glafira !

La courtisane inclina la tête avec grâce pour remercier Mitko qui lui lança une œillade enflammée.

— Se battre seul contre deux voyous armés... en vérité, tu as bien mérité de me rencontrer, minauda-t-elle avant de murmurer : Dommage que toutes les récompenses ne soient pas faciles à obtenir !

— Assurément, intervint Svéneld. Celle que je convoite, c'est les cinq grivnas d'or promises à la personne qui renseignera le Tribunal sur le meurtre de mon ami Boris. Pourtant, je sacrifierais volontiers cet or pour régler son compte au vil assassin. Ce n'est pas la valeur mais l'honneur de la récompense qui m'importe.

— Boris était aussi mon ami, souligna Cyrille. Qui n'aimait pas notre rossignol ? Qui ne souhaite pas venger sa mort ?

— Moi, je donnerais la moitié de notre fortune pour retrouver le meurtrier de ce brave Boris ! s'écria Fédote avec fougue. C'était notre meilleur client. Il menait grand train et nous achetait toujours ce qu'il y avait de mieux : soieries, tissus de brocart...

— Et moi, je donnerais l'autre moitié... couina son frère Klim. Enfin... une moitié suffira, se corrigea-t-il comme son frère lui lançait un regard noir.

— Quant à moi, si le témoin est un homme, je l'aimerai autant qu'il voudra, qu'il soit jeune ou vieux, déclara la courtisane d'une voix rêveuse.

— Qu'est-ce qui te fait croire, belle Glafira, qu'il peut s'agir d'une femme ? s'étonna le jeune boyard blond au crâne dégarni. Il n'y en avait pour ainsi dire pas parmi les convives ce soir-là. Sans vouloir t'offenser, les dames sont rarement invitées aux festins donnés par Vladimir.

Glafira prit un air mystérieux avant de répliquer :

— Une femme se trouve parfois là où l'on ne l'attend pas. De plus, vous autres hommes, vous oubliez trop souvent que Dieu nous a créés nus et égaux. Nous avons autant d'esprit et de sens de l'observation que vous.

Mitko rencontra le regard de Vassili et sentit son cœur battre à tout rompre.

— Serais-tu l'heureuse personne destinée à toucher les cinq grivnas d'or et à devenir l'instrument de la justice ? demanda-t-il d'un air dégagé.

— Hélas, non, répondit-elle en fronçant les sourcils. Toutefois, pour que justice règne dans notre ville, le prince devrait mettre à prix la tête de chaque assassin ! Dieu sait combien Boris était cher à mon cœur, mais pourquoi les informations sur son meurtre seraient-elles plus précieuses que...

Elle s'interrompit en milieu de phrase. Mitko ouvrit la bouche pour continuer à l'interroger mais, à cet instant, un son de clochettes annonça l'arrivée d'un nouveau convive. Cyrille haussa les sourcils d'un air interdit.

— Je croyais que nous étions au complet. Aurais-tu invité quelqu'un d'autre sans m'en avertir, dame Glafira ?

La courtisane lui répondit par une mine aussi perplexe que celle de Cyrille lui-même. Le jeune boyard se leva en s'excusant et se hâta de sortir. Il revint quelques instants plus tard en compagnie du Garde des Livres, dont l'apparition suscita la stupéfaction générale. Seule Glafira salua Phocas d'un sourire bienveillant. Quant à Cyrille, il faisait peine à voir tant il était mal à l'aise.

— Mon père aime à me rendre visite de façon inattendue, dit-il d'une voix grinçante. Par la Sainte Croix, rien ne lui plaît davantage que de faire irruption à l'improviste dans ma demeure. Il veut, paraît-il, avoir l'esprit en paix en ce qui concerne mes fréquentations, ajouta-t-il en lançant un coup d'œil torve à Phocas.

— Je tiens simplement à vérifier que mon argent est bien employé, expliqua celui-ci sans broncher. Vous êtes mes invités, tous autant que vous êtes !

— Et voilà une bonne raison pour que le vénérable Phocas se joigne à nous, déclara Glafira d'un ton malicieux.

Le Garde des Livres lui adressa un regard empli d'admiration puis se tourna vers Cyrille.

— Eh bien, qu'est-ce que tu attends pour me proposer ton siège ? demanda-t-il avec irritation. N'ai-je pas le droit d'occuper la place du maître de maison ici ?

Renfrogné, Cyrille commanda aux serviteurs d'apporter un couvert supplémentaire. Ayant présenté ses hôtes à son père, il alla s'installer à l'autre bout de la table. Lorsque Phocas eut pris place dans le fauteuil entre Mitko et Glafira, cette dernière lui servit de sa blanche main une coupe d'hydromel et proposa de boire à sa santé. Les invités, encore sidérés par cette intrusion, vidèrent leurs coupes en silence. Phocas demanda alors à son fils de lui raconter comment il avait fait la connaissance de Mitko. Du bout des lèvres, Cyrille répéta son récit.

— Depuis la venue des Varègues sur nos terres, les Drevlianes détestent nos princes, commenta Phocas. D'abord, il y eut la haine qu'ils portèrent au prince Igor, l'époux de la bienheureuse Olga, grand-mère de Vladimir le Soleil Rouge. Igor avait forcé la main en levant le tribut sur les Drevlianes, et ceux-ci lui tendirent un guet-apens. Après l'avoir mis à mort, ils envoyèrent leurs meilleurs guerriers afin de demander la main d'Olga pour le chef de leur immense tribu.

— Quelle erreur! s'exclama Glafira. Olga n'aimait-elle pas son mari?

— Si, et elle le prouva! Elle feignit d'accueillir avec bienveillance les messagers, puis réussit à les attirer dans un piège à l'intérieur de Kiev. Elle leur proposa d'aller aux bains avant de les recevoir, puis ordonna à ses droujinniks de les brûler vifs...

Phocas s'interrompit pour avaler un morceau de cuisse de sanglier et boire une longue gorgée d'hydromel, puis il reprit :

— Sans perdre de temps, Olga se rendit à Iscorosten, capitale des terres drevlianes. Sa droujina assiégea la ville, et le siège dura plus de trois lunes. Comme elle désespérait de prendre Iscorosten, elle promit aux habitants de lever désormais un tribut plus léger à condition qu'ils se rendent. Ceux-ci lui proposèrent des fourrures et du miel, mais l'astucieuse Olga répondit :

« — Pourquoi ferais-je comme mon malheureux époux qui a péri pour vous avoir trop demandé? Que chaque maison me donne seulement trois colombes et trois moineaux, et je partirai satisfaite.

« Tout joyeux, les Drevlianes s'exécutèrent. Quand la nuit fut tombée, Olga ordonna à ses guerriers d'attacher à la patte de chaque oiseau un peu de paille à peine enflammée. Les colombes s'envolèrent vers leurs colombiers, les moineaux revinrent se cacher dans leurs nids sous les toits des maisons... L'incendie se propagea dans la ville avec la rapidité d'une flèche koumane lancée dans la steppe. C'est ainsi que brûla Iscorosten, jusqu'à ce qu'il n'en reste que des ruines fumantes. Depuis ce temps-là, les Drevlianes ne construisent plus de villes ; ceux qui chassent vivent dans leurs forêts ; ceux qui commercent viennent s'installer avec les habitants des villes russes ; mais ils portent toujours une haine féroce aux Russes et à leurs princes.

Mitko avait écouté bouche bée cette histoire qu'il ne connaissait pas plus que les autres convives, à en juger par leur silence impressionné tout au long du récit. Quant à Vassili, qui ne perdait pas le nord, il déclara d'un ton sentencieux :

— Ce n'est pas notre Vladimir qui aurait été capable de pareille cruauté ! Et je suis d'accord avec l'aimable Glafira : pour affermir sa réputation de prince équitable et bon, il devrait récompenser tout témoignage sur les crimes commis par un de ses sujets.

— D'accord avec Glafira ? répéta Phocas avec curiosité. De quoi s'agit-il ?

— Il y a une dizaine de jours, je me promenais un soir dans mon équipage en compagnie de Louka que voici, répondit-elle en désignant un des jeunes boyards, le gaillard au visage orné d'un collier de barbe à la grecque. Alors que nous étions déjà tout près de chez moi, j'ai aperçu une jeune fille en grande conversation avec... quelqu'un.

— Et pourquoi je n'ai rien vu, moi ? s'étonna Louka.

— Ah ! je vous ai bien dit que le don d'observation n'est pas la prérogative des hommes, répliqua Glafira avec un sourire en dévisageant tour à tour chacun des invités. Sache, cher Louka, que les femmes ont l'œil à tout ! Mais tu as une excuse, tu étais tellement occupé par ma personne que tu ne voyais rien... En fait, tu tournais le dos au couple !

Ravie de sa plaisanterie, elle éclata d'un rire argentin tandis que Louka, rassuré sur ses capacités d'observateur, la regardait avec adoration.

— En quoi cette innocente scène mérite-t-elle qu'on la fasse connaître au Tribunal ? demanda Svéneld, sortant de son mutisme.

— Bien sûr, elle n'a pas de sens pour vous ! s'exclama Glafira. Il y a pourtant quelqu'un qui n'hésitera pas à payer cinq bonnes grivnas d'or — j'ai pris exemple sur Vladimir pour fixer la somme — pour apprendre plus de détails sur ce que j'ai remarqué.

— En vérité, tu parles par énigmes, belle Glafira, répliqua le Garde des Livres. Qu'importe ! Le son de ta voix est un ravissement pour nos oreilles !

Mitko et Vassili échangèrent un clin d'œil entendu. La courtisane habitait près de la place de l'église Frol-et-Lavr. Il était donc probable qu'elle faisait allusion au crime atroce commis peu avant le meurtre de Boris : l'assassinat de Katérina, la fiancée de Miroslav. Et si c'était elle qui lui avait écrit la lettre anonyme ?

Cependant, l'évocation des Drevlianes et les commentaires des convives sur le don d'observation de Glafira avaient détendu l'atmosphère pesante suscitée par l'altercation entre Phocas et son fils. À présent, tout le monde ripaillait et discutait avec animation ; certains, Fédote le premier, avaient déjà desserré leurs ceintures et déboutonné leurs caftans. Les serviteurs allaient et venaient, veillant à ce que les coupes et les assiettes ne désemplissent pas. Mitko continuait de courtiser Glafira, au grand dam de Phocas et à la joie de Cyrille qui savourait ainsi sa petite vengeance. Seuls Vassili et Svéneld restaient chacun plongé dans ses pensées. Le Varlet délaissait la jolie suivante Lisa pour réfléchir à ce qu'il venait d'apprendre ; quant au jeune boyard, le visage morose, il touchait à peine à son assiette et semblait méditer des idées aussi noires que le ciel nocturne de novembre, sans lune et sans étoiles, qui se voyait derrière les fenêtres de mica.

À la fin du repas, Fédote revint sur les cinq grivnas d'or que Glafira espérait recevoir de l'individu intéressé par son récit. Mais la jeune femme éclata de rire, refusant d'ajouter un mot à ce qu'elle avait raconté. C'est alors que le Garde des Livres intervint :

— Le moment est venu de parler d'une autre récompense, celle que chacun de nous attend avec impatience, belle Glafira ! Lorsqu'on donne un banquet en ton honneur, tu choisis quelqu'un parmi les présents pour l'honorer à ta façon. Qui, ce soir, sera l'heureux élu ?

— Sûrement pas celui qui est venu sans être invité ! répliqua Cyrille avec aigreur.

— Silence, ingrat ! cria Phocas avec colère. Tes hôtes ne sont là que parce que j'ai cédé à la prière de ta mère et loué pour toi cette maison avec tout ce qui s'y trouve !

— Ma foi, c'était la seule façon de te débarrasser de moi, souligna Cyrille. Il est vrai que ma solde de Varlet ne me permet pas de mener grand train, mais au moins ai-je la courtoisie de ne point commettre d'impairs. En évoquant par exemple le nom de ma pauvre mère tout en essayant de monnayer les faveurs de Glafira !

Phocas s'empourpra de fureur, si bien qu'il semblait sur le point de succomber à une attaque.

— C'est toi, misérable blanc-bec qui court les jupons aux frais de ta famille, qui oses me donner des leçons de conduite ? hurla-t-il.

— Si quelqu'un croit que les faveurs de notre chère Glafira peuvent s'acheter, je le passe au fil de mon épée ! s'écria d'une voix de fausset le voisin de Louka, le blond à la coiffure varègue.

— Veuillez vous calmer, boyards, intervint Glafira d'un air conciliant. Il m'arrive en effet de prolonger la soirée chez moi, en invitant un ou deux convives choisis parmi l'assistance. Mais je n'ai pas l'habitude de marchander mes bonnes grâces... ni de les céder au plus offrant. Je les accorde à qui je veux, si je veux. Et ce soir...

Elle avait prononcé ces derniers mots d'une voix traînante et sensuelle, tout en promenant son regard sur l'assemblée. Après avoir attendu quelques instants pendant lesquels les hommes restèrent suspendus à ses lèvres, elle tendit la main par-dessus l'assiette de Phocas pour la poser sur le poignet de Mitko.

— Je me sens d'humeur à terminer cette soirée en ta compagnie, brave Michée. Le récit de tes exploits m'a échauffé l'imagination, ajouta-t-elle avec un sourire espiègle.

— Comment te remercier, ma belle ? s'extasia le Varlet.

À ce ton familier, Glafira fronça les sourcils.

— En ne me décevant point, jeta-t-elle.

— Ça, je te le garantis ! s'écria Mitko. Mais... toi qui sais combien nous autres hommes sommes vulnérables et déficients, tu ne refuseras pas que j'amène mon ami Vlas avec moi ! Vois-tu, pour te donner le meilleur de moi-même, j'ai besoin de sa présence rassurante sous le même toit que moi.

Glafira le dévisagea longuement avant de murmurer d'une voix suave :

— Est-ce que tu crains de manquer d'ardeur au point d'appeler ton ami à la rescousse ?

— Que non, répliqua Mitko d'un ton également

mielleux. N'ordonne pas de le châtier mais ordonne de lui pardonner... car Vlas a jeté son dévolu sur la charmante Lisa. En matière d'amour, il est aussi difficile à satisfaire que toi et n'a pas l'habitude de changer d'avis d'un instant à l'autre... même pour contenter la première beauté de Tchernigov !

Glafira dévisagea tour à tour Lisa et Vassili, pendant que ce dernier foudroyait son camarade du regard pour ses propos audacieux. À la surprise de Mitko, la courtisane finit par sourire.

— Eh bien, à la bonne heure ! s'exclama-t-elle. Il ne nous reste qu'à remercier le vaillant Cyrille... et son généreux père, ajouta-t-elle d'un air malicieux en caressant la main de Phocas.

Tandis que le Garde des Livres et son fils se toisaient avec mépris, Glafira, sa suivante et les Varlets prirent congé des autres convives. En descendant, Vassili ne put se retenir de murmurer à Mitko :

— Je te prie de choisir tes mots lorsque tu parles de moi !

— Ne te fâche pas, vieux frère, chuchota celui-ci. Ce qui compte, c'est qu'on va pouvoir tirer les vers du nez à ces deux poulettes toute la nuit durant !

— Je doute que ce soit ta principale préoccupation, grommela son camarade.

Chapitre IX

Après que les Varlets eurent revêtu leurs pelisses, ils sortirent dans le froid et la pluie. À l'abri dans l'équipage de Glafira, ils atteignirent sa maison en une dizaine de minutes. Un domestique leur ouvrit le portail, s'inclinant devant sa maîtresse et ses invités. Il se précipita à l'intérieur pour transmettre aux cuisines l'ordre de servir dans la grand-salle quelques cruches d'hydromel et des zakouski. Un peu plus tard, les deux Varlets étaient installés dans de confortables fauteuils près du feu, en face de Glafira et de sa suivante. Ils devisèrent pendant une demi-heure avant que la maîtresse de maison ne conduisît l'élu de son cœur au premier étage.

Mitko arbora un large sourire en pénétrant dans le lieu qu'il rêvait de découvrir, la chambre de la célèbre courtisane. La pièce était presque aussi vaste que la grand-salle, avec un plafond bleu foncé, parsemé d'étoiles dorées, et un plancher en bois de sapin recouvert d'un épais tapis de laine. Au milieu trônait un immense lit à baldaquin en bois sculpté et poli, flanqué d'un brasero aux braises rougeoyantes. L'ameublement se complétait par un joli secrétaire, quelques fauteuils à haut dossier, trois énormes coffres à vêtements, et une petite étagère chargée de bibelots et d'un grand psautier à reliure d'argent.

Un sourire charmeur aux lèvres, Glafira déboutonna en silence son ample sarafane puis ôta sa tunique, découvrant des seins pleins et fermes que les déesses grecques lui auraient enviés. Tournant le dos à Mitko, elle enleva chausses et jupons qui tombèrent à ses pieds dans un froufrou soyeux. Le Varlet se dit qu'il aurait tout le temps d'interroger la jeune femme après avoir rendu hommage à sa beauté. Il l'attira vers lui et chercha à s'emparer de sa bouche, pendant que Glafira feignait de se débattre en riant. Ses doigts lestes aidèrent Mitko à se débarrasser de ses habits, et elle l'entraîna vers sa couche voluptueuse.

Quant à Vassili, il décida de rester encore quelques minutes à converser avec l'aimable Lisa. Il dut s'avouer qu'il lui trouvait un charme bien plus irrésistible qu'à sa maîtresse. Tout en elle plaisait au Varlet : sa jolie frimousse aux yeux innocents, sa silhouette mince, ses manières simples et réservées. Cependant, à cause de son éternelle indécision avec les femmes, il hésitait à lui faire comprendre qu'il ne refuserait pas de la suivre dans sa chambre... Cherchant à gagner du temps, il fit rouler la conversation sur Boris et posa une question qu'il pensait gratuite : avait-il eu une liaison avec Glafira ? Quelle ne fut sa surprise lorsque Lisa répondit :

— À vrai dire, je n'en sais rien. Je connais bien ma maîtresse, elle ne minaudait jamais avec Boris comme elle le fait avec les hommes qui recherchent ses faveurs. Pour ma part, je trouvais que leurs rapports ressemblaient davantage à une belle amitié... Mais peut-être que cette différence s'expliquait par le fait que Boris n'était pas un invité comme les autres.

— Comment cela ?

— Glafira tenait réellement à lui. Lorsqu'elle a

appris la nouvelle de son assassinat, elle s'est enfermée dans sa chambre et a passé trois jours à pleurer toutes les larmes de son corps. Et puis, elle n'évoquait jamais Boris devant les autres, ni avec les hommes qui lui rendaient visite, ni même avec moi. Il venait la voir en début de soirée, deux ou trois fois par semaine, et elle congédiait alors tous les domestiques pour le recevoir en tête à tête. Je me demande pourquoi elle faisait tant de mystères autour de leurs rencontres ?

— Peut-être, justement, parce qu'elle l'aimait d'amour, avança Vassili. La nature de ses relations avec lui était différente de celles qu'elle a avec ses clients ordinaires.

— Ah ! j'ai horreur du mot client, s'exclama Lisa. Ma maîtresse n'est pas une prostituée, c'est une dame ! Simplement, elle mène la vie qu'elle veut. Elle est bonne avec moi et loyale avec ses amis... Et, oui, je suppose qu'elle était très amoureuse de Boris.

Vassili se retint d'objecter que, quelles que soient les qualités de Glafira, elle pratiquait le plus vieux métier du monde tout comme les filles les plus misérables de son quartier... et tout comme sa suivante. Bizarrement, cela lui était égal. Il sentait que Lisa n'avait rien de commun avec les malheureuses outrageusement fardées au regard las qui, tels de tristes papillons de nuit, apparaissaient dans les rues à la tombée du soir. Lisa ne lui inspirait pas ce mélange de dégoût et de pitié qu'il éprouvait à leur vue.

Cependant, la suivante reprit :

— Qui sait ce qui serait arrivé si Boris ne s'était pas fait assassiner ! Ils se sont vus pour la dernière fois juste avant son départ pour Kiev. Ma maîtresse avait donné congé à tout le monde mais, ce soir-là, je suis rentrée plus tôt que d'habitude. J'ai croisé Boris au moment où il sortait de la maison. J'ai alors remarqué le superbe saphir, gros comme un dé à coudre, qu'il portait à l'index de sa main gauche. Je suis sûre que c'est ma maîtresse qui lui a offert cette bague !

Vassili dressa l'oreille. Après avoir examiné le corps du Varlet, Artem avait mentionné que la peau autour de l'index de sa main gauche était pâle, comme si Boris venait d'enlever un anneau. Cependant, on ne trouva ni anneau ni chevalière ni autre bijou dans ses vêtements ou dans ses appartements.

— Est-ce que tu as vérifié auprès de Glafira si c'était réellement un présent qu'elle lui avait fait ? demanda-t-il, tout excité.

— J'ai essayé, mais elle s'est mise dans une colère noire et m'a ordonné de m'occuper de mes affaires. Depuis que je la sers, c'était la première fois que je la voyais furieuse contre moi ! soupira Lisa. J'ai pensé...

Sans l'écouter, Vassili réfléchit à toute allure. Personne n'avait encore songé à la disparition de la bague comme à un mobile possible du crime. Cette hypothèse devenait envisageable s'il s'agissait d'un joyau de grande valeur, ainsi que l'affirmait Lisa. Il fallait en informer Artem au plus vite...

— Tu ne m'écoutes pas ! Mon récit t'a donné des idées, dit Lisa en souriant. Oui, je crois moi aussi que Boris a pu être assassiné à cause de ce saphir. Il devait valoir une dizaine de grivnas d'or au bas mot ! Et puis, c'était le dernier présent de ma maîtresse à son bien-aimé. Elle l'aurait sûrement récupéré si on l'avait trouvé parmi les effets du Varlet ; elle serait capable d'aller le réclamer au prince. Quand je pense qu'elle le lui a offert par amour et que, à cause de cela, Boris a péri de male mort !

— Lisa, je t'en prie, n'en parle à personne, l'exhorta Vassili. Ça peut être dangereux ! Laisse-moi m'occuper de cette histoire de saphir.

— Je vois que tu n'es pas celui pour qui tu te fais passer, constata la suivante d'un air entendu. Par conséquent, ton ami Michée non plus. Qui êtes-vous ?

Vassili baissa les yeux, tortillant un bouton de son caftan. C'est presque volontairement qu'il s'était trahi. Il se sentait en confiance avec la jeune fille et avait envie de jouer franc jeu avec elle. Après un instant de réflexion, il leva la tête et sourit.

— Tu es maligne comme une renarde ! Je ne peux pas t'en vouloir. Soit, je vais te dire ce qu'il en est. Mon vrai nom est Vassili et Michée s'appelle en réalité Mitko. Nous sommes membres de la droujina des Varlets et nous enquêtons sur le meurtre de Boris pour le compte du Tribunal.

— Ah ! c'est bien mieux que deux coureurs impénitents qui se contentent de gaspiller la fortune de leurs pères ! s'écria-t-elle en frappant dans ses mains. Ne t'inquiète pas, je sais garder un secret.

Posant sa petite main sur sa poitrine, elle poursuivit :

— Je te jure, sur cette croix qui ne me quitte jamais, que je ne dirai pas un mot sur ce saphir, ni sur ce que tu m'as révélé. Comme je voudrais t'aider ! Moi aussi, j'aimais bien Boris... presque autant que je t'aime, toi, avoua-t-elle en rougissant.

— Tu pourras m'aider en répétant ton récit devant notre chef, le boyard Artem. Il faut d'ailleurs que j'aille le prévenir sur-le-champ.

— Maintenant ? s'exclama Lisa. Il est une heure de la nuit ! Non, je ne te laisserai pas partir. Tu es sûrement aussi vaillant que ton copain, mais ce quartier grouille de coupe-jarrets ! S'il t'arrivait quelque chose... Souviens-toi, c'est ici qu'on a assassiné la jeune boyarichna il y a dix jours.

Touché par les propos et l'air préoccupé de Lisa, Vassili prit sa main et la caressa doucement.

— Ne te fais pas de soucis pour moi, gentille Lisa, je sais me défendre. Quant à cet autre meurtre, si j'ai bien compris, Glafira a vu la victime discuter avec quelqu'un peu avant le drame. Je me trompe ?

— En vérité, je n'en sais rien. C'est la première fois qu'elle mentionne ce fait devant moi. Je vais essayer de lui tirer les vers du nez — à condition que tu restes ici cette nuit. Tu peux dormir seul si... si je te dégoûte. Mais sache que, malgré tout mon respect pour ma maîtresse, je ne suis pas comme elle ! s'écria la suivante, le regard soudain brouillé de larmes. Tu comprends ? Je ne l'ai fait que trois fois dans ma vie. Je n'ai rien à voir avec ces femmes qui... le font avec le premier venu.

Pour toute réponse, Vassili porta sa main à ses lèvres et la baisa avec tendresse. La frimousse de Lisa s'illumina de joie. Ils se levèrent tous deux, les yeux dans les yeux, puis elle l'entraîna dans l'escalier qui menait à sa chambre.

Le lendemain matin, les deux camarades se retrouvèrent dans la grand-salle de Glafira. Celle-ci dormait encore. En étudiant le visage aux yeux cernés de son ami, Vassili comprit que les vœux de la jeune femme avaient été exaucés. Lui-même se sentait amoureux comme un gamin, mais il se garda bien d'annoncer à Mitko que Lisa était désormais au courant de leur mission. Quant à l'histoire de la bague ornée d'un saphir, il ne la raconterait qu'au cours de leur réunion avec Artem.

Lisa et une servante d'un certain âge à l'air de digne matrone leur servirent une légère collation. Ils la dévorèrent en un clin d'œil pendant que les deux femmes échangeaient des sourires attendris. Vassili fit alors ses adieux à Lisa et les deux Varlets quittèrent la demeure de la courtisane. C'est alors que Vassili s'aperçut que Mitko rayonnait de joie malgré son air épuisé.

— Tu as appris quelque chose ? s'enquit-il tandis qu'ils s'engageaient dans la grand-rue en direction de la résidence princière.

— Et comment ! s'exclama son ami. J'ai obtenu la confirmation de tous nos soupçons. C'est Glafira qui a écrit la lettre reçue par Miroslav. Elle me l'a confié alors qu'on faisait l'amour pour la cinquième fois... Tu comprends, c'était sa façon de me demander grâce, souligna-t-il avec un petit air suffisant. Elle m'a aussi confirmé qu'elle avait bien aperçu Katérina en compagnie d'un Varlet ! Pourtant, à mon avis, elle ne sait rien de plus. Elle va essayer encore une fois d'extirper les cinq grivnas à Miroslav, puis elle viendra au Tribunal, et elle nous connaîtra enfin sous notre véritable identité... Mais toi, as-tu passé une bonne nuit ? demanda-t-il d'un ton innocent.

— Excellente et fort profitable, répondit Vassili, impassible. Tu sauras tout en même temps que le boyard Artem.

Lorsqu'ils arrivèrent au palais, celui-ci travaillait déjà dans son cabinet depuis deux bonnes heures.

— Eh bien, lança-t-il en voyant les Varlets entrer, en voilà une façon de mener l'enquête ! Mitko, tu n'as pas honte ? Tu finiras par débaucher notre Vassili.

— Tu te trompes, boyard ! Il est près de me damer le pion sur ce terrain, répliqua Mitko en ricanant.

— J'espère que, à part vous être distingués dans ce domaine, vous avez réussi à glaner quelques renseignements utiles, grommela Artem. Au rapport !

Mitko raconta alors les confidences de Glafira.

— Je suis persuadé qu'elle a effectivement remarqué un individu vêtu d'une cape de Varlet, conclut-il. Mais elle l'a vu de dos et ne sait absolument pas à quoi il ressemble.

Artem acquiesça avant d'interroger Vassili du regard. Celui-ci décrivit Lisa avec une ardeur si inhabituelle que Mitko se permit de lancer un clin d'œil éloquent au droujinnik. Puis Vassili relata l'histoire de la disparition du joyau.

— Pour ma part, je suis certain que Lisa ne ment pas, déclara-t-il en conclusion. Reste à découvrir le rôle que cette bague a joué dans le meurtre de Boris. Pourquoi l'espion d'Oleg a-t-il commis l'imprudence de la dérober ? Par simple convoitise ? Ou bien a-t-il agi dans un but précis ?

— Excellentes questions, approuva Artem. Maintenant...

Il s'interrompit car la porte venait de s'ouvrir. Essoufflé, les cheveux en bataille, Philippos entra en trombe dans la pièce.

— Ah ! vous vous êtes encore réunis sans moi ! Je finirai par me désintéresser de vos affaires, s'exclama-t-il en s'installant près du poêle. Poursuivez, je vous prie, je suis tout ouïe, ajouta-t-il en imitant le ton d'Artem.

Le droujinnik retint un sourire. Il était ravi car le garçon semblait avoir oublié sa gaffe de la veille, en présence d'Irina et du Garde des Livres.

— Tais-toi au moins, lui lança-t-il avant de reprendre : Résumons ce que nous avons appris sur les trois meurtres. Boris et Nil ont été assassinés par l'espion d'Oleg, qui est grec ou se fait passer pour tel. Le premier assassinat est bien le mobile du second. Par ailleurs, pour une raison inconnue, le traître a dérobé la bague au saphir que Glafira avait offerte à Boris. Cette dernière nous intéresse sur deux plans. Pour commencer, elle devra s'expliquer sur ce présent et ses relations avec Boris.

— Elle devra aussi décrire avec précision ce bijou, souligna Vassili. Nous verrons alors s'il s'agit d'une piste possible.

— Exact. Ensuite, il faudra lui faire avouer tout ce qu'elle sait sur le mystérieux Varlet. Celui-ci est soit le meurtrier de Katérina, soit le témoin principal dans cette affaire. Au lieu d'attendre que Glafira se décide à venir au Tribunal, j'irai l'interroger aujourd'hui même.

— Nos principaux suspects sont donc un Grec et un Varlet de la droujina du prince, ponctua Vassili. Et les deux agissent peut-être sous un déguisement !

— Cela ne facilite pas nos recherches, maugréa Mitko. Rien ne permet pour l'instant de deviner l'identité de ces deux scélérats.

— À mon avis, l'espion d'Oleg sera le plus facile à démasquer, remarqua Artem. Souvenez-vous de ma liste des personnes qui se sont récemment rendues à Byzance et à Kiev. Nil n'est plus ; il ne nous reste que Fédote et Svéneld comme suspects...

— Il y a aussi le Garde des Livres, intervint Philippos. Olga a mentionné son voyage à Kiev quand elle a parlé du manuscrit grec, tu te rappelles ? Le récit que Miroslav lisait le soir du meurtre de sa fiancée...

— Phocas a séjourné dans un monastère près de Kiev, rectifia le droujinnik. Pourtant, mis à part son talent pour cacher sa double vie, je doute qu'il soit coupable de quoi que ce soit. Maintenant, nous allons nous séparer ; Vladimir m'attend pour que je l'informe de l'avancement de nos enquêtes. Allez vous reposer, mes braves Varlets ! Vous avez tous deux l'air épuisés.

— Boyard, tu as toi-même les yeux cernés ! s'exclama Mitko. Tu travailles trop !

Artem bénit le ciel d'avoir perdu depuis longtemps la capacité de rougir. Évitant de regarder Philippos, il fixa la prochaine réunion au lendemain et sortit précipitamment pour se diriger vers le cabinet du prince.

Vladimir était en train de dicter une lettre destinée

à son père, le grand-prince Vsévolod. Penchant sa tête bouclée vers l'écritoire portative, un tout jeune scribe s'appliquait à tracer des lignes droites et régulières, tirant la langue par excès de zèle. Vladimir le congédia sur-le-champ. Le garçon replia l'écritoire, s'inclina et partit, à l'évidence ravi par cette interruption inattendue. Invitant Artem à s'installer dans le fauteuil en face de lui, le prince déclara d'un ton acide :

— Tu seras mieux assis, boyard, tu as l'air exténué ! Je doute pourtant que tes recherches soient la raison de ta fatigue, car je n'en ai toujours pas vu les fruits.

Cachant son embarras, le droujinnik se demanda si Vladimir avait appris, par un mouchard du palais, quelque chose sur sa visite de la veille chez Irina. Cependant, celui-ci poursuivit :

— Ce n'est pas tout ! Hier, en me rendant au Tribunal, j'ai croisé le boyard Miroslav, récemment anobli par moi. Malgré ses efforts pour te défendre, il a fini par m'avouer que l'enquête dont je t'ai chargé n'a pas avancé d'un pouce. Je dois le recevoir à propos d'une affaire mineure. Que pourrai-je lui répondre s'il me demande des nouvelles ? Et je ne parle pas du dernier meurtre, celui du peintre engagé par mon épouse et par moi-même !

— N'ordonne pas de me châtier, mais ordonne de me pardonner, prince, tu te trompes ! Permets que je t'informe sur chacune de ces trois affaires.

Comme Vladimir inclinait la tête en signe d'assentiment, le droujinnik lui relata les faits tels qu'il venait de les résumer avec les Varlets. Le regard du prince s'adoucit.

— Quant au meurtre du peintre Nil, enchaîna Artem, les indices manquent, mais j'ai bon espoir de découvrir le message qu'il a laissé avant de mourir.

Plus j'y pense, plus je suis persuadé que la fresque contient la solution de cette énigme.

Vladimir eut un sourire sceptique qu'Artem ignora.

— J'aimerais poser une question à Ta Seigneurie, poursuivit-il. Tu as parlé avec Boris peu après son arrivée au palais. Aurais-tu remarqué à sa main gauche un magnifique saphir, présent de la courtisane Glafira ?

Le prince plissa le front sous l'effort de la réflexion.

— Si je devais examiner les bijoux de tous mes sujets... bougonna-t-il. Enfin, c'est possible ; il me semble que Boris portait une grosse bague. Quant à la courtisane, interroge-la au plus vite. Dès que tu en auras fini avec elle, je vais donner l'ordre qu'elle quitte la ville. Il ne manquerait plus que de vénérables boyards comme le Garde des Livres courent après des pécheresses de son acabit !

Sur ces mots, il se leva, signifiant que l'audience était terminée. Artem l'imita, s'inclina avec ostentation et sortit. Chassant l'image d'Irina de son esprit, il regagna son cabinet afin de consigner par écrit tout ce que les Varlets lui avaient appris. Puis il s'emmitoufla dans son épaisse cape de laine, mit sa chapka et affronta la pluie fine et glaciale qui tombait toujours. Il hésita à se rendre directement chez Glafira mais finit par y renoncer et se dirigea vers la demeure de Miroslav : Artem pensait avoir le temps de lui confier les nouvelles concernant la lettre anonyme avant son départ pour le palais.

Alors qu'il passait devant la propriété du Garde des Livres, il se souvint vaguement d'un détail lié à ce qu'il avait appris sur Phocas. Fouillant dans sa mémoire, il s'arrêta devant le portail orné d'une plaque de marbre représentant un dieu grec. Il lui semblait que l'élément en question était important, mais c'est en vain qu'il s'efforçait de se le remémorer. Était-ce quelque chose qu'Olga ou Phocas avaient dit ? Ou bien, un détail, un objet qu'il avait aperçu dans leur maison ? Rien à faire ! Il n'arrivait pas à mettre le doigt sur l'idée qui lui avait traversé l'esprit. Haussant les épaules, il finit par se remettre en marche.

Bientôt, il arriva devant la demeure de Miroslav, imposante maison à deux étages entourée d'une palissade en madriers de chêne. Son propriétaire y avait emménagé peu après avoir été anobli, mais Artem savait que le boyard n'obéissait pas à la vanité et au goût du luxe. C'est sûrement pour faire plaisir à sa future femme qu'il avait fait construire cette belle demeure.

Il s'empara du heurtoir en cuivre ouvragé et frappa plusieurs coups contre la plaque fixée au portail. Un moujik à la longue barbe poivre et sel vint lui ouvrir.

— Le boyard vient de partir, annonça-t-il dès qu'Artem demanda à voir le maître de maison. Il est allé au palais, Sa Seigneurie le prince l'attend.

Dommage, songea le droujinnik. Miroslav était si impatient d'apprendre du nouveau sur le mystérieux Varlet ! Il s'apprêtait à rebrousser chemin lorsqu'une voix aiguë l'appela par son nom.

Étonné, il regarda du côté de la maison. Une vieille femme se tenait sur l'élégant perron au toit en forme de tente. Elle lui adressa un geste impérieux de la main.

— N'y va pas, boyard ! s'exclama le domestique barbu avec hargne. Cette vieille chouette s'imagine que tout le monde doit lui obéir au doigt et à l'œil. Le maître lui passe tous ses caprices, et la vieille sorcière s'est habituée à commander.

— Qui est-ce ? s'enquit Artem.

— Avdotia, la nourrice du maître.

Le droujinnik se rappela soudain qu'il avait déjà rencontré celle-ci à l'époque où Miroslav et lui s'étaient liés d'amitié. Il se dirigea vers le perron en souriant. Petite et fluette, le visage ridé comme une pomme sèche, la vieille femme n'avait presque pas changé. Elle avait un nez pointu de fouine et de petits yeux noirs et brillants qui reflétaient la vivacité de son esprit.

— Est-ce que tu m'as reconnue, boyard ? demanda Avdotia après s'être inclinée devant lui. Combien de fois mon maître et moi t'avons-nous accueilli dans la maison que nous habitions jadis !

Artem monta sur le perron pour l'embrasser. À sa surprise, il la vit essuyer une larme furtive au coin de l'œil.

— La vieille Avdotia ne t'a pas oublié, boyard. Tu es toujours aussi beau, mon faucon ! Viens bavarder un instant avec moi.

Le droujinnik n'eut pas le cœur de refuser. Ils s'installèrent tous deux dans la cuisine où Avdotia lui servit de l'hydromel et des petits pâtés à la viande. Elle parla de l'époque où Artem et Miroslav combattaient épaule contre épaule dans la droujina du père de Vladimir. Cette période était chargée de lourds souvenirs car, tout comme Miroslav, Artem avait alors perdu sa jeune épouse. Ému, il oublia presque la raison de sa présence dans cette riche maison qu'il ne connaissait pas. Enfin, il se leva pour partir lorsqu'il songea à la possibilité de laisser un message à Miroslav.

— Mais bien sûr ! se hâta d'acquiescer Avdotia. Viens, je vais te conduire dans le cabinet de mon maître. Il y a tout ce qu'il faut pour écrire sur sa table de travail.

Il s'installa devant le secrétaire et réfléchit un instant pendant que la vieille nourrice, qui ne savait pourtant ni lire ni écrire, regardait avec curiosité par-dessus son épaule. Après avoir hésité un moment, il écrivit qu'il attendrait Miroslav une heure plus tard, près de l'église Frol-et-Lavr. Il décida cependant de ne pas préciser la raison du rendez-vous. Laissant le petit rouleau d'écorce sur la table, le droujinnik embrassa de nouveau les joues ridées d'Avdotia et prit congé d'elle.

Artem était en train de traverser la place du Marché lorsqu'il aperçut Philippos. Ils s'arrêtèrent tous deux, le garçon rouge de confusion, Artem pétrifié de stupeur. Il n'aurait jamais reconnu Philippos s'il n'était pas tombé nez à nez avec lui ! Le garçon portait une veste matelassée rapiécée, un vieux pantalon beaucoup trop grand pour lui et une paire de bottes usées.

— Qu'est-ce que tu fais ici dans cet accoutrement ? s'exclama Artem, à peine revenu de sa surprise.

— Je... je me promène, balbutia Philippos.

— Mais que signifient ces haillons ?

— Euh... Il y a beaucoup de pauvres ici au marché, je me sens gêné avec mes vrais vêtements sur le dos.

— Non mais, tu penses que je vais avaler tes histoires ? explosa le droujinnik. Tu veux que je te précise ce que tu as derrière la tête ? C'est cette manie de mener tes petites enquêtes personnelles ! Je t'ai pourtant interdit de fourrer ton nez dans mes affaires. Toutes les fois que tu l'as fait, j'ai été obligé de te tirer du pétrin !

— Oui, tu m'as interdit de me mêler du meurtre de Boris mais, justement, je m'occupe d'un autre...

Il se mordit la langue. Manifestement, la colère avait empêché Artem de s'apercevoir de sa gaffe car celui-ci lança :

— C'est ça, à d'autres ! Je parie que tu t'apprêtais à espionner Glafira. En plus, tu meurs de froid, tu as les lèvres bleuies. Allez, viens, je te ramène à la maison, et pas de discussion !

Pour couper court aux protestations de Philippos, le droujinnik le saisit par la main et l'entraîna en direction du palais.

En y arrivant, il s'arrêta devant le soldat qui montait la garde près du portail et déclara :

— Malgré sa tenue insensée et son air de chat sauvage, ce garçon est mon fils. Il faut l'empêcher de quitter la résidence princière, surtout habillé de cette façon indigne. C'est un ordre ! Et attention, il est plus malin qu'un renardeau !

Le planton se mit au garde-à-vous et adressa au droujinnik un salut impeccable. Furieux, Philippos se libéra mais Artem ne chercha pas à le retenir. Il pivota sur ses talons et s'en fut, laissant Philippos bouillonner de rage devant le garde ricanant.

Au moment où Artem se remettait en route pour la maison de Glafira, celle-ci se reposait après ses ablutions de midi. Vêtue d'une robe d'intérieur, les cheveux nattés, elle se prélassait sur son lit à baldaquin en rêvant aux muscles puissants et au corps magnifique de ce merveilleux Michée. Soudain, elle fronça les sourcils. Penser à la soirée de la veille lui rappelait sa fâcheuse posture dans l'histoire de la lettre à Miroslav. Pour une fois, elle avait espéré gagner de l'argent de façon honnête, autrement qu'en vendant ses charmes. Mais, à l'évidence, le vieux pédant n'était pas pressé de se séparer de son argent ! Il fallait lui écrire une nouvelle missive, mais quelle information pouvait-elle livrer pour l'appâter ? Elle n'avait aperçu que la cape et la chapka de l'inconnu, qui correspondaient à la tenue réglementaire des Varlets. Elle n'avait remarqué que sa silhouette.

Tirant sur sa natte avec agacement, Glafira songea, sans savoir pourquoi, aux invités du banquet chez

Cyrille. Puis, de nouveau, ses pensées revinrent au mystérieux Varlet. Quelque chose clochait dans ce qu'elle avait vu. Justement : la silhouette de l'homme ! Mais quel était ce détail insolite qu'elle n'arrivait pas à se rappeler ? Et pourquoi la troublait-il ? Parce qu'il lui rappelait quelqu'un ? Hier, il n'y avait qu'un seul Varlet parmi les convives, le maître de maison, mais il ne ressemblait pas à l'inconnu. Quoique... C'était sans doute l'élément qu'elle allait pouvoir négocier avec Miroslav !

Se levant d'un bond, elle se dirigea vers son secrétaire. Elle prépara de quoi rédiger un bref message, s'installa devant une bande d'écorce fraîche et s'absorba dans sa réflexion en mordillant l'extrémité de sa plume de roseau. Enfin elle se mit à tracer des caractères qui grimpaient d'une ligne à l'autre. La missive achevée, elle poussa un soupir de soulagement. Quelle torture que d'écrire !

La courtisane s'apprêtait à appeler Lisa quand elle se souvint que celle-ci était partie faire son tour habituel au marché. Il lui faudrait donc aller elle-même chercher un garçon de courses car c'était le jour de congé des domestiques.

Soudain, une nouvelle pensée lui traversa l'esprit. Cette histoire de lettre pouvait s'avérer dangereuse ! Si le Varlet était l'assassin de la boyarichna, il ne s'arrêterait pas devant un deuxième meurtre, et il la réduirait, elle, au silence ! La terreur la glaça jusqu'aux os. Sans réfléchir, elle se leva pour se précipiter vers le grand brasero au trépied en fer forgé. Elle jeta sa lettre au feu d'un air résolu et demeura quelques instants près des braises, essayant de se réchauffer.

La prudence est mère de sûreté, songea-t-elle lorsqu'elle fut parvenue à se ressaisir. Oui, elle allait écrire une autre lettre, et elle l'adresserait au Tribunal, à ce fin limier de boyard dont elle avait appris le nom : Artem.

Satisfaite de sa décision, elle alla prendre un châle en soie fine. Le passant sur ses épaules, elle revint s'installer devant son secrétaire et se remit à écrire. Elle avait tout juste eu le temps de tracer les deux premières lignes lorsqu'elle entendit des coups frappés à la porte d'entrée. Elle ne s'en étonna pas car elle recevait à toute heure de la journée — même si, depuis la mort de Boris, elle n'avait accueilli que Michée dans son lit. Mais cette visite tombait mal. Poussant un soupir d'agacement, elle descendit ouvrir.

Reconnaissant le visiteur, Glafira recula en ouvrant grands les yeux. Revenue de sa surprise, elle esquissa le petit sourire aguichant réservé à ses clients.

— Qu'est-ce qui me vaut l'honneur de ta visite ? dit-elle en s'inclinant avec une déférence que démentait son ton ironique.

— N'ordonne pas de me châtier, mais ordonne de me pardonner, répondit doucement son hôte. Daigne me recevoir ! Il faut que je te parle.

Glafira hésita un instant puis hocha la tête en répliquant :

— Soit, comme tu veux. Entre, mon ami.

Elle lui lança un coup d'œil mi-perplexe mi-taquin, rajusta son châle autour de son cou dénudé et se dirigea vers la grand-salle. Comme elle lui tournait le dos, elle sentit ses deux mains lui caresser les épaules.

— Ce n'est pas le moment, lui jeta-t-elle d'un ton sec.

Mais les mains ne la lâchaient pas. D'un mouvement brusque, elles remontèrent vers sa gorge et resserrèrent le nœud de son châle. Elle tenta de lancer un cri, mais aucun son ne franchit ses lèvres bleuies. Ses yeux saillirent de leurs orbites, et une langue noire et enflée sortit de sa bouche. Une longue convulsion agita son corps qui sembla se tordre dans un mouvement de danse macabre; puis elle s'affaissa dans les bras de son assassin.

Le visiteur retourna le cadavre et fixa son visage boursouflé. Une bouffée de plaisir l'envahit. Ce n'était point du plaisir physique, tellement commun, qu'il éprouvait; c'était un moment de volupté parfaite, de joie pure et infinie. Il attendait cet instant depuis longtemps, trop longtemps. Enfin, la maudite créature était morte pour la deuxième fois! Le suppôt de Satan, la femme! L'instrument du Malin, la perfide fille d'Ève!

Exhalant un long soupir de soulagement, il laissa choir le cadavre sur le sol, l'enjamba puis monta rapidement l'escalier menant au premier étage. Il devait faire vite car l'autre catin allait bientôt rentrer. Il connaissait les habitudes des deux sorcières, et il aurait volontiers réglé son compte à la deuxième, mais c'était trop dangereux.

Il entra dans la chambre et vit immédiatement la lettre. Comme il en parcourait les premières lignes, il se dit qu'il avait bien fait de se dépêcher. La missive n'était pas terminée, mais l'exécrable créature l'aurait sûrement rédigée et envoyée dans la journée. Oui, la chance ne l'avait pas quitté un instant; d'abord il avait appris ce que la sorcière tramait puis, aujourd'hui, il l'avait forcée à le recevoir.

Maintenant, il fallait partir. Il réfléchit un instant, hésitant à jeter la lettre au feu, mais finit par y renoncer. Il avait envie de rire rien qu'en imaginant la tête que ferait cet imbécile d'Artem en la découvrant! Comme il reposait la lettre inachevée sur le secrétaire, son regard tomba sur un grand miroir en argent poli fixé au mur voisin. Lorsqu'il vit son reflet, il ne se reconnut pas tout de suite. Une lueur inaccoutumée, pareille à un éclat de fièvre, brillait dans ses yeux, et un étrange sourire tordait ses lèvres. Il se trouva beau.

Il descendit l'escalier en courant, traversa l'entrée et put enfin respirer l'air pur à la place du parfum épicé et douceâtre de la courtisane. De la suivante, nulle trace. Alors, il quitta tranquillement la propriété et longea la rue d'un pas assuré. Lorsqu'il fut loin du quartier Frol-et-Lavr, il s'arrêta pour contempler le ciel. Le vent glacial charriait de lourds nuages couleur de plomb. Combien de temps lui faudrait-il attendre avant la prochaine fois ? songea-t-il en fixant Celui qui le regardait d'en haut.

Chapitre X

Quand Artem arriva chez Glafira, son cadavre était encore chaud. La porte n'était pas verrouillée. Il fut secoué par une bouffée de rage impuissante à la vue du corps étendu sur le sol. La malheureuse, qui avait dû être belle, présentait maintenant l'atroce spectacle de la mort elle-même. Ses yeux exorbités saillaient affreusement de leurs orbites, ses dents mordaient sa langue noire, et ses membres désarticulés rappelaient une poupée brisée.

Détournant le regard de l'horrible visage que le vacillement de la flamme des bougies faisait ricaner, le droujinnik examina rapidement le corps. Le décès avait dû survenir moins d'une heure auparavant. Il frappa du poing le sol plusieurs fois. Lorsqu'il se releva, il s'efforça de calmer le tremblement qui l'agitait. Parvenant enfin à se maîtriser, il entreprit d'inspecter la maison.

De toute évidence, on avait attaqué Glafira dès qu'elle avait ouvert à son assassin. Étranglée par-derrière au moyen de son fin châle de soie, elle n'avait pu se débattre. Le meurtrier avait-il visité la maison pour dérober quelque chose ? L'une après l'autre, Artem fit le tour des pièces. Arrivant dans la chambre de la courtisane, il n'aperçut d'abord rien de suspect. Puis, s'approchant du secrétaire, il prit connaissance de la lettre inachevée de Glafira. Enfin, après avoir examiné les cendres dans le brasero, il découvrit un morceau d'écorce où le feu avait épargné quelques traces d'encre indéchiffrables. Il comprit ce qui s'était passé. Ou bien la courtisane avait détruit un premier message pour en rédiger un second, demeuré inachevé à cause de la visite inattendue ; ou bien l'assassin avait lui-même brûlé une des deux lettres écrites par Glafira. La première hypothèse paraissait plus probable car la missive intacte était adressée au droujinnik. Cela voulait dire que la jeune femme venait de renoncer à son projet de soutirer de l'argent à Miroslav. Malheureusement, rien ne permettait de deviner ce qu'elle avait voulu confier à Artem.

Quant à Lisa, elle devait être sortie. Le droujinnik hésita à l'attendre, puis il décida de regagner la résidence, de charger deux gardes de transporter le corps à la chapelle princière et d'envoyer Vassili s'occuper de la suivante.

Revenu au palais, il tomba sur un Philippos correctement vêtu qui guettait son retour. Le garçon voulut lui expliquer quelque chose, mais Artem lui apprit la funeste nouvelle avant de l'envoyer chercher les Varlets. Vassili et deux soldats chargés d'une civière partirent sur-le-champ pour la maison de la courtisane, tandis que Mitko, Philippos et Artem s'installaient dans le cabinet du droujinnik. Celui-ci résuma les faits puis déclara :

— Aucun doute n'est permis en ce qui concerne le mobile du meurtre. D'après le récit de Mitko et de Vassili, tous les convives du banquet d'hier, y compris le maître de maison, ont entendu les propos de Glafira sur la récompense qu'elle espérait obtenir en monnayant quelques informations. Dans la mesure où elle n'avait pas nommé Miroslav, son discours restait obscur pour tout le monde sauf pour l'assassin.

— Voilà qui confirme que notre Varlet n'en est

pas un ! s'exclama Mitko. Hier soir, seules quatre personnes avaient le droit de porter notre tenue réglementaire : Cyrille et trois abrutis, dont je ne m'explique d'ailleurs pas la présence ! Comment une belle femme comme Glafira avait-elle pu les honorer d'une invitation ?

— Mais Cyrille... commença Artem.

— Eh quoi, Cyrille ? gronda Mitko. Je t'assure qu'il est innocent, boyard ! J'ai assez de flair pour distinguer un honnête homme d'un scélérat.

Artem lui lança un regard énigmatique mais s'abstint de répondre.

— Ce qui me trouble, reprit le droujinnik, c'est que les deux criminels que nous recherchons agissent de la même manière : chacun d'entre eux utilise un déguisement.

— Tu crois qu'il s'agit d'une seule et même personne ? intervint Philippos.

— Ce n'est pas impossible... Il n'y a qu'une chose qui me rend perplexe. Si nous avons affaire au même assassin, pourquoi l'espion d'Oleg qui opère au sein du palais s'en serait-il pris à Katérina, complètement indifférente aux choses de la politique ?

— Et ses absences ? rappela Philippos. Nous ne savons rien sur la personne qu'elle rencontrait en cachette de Miroslav et même de sa vieille nourrice. En plus, cette dernière connaissait bien Katérina, et elle affirme que la boyarichna était fidèle à Miroslav.

— Par conséquent, il ne s'agissait pas d'une liaison amoureuse mais peut-être d'une intrigue d'État, renchérit Mitko.

Artem tirailla sa moustache d'un air songeur.

— Il nous manque encore trop d'éléments pour nous prononcer là-dessus, déclara-t-il après un instant de réflexion. Mais vous avez raison, il faut tenir compte du témoignage de la vieille Inga. Une chose est sûre : si ceux que nous appelons le Grec et le Varlet ne font qu'un, l'assassin de Katérina ne lui a volé ses bijoux que pour faire croire à un crime crapuleux. Voilà qui expliquerait pourquoi l'enquête de Mitko et de Vassili parmi les receleurs de la pègre n'a rien donné... Dis-moi, Mitko, est-il facile de se procurer une tenue de Varlet ?

— Sûrement pas ! s'exclama celui-ci. Après le fameux vol du coffre d'or il y a cinq lunes[1], une dizaine de soldats surveillent jour et nuit la réserve de la garnison. Je pense plutôt que le prince Oleg a fourni à son espion tout ce qu'il faut pour jouer ces différents rôles.

— Un coup, c'est le Grec, un coup, c'est le Varlet qui agit. Comme ça, tous les témoignages divergent ! précisa Philippos.

— Vous n'avez peut-être pas tort... Il n'empêche que je vois mal le lien entre Katérina et le traître, répliqua Artem.

Ils discutèrent encore quelques minutes, puis le droujinnik conclut la discussion en déclarant :

— J'ai envie de donner un bon coup de botte dans cette fourmilière ! Ça va peut-être faire bouger le ou les coupables et les amener à se trahir. Je vais donc convoquer aujourd'hui même tous ceux qui étaient présents au banquet chez Cyrille. Philippos, mon grand, ne me le demande pas, mieux vaut que tu n'y assistes pas.

À sa surprise, le garçon baissa la tête d'un air docile. Ils se séparèrent donc, Artem leur annonçant qu'il ne manquerait pas de les informer du résultat de la réunion.

Après avoir déjeuné avec Philippos, le droujinnik s'assura que celui-ci se rendrait directement à leur pavillon d'où il promit de ne pas bouger. Les gardes

1. Voir *La Nuit des ondines, op. cit.*

qu'Artem avait envoyés chercher les boyards, les frères marchands et le Garde des Livres étaient revenus depuis un quart d'heure et, lorsque le droujinnik pénétra dans la petite salle de réception du premier étage, personne ne manquait à l'appel.

Il alla se planter au milieu de la pièce devant l'assemblée installée sur les bancs et annonça le meurtre de Glafira.

— Je n'arrive pas à y croire ! s'exclamèrent en chœur, l'air bouleversé, Cyrille et les trois jeunes nobles.

Fédote et Klim se dévisagèrent pendant un long moment, puis ils se mirent à parler en même temps en criant vengeance. Tout comme les jeunes boyards, ils promirent de provoquer l'assassin en combat singulier dès qu'il serait retrouvé. Artem réprima un sourire en imaginant chacun des frères, le pansu et le chétif, à cheval, l'épée à la main. Assurément, c'étaient les chevaux qui auraient couru le plus grand danger ! Le Garde des Livres, lui, demeura quelques instants bouche bée, puis il se prit la tête à deux mains et s'immobilisa dans cette attitude tragique, comme s'il venait d'entendre prononcer sa propre condamnation à mort.

Quant à Svéneld, il haussa les sourcils d'un air hautain, mais il changea de couleur en apprenant le mobile du crime.

— Le meurtrier de ma sœur a encore sévi ! s'écria-t-il. Et toi, boyard, toi qui aurais pu l'arrêter et l'exposer à ma vengeance légitime, tu n'as rien fait !

— J'ai l'impression que la mort de Glafira ne te touche guère, répliqua le droujinnik.

— Pourquoi me toucherait-elle ? Nous n'avons jamais été liés. Cette prétentieuse catin ne m'invitait aux banquets en son honneur que parce que mon indifférence la vexait.

— Surveille tes façons de parler ! s'indigna Phocas en sortant de son mutisme.

— En vérité, mon ami, répliqua Cyrille, la pauvre femme n'a pas mérité de telles injures. Elle n'a jamais fait de mal à personne, et elle apportait la joie et le bonheur à ceux qui convoitaient ses faveurs.

— Je te remercie pour cette oraison funèbre, dit Artem. Quant à toi, boyard Svéneld, sache que je fais tout mon possible pour découvrir l'assassin de Katérina.

— Encore des propos en l'air, souligna Svéneld d'un ton méprisant. Oh ! que ne donnerais-je pour retrouver ce lâche !

— C'est toi qui fais une promesse en l'air : tu n'as plus rien qui te permettrait de l'honorer, railla Artem, exaspéré par la morgue du jeune homme.

Svéneld rougit et se mura dans un silence arrogant.

— Nous trois, nous avons rencontré la courtisane pour la première fois il y a dix jours, souligna le brun aux larges épaules et au collier de barbe à la grecque. Tu n'as pas de raison de nous retenir, boyard !

À la stupéfaction générale, Artem acquiesça :

— En effet, vous pouvez vous retirer. Je vous convoquerai si j'en ai besoin.

Tandis que les trois hommes quittaient la pièce d'un air digne, Phocas s'exclama :

— Et nous autres ? De quel droit prétends-tu nous interroger ?

— Vous étiez tous amoureux de la courtisane, répliqua le droujinnik. Même si, dans ton cas, cet amour est particulièrement choquant. À ta place, je craindrais le ridicule — ainsi que la colère de ton épouse. Quant à toi, Svéneld, j'espère que tu ne nieras pas les raisons pour lesquelles tu devrais t'intéresser à ce meurtre.

— Si je décide de m'intéresser au meurtre de ma

sœur ou à celui de cette... créature, je serai plus efficace que toi, riposta ce dernier.

— Et mon frère et moi, qu'est-ce que tu veux de nous ? intervint Fédote. Toi, boyard, et vous tous, vous êtes nos clients et amis !

— Très juste, clients et amis, couina Klim.

— Pourquoi vouloir nous interroger sur cette malheureuse Glafira ? poursuivit Fédote. Elle-même, naturellement, savait tout sur nous, mais nous, rien à son propos. Et toi, boyard, ne crains-tu pas que mon frère et moi racontions le récit d'un petit service que tu nous as demandé ?

— Honorable Fédote, souhaites-tu vraiment en parler ? Dans cette histoire, je m'adressais à vous en tant que savants experts en matière de négoce ; par conséquent, vous aurez beaucoup plus à raconter que moi... Or je ne vous demande que bien peu de choses aux uns et aux autres : que vous me précisiez la nature de vos relations avec Glafira. Commencez par me dire depuis combien de temps vous la connaissiez.

Quoique Phocas eût rencontré Glafira bien après tous les autres, il prit la parole le premier. Cependant, à peine avait-il commencé à parler que des coups frappés à la porte l'obligèrent à s'interrompre. La porte s'ouvrit à la volée et Vladimir apparut sur le seuil. Derrière lui se profilait la maigre silhouette de Miroslav.

— Boyard, que signifie cette réunion ? s'enquit le prince en fronçant les sourcils. La vénérable Olga est venue se plaindre auprès de moi à l'instant.

Artem resta muet de stupeur.

— Elle te reproche d'inculper son époux pour le meurtre de la courtisane sans avoir les sept témoignages contre lui requis par la loi. Je dois avouer que, formellement, elle n'a pas tort.

— Prince, nous ne sommes pas encore au Tribunal ! s'écria Artem.

— Je ne tolérerai pas qu'on accuse sans fondement un dignitaire, un de mes boyards les plus respectés, poursuivit le prince, feignant de ne pas l'entendre et sans regarder Phocas.

— Dans ce cas, je n'ai pas non plus le droit de retenir aucune des personnes ici présentes, constata Artem, contenant difficilement sa fureur.

— Cela, je l'ignore, répliqua Vladimir, mais j'insiste pour que l'honorable Phocas soit libéré sur-le-champ.

— Je ne l'ai pas encore arrêté, rétorqua le droujinnik.

— Tu m'as parfaitement compris. J'exige que tu laisses partir Phocas et qu'il ne soit pas inquiété à l'avenir. Moi, Vladimir, prince de Tchernigov, je réponds de lui.

Artem haussa les épaules avec lassitude cependant qu'un murmure de protestation s'élevait dans la salle.

— Boyard, tu n'es en droit d'accuser aucun d'entre nous, tu l'as dit toi-même, observa Svéneld d'un ton mielleux.

Le droujinnik lui sourit avec ostentation en levant les bras au ciel.

— Comment donc, mes amis ! grinça-t-il. Partez tous autant que vous êtes, puisque telle est la volonté du prince. Vous êtes libres... jusqu'à plus ample informé !

Vladimir ne releva pas le sarcasme. Pivotant sur ses talons, il sortit de la salle d'un pas ferme de militaire. Svéneld le suivit, l'air plus arrogant que jamais. Les autres s'empressèrent de lui emboîter le pas.

— Tu vois, boyard, mon épouse attache peu d'importance à mes relations avec Glafira. Ma faute n'est donc pas si grande, car la victime de mes méfaits — je parle d'Olga — a volé au secours de son mari dès qu'il a été menacé, murmura le Garde des Livres comme il passait devant Artem.

— Et nous, n'étant pas mariés, nous n'avons pas fait de victimes du tout, précisa Klim.

— Mon frère, jeta Fédote au lieu de soutenir Klim, tu es drôlement excité aujourd'hui ! Tu t'oublies !

En d'autres circonstances, Artem aurait réprimé un sourire, mais le ton conciliant de Phocas le blessa plus que la morgue de Svéneld et l'entêtement du prince. Tournant le dos à la porte, il s'éloigna vers le balcon aux volets fermés. Il les ouvrit et, ignorant le froid, sortit contempler la cour d'un air morose. Soudain, il sentit une main se poser sur son épaule. C'était Miroslav. Celui-ci vint se poster à côté d'Artem et déclara à voix basse :

— J'étais en train de discuter avec Vladimir lorsque cette vieille bique a fait irruption dans son cabinet comme une furie. Elle n'a pas arrêté de vociférer jusqu'à ce que le prince perde patience et vienne te trouver ici.

— Voilà ce qui arrive lorsqu'on fait confiance aux femmes ! maugréa Artem. Elle m'a supplié à genoux de raisonner son époux pour qu'il rompe avec Glafira. J'ai rappelé à Phocas son devoir conjugal — et voilà ma récompense !

Ils demeurèrent silencieux un instant, puis Miroslav reprit :

— Vladimir m'a parlé tout à l'heure du meurtre de la courtisane. Il m'a également appris que Glafira était l'auteur de la lettre anonyme. Je suppose que son assassin est celui de Katérina, n'est-ce pas ?

— Sans aucun doute. J'ai bien peur de te décevoir, mais je n'ai toujours aucune information sur son identité. Patience, mon ami, je te promets qu'il n'échappera pas au châtiment !

Miroslav se rembrunit. Il s'apprêtait à répondre lorsque des cris s'élevant de la cour attirèrent leur attention.

Se penchant par-dessus la balustrade du balcon, Artem aperçut Philippos. Le garçon portait de nouveau son absurde tenue de gueux ! Déconcerté et furieux, il regarda la scène.

Il devina que, juste avant que s'élèvent les hurlements, Philippos se trouvait en grande conversation avec un garçon de son âge, lui aussi en haillons. Celui-ci avait dû se faufiler dans la résidence grâce à un moment d'inattention du planton posté au portail. Mais le soldat avait fini par apercevoir l'intrus. C'est lui qui criait maintenant à tue-tête, tout en poursuivant le jeune vagabond et Philippos.

Cependant, le Garde des Livres et toute l'assemblée que le droujinnik venait d'interroger étaient sortis du palais et observaient le spectacle. Phocas avait dû reconnaître Philippos, car il avait l'air de faire des commentaires acerbes à l'adresse de Fédote. À ce moment, le soldat barra le chemin à Philippos et ralentit le pas, les bras écartés comme s'il voulait attraper une poule. Au lieu de s'enfuir, Philippos se rua vers son assaillant et se jeta dans ses jambes pour le retenir.

— Sauve-toi ! cria-t-il à l'autre garçon, alors que le garde s'effondrait comme une masse.

Sans perdre un instant, le vagabond fonça vers le portail et disparut derrière la clôture de la résidence. Furieux, le soldat se releva d'un bond et attrapa Philippos par le col de sa veste. Phocas et les autres vinrent les entourer.

— Laissez-le, je vais m'occuper de lui ! s'écria Artem.

Toutes les têtes se levèrent vers lui.

— Voyez-vous, ce jeune garçon n'est pas un mendiant, c'est le fils du boyard, expliqua Phocas d'un ton suave.

— Je ne faisais rien de mal, et mon ami non plus ! lança Philippos à l'adresse d'Artem.

Partagé entre la colère et l'envie de rire devant le comique de la situation, le droujinnik se pencha davantage et lui cria :

— Tu parles d'un ami, un chenapan qui t'a emberlificoté !

— Ce n'est pas vrai ! s'indigna Philippos. Mon ami est un garçon honnête !

À ces mots, Phocas se permit un ricanement, alors que Svéneld contemplait Philippos avec un dégoût manifeste.

— J'ai honte de toi ! jeta Artem. En plus, tu t'es encore remis à tes petites enquêtes ! Combien de fois dois-je te répéter la même chose ? Mêle-toi de ce qui te regarde !

— Je ne m'occupe de rien que tu ne m'aies permis ! rétorqua le garçon. Il ne s'agit pas de l'enquête que tu m'as interdite mais de l'autre !

— J'ignore de quoi vous parlez, remarqua Miroslav à mi-voix, mais n'est-il pas imprudent de le laisser s'intéresser à tes affaires ?

— Si seulement je pouvais l'en empêcher ! grommela Artem avant d'ajouter à l'adresse de Philippos : Attends que j'arrive ! Tu vas voir comment tu vas te faire sonner les cloches !

Il descendit dans la cour aussi vite que sa vieille blessure au genou le lui permettait et, tous les regards rivés sur lui, rejoignit Philippos.

— Ton fils a une drôle de manière d'enquêter — à moins qu'il ne mente. Est-ce pécher par orgueil que de se prendre pour un fin limier, voilà la question, observa Svéneld avec une froide ironie.

— Toi, boyard, répliqua Artem, je te dirai la même chose qu'à mon fils : occupe-toi de tes affaires !

Il entraîna Philippos sans ménagement vers leur pavillon. Après être montés en silence dans le cabinet du droujinnik, ils s'installèrent l'un en face de l'autre. Comme Philippos le fixait, une lueur de défi dans les yeux, Artem lui demanda d'un ton glacial :

— Avant que je décide de la punition que tu as méritée, raconte-moi sans rien omettre ce que tu fais avec ce vagabond.

— Je voulais t'en parler avant notre réunion avec Mitko, mais tu étais trop préoccupé par le meurtre de Glafira, souligna Philippos. Laisse-moi t'expliquer de quoi il s'agit. D'ailleurs, tu connais ce garçon...

Il rappela alors les circonstances de sa rencontre avec la Balafre puis évoqua sa discussion avec Ianko le Musicien sans mentionner le lieu de leur rendez-vous.

— Quand tu m'as croisé aujourd'hui sur la place du Marché, enchaîna-t-il, j'étais en train de chercher la Balafre. J'avais l'intention de lui apprendre que le meurtrier de Katérina est un type déguisé en Varlet. Tu m'as ramené au palais, mais ses petits camarades ont dû lui transmettre que je voulais le voir d'urgence.

— Et qui sont-ils, ces petits camarades ? l'interrompit Artem.

— Mettons que ce soient ses amis, ses assistants, un peu comme Mitko et Vassili pour toi. Alors, il est accouru au palais, au risque de se faire pincer par le planton. Et voilà le résultat : je n'ai eu le temps de lui dire ni que je voulais discuter avec le Musicien de nouveau, ni la raison de cette rencontre.

— À propos, comment as-tu fait pour quitter la résidence ? La sortie arrière est fermée !

— J'ai dû scier une planche dans la palissade, répliqua le garçon. Mais ne t'inquiète pas, je l'ai fait il y a bien longtemps, pas aujourd'hui. Jamais je n'aurais osé te désobéir !

Dissimulant un sourire, Artem lui lança un coup d'œil désapprobateur. Il resta silencieux un long moment, fixant Philippos de temps à autre d'un air songeur.

— Est-ce que tu te rends compte à quel point c'est dangereux, ce que tu fais ? demanda-t-il enfin.

— Tu crois vraiment que notre Varlet ou notre Grec se trouvait tout à l'heure dans la cour ? répliqua Philippos. Moi, j'en doute !

— Je parle de ce que j'appelle ta petite enquête personnelle.

— Et toi, est-ce que tu te rends compte à quel point il est important que je revoie le Musicien ? Il a vu de ses yeux la scène du meurtre de Katérina ! On court toujours un risque quand on a affaire à l'unique témoin oculaire d'un crime, ajouta-t-il avec ardeur.

Artem réfléchit encore quelques instants. Certes, le témoignage de Ianko le Musicien était essentiel, mais à quel prix ? Philippos n'était qu'un adolescent, et il avait le don de se fourrer dans la gueule du loup. Pourtant... Il s'abstint de l'interroger sur le lieu où se terrait le truand, car il se doutait que Philippos refuserait de le lui confier. Il savait également que le Musicien n'était pas un néophyte et qu'il avait pris toutes les précautions nécessaires pour rendre sa cachette introuvable.

— J'ai oublié de te dire que le Musicien change à chaque fois le lieu du rendez-vous, intervint Philippos comme s'il lisait dans ses pensées. Même si l'assassin soupçonne quelque chose, il ne nous découvrira jamais !

— Soit, acquiesça enfin le droujinnik. Tu peux aller retrouver ton ami la Balafre et essayer de t'entretenir avec le Musicien. Cette fois, les circonstances te sont favorables mais, rappelle-toi, on n'est jamais à l'abri de ses propres gaffes !

— Je te donne ma parole que je serai d'une prudence de chat, promit Philippos d'un ton solennel. Est-ce que je peux y aller ?

— Puisque tu es en tenue... répliqua le droujinnik en souriant.

Avant de partir, Philippos passa par les cuisines pour dérober de quoi régaler la Balafre : une grande tourte à la viande à peine sortie du four. Puis, vêtu de ses guenilles, il quitta la résidence par le moyen qu'il avait révélé à Artem. Il prit le chemin du quartier du Vendredi-Saint en songeant qu'il avait une sacrée chance : il n'avait pas espéré s'en tirer à si bon compte avec Artem.

Sa jubilation ne dura pas longtemps. Comme il s'engageait sur la place du Marché, une étrange sensation l'envahit. Il avait l'impression que des yeux hostiles, des yeux emplis d'une haine féroce le fixaient. Une peur panique s'empara de lui. Il pressa le pas puis se mit à courir en zigzaguant dans la foule. Mais le regard malveillant restait rivé à sa nuque, le suivant partout où il allait. Il s'arrêta et se rencogna sous le porche d'une échoppe pour reprendre haleine et essayer de se raisonner. Personne ne savait où il se trouvait ni où il se dirigeait. C'était sûrement son imagination qui lui jouait des tours. Il devait se ressaisir et remplir sa mission ! C'était la première fois qu'Artem lui confiait lui-même une enquête, il ne pouvait pas décevoir le droujinnik.

Sa frayeur un peu calmée, Philippos poursuivit son chemin d'un pas ferme. Il quitta la place du Marché puis la grand-rue, tournant dans la rue principale du quartier qui débouchait sur la place de l'église du Vendredi-Saint. C'est alors que la détestable sensation revint le submerger. Il sentit un long frisson lui parcourir le dos sous le regard insistant et haineux. Il ralentit le pas puis pivota brusquement sur ses talons, jetant un coup d'œil rapide alentour. Dans la lumière crépusculaire, commerçants, artisans, marchands ambulants faisaient les dernières affaires de la journée ; les apprentis relevaient les étals et les habitants du quartier fixaient les torches aux portails pour éclairer un peu la rue. Personne ne lui prêtait attention.

Pourtant, le sentiment d'être épié ne disparaissait pas. Il décida de prendre un raccourci et tourna dans une venelle jonchée de détritus, déserte à l'exception de quelques enfants qui jouaient devant les isbas au toit de chaume. À mi-chemin de la petite place, il se retourna de nouveau. Il lui sembla apercevoir une silhouette sombre qui s'abrita brusquement près d'une palissade. Cette fois, il ne chercha pas à maîtriser sa peur. Il se mit à courir aussi vite que ses jambes pouvaient le porter, glissant et s'enfonçant dans la boue et faisant jaillir des gerbes d'eau. Enfin, il déboucha sur la place et fonça vers le passage derrière l'église.

Comme il s'arrêtait au milieu de la ruelle, la Balafre surgit devant lui.

— Je n'ai pas donné notre signal, souffla Philippos. Comment as-tu deviné que j'étais là ?

— À ton pas ! Tu courais avec la légèreté d'un ours, persifla son ami. On aurait dit que tu avais le Diable aux trousses. Qu'est-ce qui t'arrive ?

— J'ai l'impression qu'on m'a suivi. Tirons-nous d'ici !

— Viens, je vais t'amener à ma nouvelle planque, décida la Balafre. Au fait, merci de m'avoir sorti du pétrin tout à l'heure ! ajouta-t-il comme ils se mettaient en marche. Ce n'est quand même pas à cause de moi qu'on te filait le train ?

— Bien sûr que non. D'ailleurs, j'ai pu me tromper.

— Si tu penses de nouveau qu'on te file, il faut que tu cherches un chemin parallèle pour faire un grand tour et te retrouver derrière le gars, enseigna la Balafre. Comme ça, tu peux le semer.

— Je te dis que j'ai dû me tromper, insista Philippos.

Il ne fallait surtout pas que son ami soit inquiet ; sinon, il ne serait jamais d'accord pour l'amener voir le Musicien !

Ils arrivèrent devant une petite cabane délabrée, accolée au mur de l'isba voisine. À l'intérieur, Philippos vit une peau de mouton étalée sur un vieux matelas de paille et deux caisses en bois, dont une servait de table, l'autre de coffre à vêtements.

— Pourquoi tu as changé de planque ? s'étonna-t-il. C'est presque la même que l'autre !

— Tu plaisantes ? s'indigna la Balafre. Avant, j'avais un toit ; maintenant, j'ai une vraie maison avec un vrai lit !

Philippos fit oui de la tête, se rappelant la misérable bicoque avec un tas de paille jeté sur le sol qu'avait habitée son ami. Comme ils s'asseyaient sur le lit, il sortit de sous sa veste la tourte enveloppée d'un chiffon propre et la tendit à la Balafre. À la façon dont celui-ci planta ses dents dans ce mets inespéré, il comprit que les affaires n'allaient pas très bien. Sa faim assouvie, la Balafre posa le dernier morceau sur la table et s'adossa au mur en soupirant d'aise.

— J'ai deviné ce qui t'amène, déclara-t-il. Tu veux sûrement que je t'arrange un nouveau rendez-vous avec le Musicien !

— Gagné. Tu crois que c'est possible ?

— On ne sait jamais avec lui, mais je vais essayer. Tu n'as qu'à m'attendre ici, j'irai le retrouver tout à l'heure sur les quais.

— Sur les quais ? répéta Philippos, surpris. Allez, tu peux me le dire ! Tu sais bien que jamais je ne vous trahirai, ni toi ni tes amis !

— Mais le Musicien ne le sait pas, lui, répliqua l'autre d'un air pénétré. Enfin voilà... Il a décidé de ne plus traîner dans les tavernes, c'est trop dangereux. Maintenant, on peut le rencontrer sur les quais, en face des grands bateaux qui viennent mouiller à quelque distance du rivage. Tu vois où c'est ? À part les moments où un nouveau navire entre dans le port, c'est l'endroit le plus désert qui soit.

— Il ne reste quand même pas là toute la journée ?

— Il y passe pas mal de temps. Mila fait ses affaires en ville mais, le soir, elle va le retrouver là-bas. La plupart de ses comparses aussi, car presque personne ne sait maintenant où il crèche.

— C'est bon à savoir ! remarqua Philippos en se grattant le menton.

— Attention ! Ne t'avise pas de te pointer comme ça, l'avertit la Balafre. Il aura décampé avant de chercher à savoir pourquoi t'es venu. Tout ce que tu gagneras, c'est de le forcer à changer de lieu de rendez-vous une nouvelle fois. Compris ?

— Compris, marmonna Philippos, déçu.

Il voulait insister mais, à cet instant, un faible bruit lui parvint de l'autre côté de la mince paroi.

— Tu as entendu ? chuchota-t-il, tandis que la peur s'emparait à nouveau de lui. Qu'est-ce que c'est ?

— J'y vais, murmura laconiquement son ami.

Celui-ci se leva d'un bond, aussi souple et aussi silencieux qu'un chat, et se glissa au-dehors. Philippos attendit, le cœur battant à tout rompre. Soudain, il distingua deux voix qui lui parvenaient de l'extérieur : la Balafre semblait parler avec un enfant. Il sortit à son tour et aperçut un gamin dépenaillé d'une dizaine d'étés, maigre comme un clou.

— Tu peux me passer ce qui reste de la tourte ? lui demanda la Balafre.

Philippos s'exécuta. Son ami fourra la dernière tranche dans les mains de l'enfant qui décampa comme un animal effrayé.

— C'était le gosse qui nous épiait ? s'enquit Philippos.

— Qui veux-tu que ce soit ? Et puis, il ne nous épiait pas, il avait faim ! Il y en a plein qui traînent auprès des maisons dans ce quartier de malheur en mendiant un quignon de pain.

Rassuré, Philippos regagna sa place sur le lit, suivi par la Balafre.

Alors qu'ils se concertaient à propos de la rencontre avec le Musicien, le gamin dépenaillé émergea de sa cachette derrière une isba délabrée, à une cinquantaine de coudées de la bicoque de la Balafre. Il trottina vers une sombre silhouette enveloppée d'une cape, la chapka enfoncée jusqu'aux yeux, qui se tenait dans l'ombre épaisse d'un auvent.

Tout en dévorant sa tourte, le gamin se mit à lui parler. L'inconnu lui ordonna de baisser la voix puis l'écouta, jetant de temps à autre un regard torve vers la cabane. Enfin, il glissa une pièce dans la main du gamin, pivota sur lui-même et s'éloigna en rasant les murs. L'enfant, qui avait fini de manger, demeura un instant immobile, contemplant la pièce d'un air émerveillé ; puis il fila à son tour.

Une heure plus tard, Ianko le Musicien, que Philippos souhaitait tant rencontrer, jouait des gousli dans l'isba qu'il occupait depuis peu de temps avec Mila. La mélodie, lente et mélancolique, commençait à déteindre sur l'humeur de Mila. Leur vie n'était pas une partie de plaisir, avec tous les dangers qui les guettaient à chaque pas : se faire arrêter ou, pire, se faire couper la gorge par un vrai truand. Car Ianko n'était pas un vrai truand, Ianko avait bon cœur. Jamais il n'avait saigné ou, comme on le disait dans le milieu, envoyé quelqu'un, pas même pour de l'argent ; jamais il n'avait levé la main sur Mila, pas même quand il était en colère ou soûl. Lorsqu'il était contrarié ou triste, il jouait des gousli, comme maintenant. Et c'est ce que Mila souffrait le moins ! Elle aurait préféré qu'il l'insulte ou qu'il la batte ; tout, sauf cette mélodie qui vous suce le cœur et vous empoisonne l'âme ! Ianko n'ignorait pas tout cela. Puisqu'ils avaient décidé de passer la journée ensemble, pourquoi s'entêtait-il à gâcher son humeur ? Et puis, s'il aimait tant ses gousli, ils pourraient changer de vie, partir avec des comédiens ambulants... C'était son rêve parce qu'elle aimait chanter ; seulement, des chansons gaies.

— Tu n'as pas faim ? demanda-t-elle.

On aurait dit que le Musicien ne l'avait pas entendue ; il continuait de jouer sans lui prêter la moindre attention. Quand il était comme ça, c'était à se taper la tête contre les murs ! Il n'écoutait rien et, sans même relever la tête, s'obstinait à tripoter les cordes de ses satanés gousli. Le seul moyen de le tirer de là, c'était de trouver un sujet de conversation qui l'intéresse. Il daignait alors poser son instrument et, parfois, ne le reprenait pas trop vite. Elle tenta le coup :

— Tu as des nouvelles de P'tit Père ? demanda-t-elle.

P'tit Père était un truand notoire, plus âgé que Ianko d'une dizaine d'étés, doté d'énormes poings et d'un méchant coutelas. Il devait de l'argent au Musicien, mais ne lui avait pas encore rendu un huitième de grivna.

Le Musicien demeura silencieux. Mila exhala un long soupir. Soudain, elle eut une idée.

— Alors, qu'est-ce que tu as décidé pour ce soir ? Tu iras au port rencontrer le copain de la Balafre ?

— Je ne sais pas encore. Écoute, Mila, parlons de ce que tu veux mais pas de ça, d'accord ?

Par bonheur, il ne reprit pas son instrument mais, le regard vague, la dévisagea comme s'il la voyait pour la première fois. Cela voulait dire que son esprit battait la campagne, et ce n'était guère mieux ; il fallait lui parler longtemps pour que ses pensées reviennent vers Mila. Elle tenta un autre sujet.

— Ianko, t'en as pas assez, de vivre comme ça ?

— Pourquoi, t'es pas contente ? Qu'est-ce qui ne te plaît pas ?

Mila resserra frileusement son châle de soie et soupira de plus belle. Qu'aurait-elle bien pu répondre ? Elle avait un toit, un couvert et son homme qui l'aimait ; même qu'il lui achetait parfois des présents au marché ou à la foire. Bien sûr qu'elle était contente ! Mais ç'aurait pu être mieux.

— Tu te rappelles, l'autre jour, on a parlé des comédiens ambulants qui sont venus jouer à Tchernigov ? Puisque tu aimes jouer de la musique, pourquoi ne partirait-on pas avec eux ? On vivrait honnêtement, on serait à l'abri du danger !

— Pourquoi pas ? répliqua le Musicien d'un air distrait. Faut y réfléchir.

— Ianko, tu ne m'écoutes pas ! explosa-t-elle. Pourquoi causer si tu as l'esprit ailleurs ? Et puis, je sais ce que tu as derrière la tête : le frère de la fille assassinée, celui que tu as promis de rencontrer ce soir. Inutile de tourner autour du pot ! T'y vas ou t'y vas pas ?

Cette fois, Ianko la fixa avec attention.

— Tu as raison, ça me ronge, reconnut-il. J'ai décidé de lui dire tout ce que je sais, et maintenant, je doute.

— Pourquoi ?

— On risque d'avoir des pépins, comme chaque fois qu'on l'ouvre. Mais je pense surtout à lui. Il peut se fourrer dans un sacré pétrin... car l'assassin est un noble ! Il s'en sortira toujours ; par contre, le gamin n'a aucune chance : il est pauvre, il a du cœur, et il est trop jeune pour savoir se défendre. Pourtant, je n'ai pas envie qu'il s'en sorte, ce rat immonde, ce maudit Varlet que j'ai vu étrangler la fille. Quand je pense à cette scène...

Les yeux de Ianko s'agrandirent; il fixa un point invisible au-dessus de la tête de Mila et poursuivit :

— La fille se tenait toute seule, elle attendait quelqu'un. Lui, peut-être... Comment savoir? Elle regardait ailleurs! L'espace d'un instant, j'ai aperçu la silhouette du scélérat et celle de la fille, si fragile, ployée sous lui. Je me souviens des moindres détails... Écoute, je t'ai menti l'autre jour. Je me souviens aussi du visage de l'assassin. Je l'ai bien regardé pendant que je lui faisais les poches, et je suis pas près de l'oublier!

— Alors, qu'est-ce que tu vas faire?

— Je pense que je vais aller rencontrer le gamin. Je lui raconterai tout, je lui décrirai le meurtrier et je le mettrai en garde contre lui. Ce n'est pas très prudent, mais je crois que j'irai jusqu'à lui donner un coup de main.

— Tu es fou? s'effraya Mila.

— Puisque tu veux qu'on change de vie! Au fond, tu n'as pas tort. On me connaît comme le loup blanc dans cette ville; je ne peux plus faire un pas. Reste la possibilité de partir avec les comédiens : tu chanteras, et moi, je jouerai des gousli. Ou bien, on peut rejoindre des bandits de grand chemin, mais... tu sais bien que je n'ai pas l'âme d'un assassin!

Le Musicien se releva du banc où il était assis. Se levant à son tour, Mila se jeta à son cou. Ils s'unirent dans un long baiser, puis le Musicien s'écarta pour aller chercher sa touloupe.

— Il faut que je parte maintenant. J'ai un truc à vérifier sur le chemin du port. Je ne serai pas absent très longtemps.

Trop heureuse des nouveaux projets de Ianko, Mila acquiesça en silence.

Content de sa résolution, Ianko quitta son repaire le cœur joyeux et le pied léger. Il lui restait une heure avant le rendez-vous sur les quais, et il avait l'intention d'employer ce temps de manière utile. Il avait décidé de suivre l'itinéraire que l'assassin avait emprunté après avoir commis son crime. Comme il gagnait la place de l'église Frol-et-Lavr, il s'arrêta pour réfléchir. Il était déjà venu ici, mais seulement de jour, et tout semblait différent. Maintenant, la nuit tombait, et il reconnut avec certitude le chemin où l'inconnu s'était engagé ce soir-là.

Il s'arrêta devant la première taverne, mais l'enseigne n'était pas la même. De fait, la gargote devant laquelle il avait récupéré les bijoux se trouvait beaucoup plus loin. Lorsqu'il l'atteignit, il sut qu'il était sur la bonne piste : au prochain carrefour, la ruelle qu'il longeait débouchait dans la grand-rue, laquelle menait droit aux beaux quartiers de la ville. Il marcha encore pendant une vingtaine de minutes en examinant palissades et maisons. Soudain, il aperçut une jeune servante accorte chargée d'un panier qui entrait dans une belle propriété. Lorsque la fille eut disparu, il s'arrêta d'un air indécis devant le portail. Celui-ci lui rappelait-il quelque chose ? Le Musicien s'immobilisa en fronçant les sourcils et fouilla dans sa mémoire.

Comme il examinait la plaque de marbre blanc qui surmontait le portail, une voix aiguë de femme lui parvint de l'autre côté de la palissade. Il jeta un coup d'œil par un interstice entre deux pieux. C'était une boyarina, sans doute la maîtresse de maison. Elle devait avoir entre quarante et cinquante étés ; grande, assez corpulente, elle avait un visage autoritaire et une démarche fière et ferme. Elle marchait à la rencontre de la servante tout en lui parlant.

Les deux femmes s'arrêtèrent et Ianko vit la domestique poser son panier et tendre à la boyarina une bourse en cuir rouge. À cet instant, celle-ci rencontra son regard.

— Qu'est-ce que tu as à épier ma maison? lui lança-t-elle. Va-t'en, coquin!

Elle mit prestement la bourse dans la poche de la pelisse qu'elle avait sur les épaules puis s'exclama à l'adresse de la servante :

— Ce n'est pas toi au moins qui as ramené ce voyou ici?

La jeune fille secoua la tête et s'empressa de pénétrer dans la maison, emportant le panier avec elle. Quant à la boyarina, remarquant que Ianko n'avait pas bougé d'un pouce, elle s'empara d'un râteau destiné à débarrasser le jardin des feuilles mortes puis fonça vers le portail. Le Musicien ne put s'empêcher d'éclater de rire, ce qui augmenta la fureur de la mégère.

— Attends un peu de tâter de ce bâton! vociféra-t-elle en pointant le manche de l'instrument vers lui.

Ianko se tenait toujours immobile, le corps amolli, comme si ses jambes se dérobaient sous lui. Trompée par cette attitude, la femme ouvrit le portail et se précipita vers lui. Dès que la boyarina se fut éloignée de la clôture, il saisit fermement le manche du râteau et l'attira d'un coup sec vers lui. Poussant un hurlement de colère, la mégère tomba le nez dans la boue. Il esquiva prestement le manche toujours dirigé vers lui, s'empara de la boyarina et la remit debout.

— Je ne suis pas de taille à me mesurer avec toi, petite mère, lança-t-il en riant. Tâche de ne pas trop t'amuser avec cet instrument : le meurtre est puni par la loi!

Il bondit de côté et s'éloigna de la mégère qui s'égosillait à force de hurler.

Lorsqu'il fut arrivé à l'autre bout du quartier, il examina son butin — la bourse de ce dragon de boyarina. Elle contenait deux grivnas d'argent et quelques piécettes de cuivre. Ianko faillit pousser un cri de joie. Obligé de se cacher, il ne pouvait plus travailler comme avant; cet argent tombait à merveille.

Il erra encore quelques minutes parmi les belles demeures puis, voyant les dernières boutiques fermer dans la grand-rue, il se dirigea vers son rendez-vous.

Lorsqu'il fut arrivé sur les quais, la nuit était complètement tombée. Malgré l'obscurité, le port grouillait d'activité. Toutes sortes d'embarcations — simples barques, agiles bateaux vikings, imposants vaisseaux de haut bord des commerçants grecs — glissaient sur l'eau sombre du fleuve ; d'autres étaient amarrées au débarcadère. L'air glacial résonnait d'ordres brefs, de cris de marchands, de jurons de matelots.

Ignorant toute cette agitation, Ianko gagna la partie la plus calme du port, face aux grands vaisseaux byzantins qui mouillaient à quelque distance des quais. Il était un peu en avance. Il joua un moment avec la bourse en cuir rouge puis la cacha au fond de la poche de sa touloupe. Soudain, il s'aperçut qu'il n'était pas seul ; une silhouette sombre se tenait à l'autre bout du quai, les yeux rivés sur un immense vaisseau grec dont la masse noire parsemée de petits feux ressemblait à un monstre surgi des profondeurs du fleuve.

Évitant de se laisser distraire, Ianko regarda dans la direction opposée. Il voulait mettre un peu d'ordre dans ses pensées avant d'entamer la discussion avec le frère de la fille étranglée. Soudain, un léger bruit de pas le fit se retourner. L'homme s'était rapproché de lui, et Ianko se demanda s'il n'allait pas inspecter le contenu de ses poches. Il se souvint du bon tour qu'il venait de jouer à la boyarina et baissa la tête pour cacher son fou rire.

Lorsqu'il leva les yeux, l'inconnu était tout près de lui. L'esprit ailleurs, Ianko examina son visage. Quelque chose surgit du fond de sa mémoire. Mais, à cet instant, il aperçut l'éclat froid d'une lame en acier contre son cœur. Il ne boutonnait jamais sa touloupe, même en hiver... Une douleur fulgurante lui transperça la poitrine. Des bribes de pensées confuses envahirent son esprit de plus en plus embrumé. Comme son regard rencontrait celui de l'inconnu, ce dernier ricana :

— Tu m'as fait les poches, mais ça ne t'a pas profité !

Puis il ajouta à mi-voix :

— Ah, mon garçon, puisque tu savais pouvoir me reconnaître, comment n'as-tu pas deviné que, moi aussi, je te reconnaîtrais ?

Ce furent les derniers mots que Ianko le Musicien entendit avant de sombrer dans les ténèbres.

Chapitre XI

Tôt le lendemain matin, Artem arriva au monastère. C'était la troisième fois qu'il venait examiner la fresque du peintre Nil, sans grand résultat. De plus en plus désespéré, il décida de se servir de son talisman varègue. Tâtonnant dans la poche intérieure de sa tunique, il en sortit une pierre lisse et plate, grande comme le quart de sa paume. Ornée d'un dessin énigmatique, cette pierre était conservée dans sa famille depuis des générations. D'origine varègue, Artem tenait plus que tout au monde à ce talisman, unique lien qu'il eût conservé avec ses ancêtres païens, redoutables guerriers et excellents navigateurs.

Tout en caressant du bout des doigts l'étrange dessin gravé, il chercha à se concentrer sur la fresque et inspecta le mur une nouvelle fois, pouce par pouce. Rien n'y fit ! La Vierge et son entourage refusaient de lui livrer leur secret. Mais peut-être était-ce Irina qui l'empêchait de réfléchir...

Il se dit que la jeune femme elle aussi avait son secret. Malgré toute l'attirance qu'Artem éprouvait pour elle, il sentait confusément que quelque chose clochait. Ce n'était qu'une vague intuition ; la seule confirmation en était — et Artem se riait de la consistance de cet « indice » — le regard qu'il avait surpris après leur deuxième nuit d'amour. Irina venait de se lever et, fraîche comme une rose, babillait gaiement et pestait contre le froid pendant sa toilette matinale. Il avait alors saisi, dans le grand miroir en argent poli fixé au-dessus de la coiffeuse, le coup d'œil que la jeune veuve lui lançait à la dérobée. Le regard était grave, énigmatique, presque pesant, au point qu'Artem en avait eu un frisson. Puis Irina s'était précipitée dans ses bras et le droujinnik n'y avait plus repensé.

Maintenant, à cet instant même, il lui semblait comprendre enfin cette scène qui l'avait tant intrigué : après son mariage malheureux, la jeune femme avait conçu une méfiance irrépressible envers la gent masculine. Il faudrait à Artem beaucoup d'amour et beaucoup de temps pour que s'estompent amers souvenirs, larmes et blessures qui avaient marqué l'âme d'Irina.

Pourtant, malgré la souffrance que provoquaient encore toutes ces cicatrices, Irina n'était jamais triste en compagnie d'Artem. Elle se montrait intéressée par son travail et l'interrogeait souvent sur les énigmes qu'il avait résolues. De temps en temps, le droujinnik allait jusqu'à lui confier quelque détail incompréhensible concernant les affaires qu'il avait en cours. Ainsi lui avait-il parlé de la bague au saphir que Glafira avait offerte à Boris. Il n'arrivait pas à comprendre la raison de ce geste. Il pensait que la courtisane veillait surtout à ses propres intérêts, et que chacun de ses actes correspondait à une idée qu'elle avait derrière la tête. Quand il avait évoqué le saphir devant Irina, celle-ci avait eu une étrange réaction. D'abord troublée au point de cacher son visage entre ses mains, elle s'était ensuite mise à accuser Artem d'insensibilité : il n'aurait pas compris qu'une femme de mauvaise vie était elle aussi capable de gestes désintéressés sous l'impulsion de l'amour. Au bout du compte, elle était parvenue à l'en convaincre ; il avait bel et bien changé d'avis sur la signification de ce présent.

Il eut un soupir : Irina lui manquait atrocement. Le jour de leur deuxième rencontre au monastère, ils étaient devenus amants. Artem avait alors pénétré pour la première fois dans la petite maison entourée d'une palissade rouge. Il n'avait pas su résister à l'éclat de ses étranges yeux couleur miel liquide, à la douceur de ses lèvres, à la souplesse de son corps mince et ferme comme celui d'une jeune fille. Lui qui avait navigué sur les bateaux vikings du père de Vladimir, il avait trouvé une image naïve mais belle aux yeux de la jeune veuve : la petite barque d'Irina avait jeté l'ancre auprès du vieux navire fatigué qu'était Artem...

Il pensa à l'invincible gaieté dont la jeune femme était douée. Les rares fois où il pouvait lui rendre visite, elle jouait des gousli, chantait, ou encore dansait en s'accompagnant aux clochettes et au tambourin. Artem se limitait au rôle de spectateur, mais regarder Irina lui procurait un immense plaisir. Les moments passés ensemble étaient brefs, mais à chaque fois ils apportaient au droujinnik le sentiment d'avoir trouvé un bonheur parfait. À deux reprises, ils étaient parvenus à s'échapper de la ville pour une petite heure, se promenant à la campagne ou au bord du fleuve, bravant le froid et la pluie. Enfin, ils avaient réussi à dîner deux fois en tête à tête, et le droujinnik s'était permis de rester chez elle après l'avoir raccompagnée.

Il se secoua, se forçant à étudier la fresque. C'était la première fois que son travail ne parvenait pas à le passionner durablement ! Il fixa tour à tour chaque personnage d'un air furieux, comme s'ils étaient tous coupables de dissimuler le mystérieux message du peintre.

Et c'est alors qu'il sentit un vague souvenir affluer à la surface de sa mémoire. Curieux : plus il regardait les personnages droit dans les yeux, plus il avait l'impression d'être attiré par l'espace intérieur de l'œuvre. Il pensa qu'il arrivait au bout de ses peines.

À cet instant, la porte de l'église s'ouvrit, et il vit Philippos traverser la nef et se diriger vers lui. Il s'apprêtait à demander au garçon de le laisser seul, mais celui-ci lança :

— Enfin je te retrouve ! Je ne te vois plus et les Varlets non plus. Or il se passe des choses graves !

— Qu'est-ce que tu veux dire ? répliqua le droujinnik, envahi par un sentiment de culpabilité.

— Hier soir, je devais rencontrer Ianko le Musicien, mais il n'est pas venu. Je sais que c'est idiot, mais j'ai un peu peur pour lui. Je voulais t'en informer tout de suite, après mon retour du port, mais tu n'es rentré qu'à l'aube...

— Il nous arrive à tous de rentrer à l'aube quand on est heureux... ou quand on fait des bêtises ! Rappelle-toi combien de soucis tu m'as donnés avec toutes tes disparitions !

— Tu es sûr au moins d'être heureux ?... et que ce n'est pas une bêtise ? fit le garçon d'un air sceptique.

— Certain, sourit Artem. Et ne t'inquiète pas trop pour Ianko. Il viendra sans doute ce soir.

Philippos hocha la tête, puis marmonna d'un ton lugubre :

— Si tu es heureux, je suis content pour toi. Il n'empêche que tu dois me suivre au palais. Les Varlets te cherchent, ils ont des renseignements importants pour toi.

Mitko et Vassili attendaient Artem dans son cabinet. Ils le saluèrent pendant que Philippos et lui prenaient place.

— Boyard, il s'agit d'informations étranges. Elles concernent quelqu'un qu'on soupçonnait de bien autre chose, déclara Mitko. C'est le marchand Fédote.

Artem sursauta.

— Fédote ? Moi aussi je suis parvenu à quelques conclusions à son sujet. Mais parlez les premiers !

— La nuit dernière, Vassili, moi et Lisa sommes sortis faire une petite promenade. Nous nous sommes rendus au port...

— Ça fait une grande promenade, remarqua le droujinnik en souriant.

— Boyard, laisse-moi t'expliquer en deux mots, intervint Vassili. Tu m'as ordonné de m'occuper de Lisa, et je ne t'ai pas encore fait mon rapport. Elle a une tante, épouse d'un orfèvre, qui habite une petite maison près de la place du Marché. Après avoir calmé cette pauvre enfant, je l'ai ramenée chez sa tante où elle vivait avant de s'installer dans la maison de Glafira. Je l'ai interrogée hier soir. Elle a confirmé son récit à propos de la bague au saphir, mais elle ne sait rien sur le Varlet aperçu par la courtisane.

— Peut-elle reconstituer la liste des personnes qui fréquentaient Glafira ?

— Sans doute... J'ai commencé à dresser cette liste, mais je me suis arrêté après avoir usé cinq grands carrés d'écorce. Il serait plus simple d'amener l'homme qui nous intéresse devant Lisa et de lui demander si elle le connaît... Et dire que, en dépit de la vie dissipée de sa maîtresse, Lisa ne s'est pas laissé débaucher ! lança Vassili avec admiration.

Le droujinnik eut un petit sourire puis, d'un geste, le pria de continuer.

— Lisa se sentait encore bouleversée. Craignant l'insomnie, elle m'a demandé de lui tenir compagnie. Comme je devais retrouver Mitko, je lui ai proposé de se joindre à nous. C'est ainsi que nous avons fait une promenade avec elle après dîner. À propos, boyard, souhaites-tu interroger personnellement Lisa ?

— Pas pour l'instant. Si un nouvel entretien s'avère nécessaire, je te confierai volontiers cette rude tâche !

Vassili se renversa dans son fauteuil en riant d'un air ravi, alors que Mitko poursuivait à sa place :

— Nous avons choisi les endroits les mieux éclairés, et c'est ainsi que nous avons d'abord emprunté la grand-rue puis sommes arrivés au port. Il était déjà presque une heure de la nuit et, à part les matelots, les filles de mauvaise vie et quelques gardes, il n'y avait personne. Imagine notre étonnement lorsque nous avons aperçu Fédote ! Pour une fois, il n'était pas accompagné de son frère ! Nous portions l'uniforme des Varlets, aussi ne nous a-t-il pas reconnus. Il longeait à vive allure le quai en se dirigeant vers sa partie la plus éloignée, là où, en face, mouillent les grands vaisseaux en provenance de Kiev ou de Byzance. Alors, nous l'avons suivi — ou plutôt, j'ai laissé à Vassili le soin de s'occuper de sa mignonne et j'ai filé le train au marchand.

Il reprit son souffle puis, tirant sur les boucles de son collier de barbe, enchaîna avec un clin d'œil à Vassili :

— Ainsi, laissant mon ami et sa conquête, je suis parti guetter Fédote. J'ai alors vu des choses curieuses : une barque est venue le prendre pour le conduire vers un grand navire ancré au loin. Depuis le quai, je n'ai distingué que de minuscules silhouettes noires qui montaient à bord. En revanche, quand Fédote est revenu au bout d'une demi-heure, je me suis précipité vers la barque. Par chance, le matelot n'était pas reparti tout de suite ; il était mal fichu à cause d'un terrible rhume ! Bref, je lui refile une pièce, je dis que j'ai rendez-vous avec le capitaine, et voilà que la barque s'éloigne à nouveau du quai.

— Es-tu certain que Fédote ne t'a pas remarqué ? demanda le droujinnik.

— Je m'en suis assuré, confirma Vassili.

— Nous voilà qui montons à bord. On me conduit

dans la cabine du capitaine. Je lui raconte que je suis le chef de la garde chargée de surveiller le port, et je le vois devenir blanc comme un linge ! Je lui pose des questions sur notre marchand, et je l'entends déclarer que lui-même est grec, qu'il ne connaît personne du nom de Fédote ni aucun autre commerçant dans notre ville. C'est louche, non ?

— En effet, acquiesça Artem. Mais comment as-tu réussi à t'expliquer, d'abord avec le matelot, puis avec le capitaine, toi qui ne parles pas un traître mot de grec ?

— Ah ! Vassili m'a demandé la même chose... Quand on a du flair, on comprend à qui on a affaire ! Et puis, le capitaine connaissait un peu notre langue ; il prétend venir d'un quartier de Tsar-Gorod où habitent les marchands russes quand ils s'arrêtent dans cette ville. Alors, qu'en dis-tu, boyard ? Je propose qu'on aille interroger ce coquin avant qu'il ne file !

— Tout à fait d'accord, répliqua le droujinnik. Si Fédote est en faute, les preuves seront plus faciles à trouver sur le bateau grec que dans sa demeure. Je parie que le filou a pris toutes les précautions pour dissimuler la moindre trace de ses activités illégales dans sa propre maison !

Artem, Mitko, Vassili et Philippos quittèrent le palais, ce dernier ravi de voir le droujinnik de nouveau en compagnie des Varlets, loin d'Irina. Cette nouvelle journée de novembre n'avait toujours pas apporté la neige tant attendue ; pestant contre la pluie, ils enfourchèrent leurs montures et traversèrent la ville au milieu des grandes gerbes d'eau que soulevaient les sabots de leurs chevaux.

Arrivés au port, ils confièrent les bêtes à un garde qui alla les attacher à un poteau à l'abri de la pluie. Après avoir sorti des fontes de sa selle plusieurs rouleaux d'écorce, Artem les cacha sous sa cape et rejoignit ses compagnons. Ils montèrent à bord d'un petit bateau de la Surveillance fluviale et approchèrent du vaisseau que Mitko avait reconnu sans hésitation. Le droujinnik héla un matelot, déclina son identité et annonça à l'équipage son intention de monter à bord. Philippos et lui escaladèrent prestement l'échelle de corde, suivis tant bien que mal par les deux Varlets qui auraient fait de piètres marins. Une fois à bord, le droujinnik jeta un coup d'œil à la ronde. Il était clair que le vaisseau s'apprêtait à quitter le port car il bourdonnait d'activité. Les matelots grecs grimpaient dans le gréement, allaient et venaient en échangeant des répliques en langue verte que le droujinnik comprenait à moitié. Quant à Philippos, bilingue d'origine, il écoutait en rougissant, mais surtout il dévorait du regard tout ce qui l'entourait, car il n'était encore jamais monté sur une aussi grande embarcation.

Le capitaine portait un long manteau de cérémonie grec qu'il avait dû revêtir à la hâte pour honorer ses hôtes; pourtant, sa mine renfrognée témoignait avec éloquence des sentiments qu'ils avaient suscités en lui. Il les emmena tous les quatre dans sa cabine, assez exiguë mais décorée avec soin. Mitko raconta brièvement en sa présence la visite de Fédote qu'il avait observée la veille. Ensuite, Artem commença l'interrogatoire tout en traduisant pour ses assistants. Il s'avéra que le vaisseau de commerce transportait essentiellement des épices. Artem lança un coup d'œil complice aux Varlets. Comprenant de quoi il s'agissait, Mitko et Vassili échangèrent un grand sourire. Enfin, Artem déclara :

— Sur ordre de Sa Seigneurie le prince, je t'accuse, capitaine, de porter préjudice à la principauté de Tchernigov en te livrant au commerce des épices de contrebande, avec la complicité du négociant Fédote.

Pâlissant d'effroi, le marin voulut protester, mais

Artem sortit alors les documents qu'il avait apportés avec lui. Il s'agissait d'une copie de la charte établie par Vladimir, qui énonçait les droits et devoirs des bateaux grecs dans les ports et sur les voies fluviales de la principauté. Le capitaine, qui devait les connaître mieux qu'Artem, lui demanda à voix basse s'il souhaitait prendre part à un trafic aussi lucratif. Pour toute réponse, le droujinnik évoqua l'amende forfaitaire prévue pour les tentatives de subornation des hauts fonctionnaires. Après quoi, ils n'eurent aucun mal à persuader le capitaine de leur fournir un témoignage à charge contre Fédote. Il dut également s'engager à ne point quitter le port sans l'autorisation de Vladimir.

— Fédote, on le tient ! s'exclama Mitko dès qu'il eut senti la terre ferme sous ses pieds. Par la Mort-Dieu, quelle fripouille !

— Nous avons enfin découvert la source de l'immense fortune des deux frères, confirma Artem. Curieux... J'ai toujours senti qu'il y avait quelque chose de louche chez ces deux drôles. Vous vous imaginez combien d'argent ils ont dû amasser en grugeant le fisc !

Ils s'arrêtèrent pour discuter quelques instants, car ils devaient se séparer : munis des documents extirpés au capitaine grec, les Varlets allaient se rendre directement chez Fédote et Klim. Philippos quant à lui finit par se désintéresser de la conversation qui tournait autour des biens mal acquis par les deux marchands. Il se souvint qu'il devait rencontrer Ianko le Musicien sur ce même quai. Peut-être celui-ci viendrait-il ce soir, pensa-t-il avant de s'absorber dans l'observation d'un couple qui se tenait non loin d'eux. L'homme était un matelot viking, reconnaissable à ses bracelets de cuivre et à la large ceinture qui lui sanglait la taille. La jeune fille était en revanche originaire de Tchernigov, à en juger par son frais visage aux yeux et aux cheveux noirs comme la nuit. Ils tentaient de discuter dans un sabir assez étrange, mais Philippos s'aperçut bientôt que ces deux-là n'auraient aucun problème pour se comprendre : ils parlaient d'amour.

Visiblement, le groupe de droujinniks les gênait, et la jeune fille s'éloigna la première pour aller se poster tout au bout du quai. Le Viking la suivit et, pour le plus grand plaisir de Philippos, ils finirent par s'embrasser. Puis le regard rêveur de la jeune fille s'éleva vers la berge opposée, avant de revenir sur l'eau couleur d'étain qui clapotait doucement à ses pieds.

C'est alors qu'elle poussa un hurlement de terreur puis, d'un bond, s'écarta du bord du quai. Sans réfléchir, Philippos se précipita vers elle. Comme le Viking la prenait dans ses bras, essayant de la calmer, Philippos les dépassa pour scruter la surface de l'eau. Un corps, couché sur le ventre, flottait dans l'eau près du quai.

Lorsque Philippos, horrifié, fit demi-tour pour rebrousser chemin, il se heurta à son père. Le droujinnik l'enlaça, le serra contre lui et, au bout d'un interminable laps de temps, Philippos sentit que ses épaules tremblaient et que ses joues étaient mouillées de larmes.

— Pardon, murmura-t-il en se dégageant. Je n'ai pas eu peur ! Je ne m'y attendais pas, c'est tout.

— Ne t'excuse pas. Il est normal d'avoir peur devant des choses terrifiantes. Tu peux rester seul un moment ? J'ai besoin de voir de quoi il retourne.

Comme Philippos acquiesçait en silence, Artem se dirigea vers les Varlets qui avaient entre-temps appelé les gardes du port. Ceux-ci sortaient de l'eau le cadavre d'un homme vêtu d'une tunique claire et d'un pantalon noir. Dès qu'ils eurent déposé le cadavre sur le quai, Artem déclara :

— Ce n'est pas une noyade ! Regardez cela !

Il désigna une profonde entaille à la hauteur du cœur. L'inconnu avait dû saigner abondamment.

— Comment se fait-il qu'il n'ait pas coulé ? demanda un des soldats.

— Sans doute parce qu'il n'a plus sa touloupe, répondit le droujinnik. On a dû la lui voler... ou bien il l'a perdue après avoir été jeté à l'eau. L'assassin devait espérer que le cadavre coulerait, et c'est bien ce qui serait arrivé s'il n'avait pas perdu son vêtement. On ne l'aurait retrouvé qu'au printemps, au moment de la débâcle !

Alors que Mitko, Vassili et les gardes hochaient la tête en silence, Artem s'accroupit pour continuer son examen. Il se releva au bout de quelques minutes.

— Qu'en dis-tu, boyard ? s'enquirent les gardes en chœur.

Le droujinnik haussa les épaules.

— Un homme de taille ordinaire, de poids ordinaire, aucun moyen de l'identifier. Je vous souhaite bonne chance !

Tandis que les soldats maugréaient, Philippos s'approcha timidement du cadavre. Soudain, il sentit son sang se glacer et son cœur s'arrêter de battre.

— Mais... ce n'est pas possible ! s'écria-t-il. Ce n'est pas vrai !

Artem le rejoignit d'un bond et l'interrogea du regard, bien qu'il eût deviné la triste vérité.

— C'est lui, Ianko, murmura le garçon. Ça veut dire qu'il est bien venu au rendez-vous hier soir... et qu'on l'a assassiné pour la même raison que les autres !

— Ce garçon a l'air de connaître la victime, observa un garde à l'adresse d'Artem. Ça change tout ! Il pourra nous renseigner ?

— Oui, ça change tout, répliqua le droujinnik. En

particulier, c'est à moi que vous devriez souhaiter bonne chance. Ce meurtre appartient au champ de mon enquête.

Il voulait ajouter quelque chose lorsque son regard tomba sur les mains d'un des soldats. Elles serraient une bourse en cuir rouge. C'est en vain que le garde chercha à la cacher. Lorsqu'il s'aperçut de l'expression d'Artem, il la lui tendit d'un air obséquieux.

— Boyard, daigne prendre cet objet ! dit-il en fourrant la bourse dans la paume d'Artem comme si elle lui brûlait les doigts. Elle m'est tombée dans les mains alors qu'on tirait de l'eau ce malheureux... N'ordonne pas de me châtier, mais ordonne de me pardonner ! J'avais justement l'intention de te la remettre...

Le droujinnik saisit la bourse d'un air méprisant et en inspecta le contenu. Comme il tirait sur les cordelettes pour la refermer, son visage refléta soudain la stupéfaction la plus totale. Mitko, Vassili et Philippos le pressèrent de questions, mais il commença par ordonner aux soldats de se charger du transport du corps à la chapelle princière tout en menaçant du tribunal militaire celui qui avait essayé de subtiliser sa trouvaille. Lorsque les trois droujinniks et Philippos furent restés seuls, Artem déclara :

— Cette bourse appartient à Olga, l'épouse du Garde des Livres. Je l'ai tenue entre mes mains le jour où j'ai interrogé celle-ci dans leur demeure... Je crois qu'une nouvelle visite s'impose !

Moins d'une heure plus tard, Artem et Philippos s'installaient dans la grand-salle du Garde des Livres. Le droujinnik n'avait pas eu le cœur de laisser seul le garçon et il l'avait emmené avec lui. Philippos semblait remis de son émotion et écoutait de toutes ses oreilles. Quant à Olga, elle devait se douter qu'Artem était furieux après la scène qu'elle était allée faire chez le prince ; elle avait à l'évidence décidé d'arborer une attitude froide et détachée qui agaçait Artem.

Sans tergiverser, le droujinnik sortit la bourse de sa poche, défit le mouchoir dans lequel elle était enveloppée et la présenta à Olga.

— Cet objet est à toi, n'est-ce pas, boyarina ?

Toute la froideur d'Olga disparut ; son visage s'empourpra alors qu'elle lançait :

— Bien sûr que c'est à moi ! J'espère que tu as arrêté l'impudent coquin qui a osé la voler !

— L'impudent coquin est mort, boyarina. Et il avait ta bourse dans sa poche ! Comment expliques-tu cela ?

— Par la Sainte Croix, je viens de te le dire ! On me l'a volée ! On dirait que vous autres, gardes et droujinniks, vous n'êtes jamais là quand on a besoin de vous.

— Ce n'est pas tout à fait mon impression, rétorqua Artem. Tu avais bien besoin de mon aide la dernière fois que nous avons discuté, n'est-ce pas ? Mais ce n'est pas pour parler de cela que je suis ici. Je veux que tu répondes...

Il s'interrompit sans terminer sa phrase, car Phocas venait d'entrer dans la pièce.

— Boyard Artem, quel plaisir ! déclara celui-ci d'un ton faux, avant de demander à son épouse : Je rentre déjeuner ; j'espère que tu as convié le boyard et son fils à partager notre modeste repas ?

— Cela n'est pas nécessaire, dit Artem. En revanche, puisque c'est toi qui m'accueilles aujourd'hui, j'espère que tu me feras la grâce de répondre à mes questions. Pour commencer, que faisais-tu hier soir ? Je te conseille de ne point protester, car un nouveau meurtre a été commis. Il serait gênant qu'on te soupçonne de deux crimes à la fois ! Tu connais Vladimir, sa patience a des limites.

Ayant mis un terme à sa tirade, le droujinnik constata qu'elle avait produit l'effet escompté : Olga et Phocas échangèrent un regard soucieux, puis ce dernier répliqua :

— Rien ne me tient autant à cœur que de servir la justice, cher boyard. C'est avec joie que je répondrai à tes questions.

Comme Artem lui demandait où il se trouvait la veille au matin, aussi bien que le soir, Phocas répliqua :

— Désolé de te décevoir, j'ai travaillé aux Archives toute la journée. Je m'occupais de la correspondance des anciens princes de Tchernigov.

— De la famille d'Oleg, ponctua Artem.

— En effet, confirma Phocas d'un air innocent. Pourquoi ?

— Et je suppose que quelqu'un saura confirmer tes dires ? demanda Artem en guise de réponse.

— Oh, sans doute... une dizaine de personnes tout au moins.

« Il se fiche de moi », pensa le droujinnik, furieux. Cependant, il n'avait rien à reprocher au Garde des Livres : celui-ci connaissait la loi aussi bien que lui-même et jamais il n'aurait osé mentir sur le chapitre des témoins. Par conséquent, Artem pouvait être certain que Phocas se trouvait bel et bien aux Archives lorsque avaient été commis les meurtres de Glafira et de Ianko. Il se retourna donc vers son épouse pour lui reposer sa question au sujet de la bourse volée.

Haussant les épaules, Olga déclara :

— J'ai bien peu de choses à te raconter, boyard. J'étais sur le point de regagner la maison avec une de nos servantes lorsqu'un individu louche nous a insultées et, pour finir, a réussi à me dérober la bourse que voici.

— Je ne comprends pas. Un individu louche vous a insultées ? Et tu ne t'es pas méfiée de lui ?

— Ah ! la crédulité nous amène à commettre tant de bêtises ! Ce n'est qu'au moment de les payer qu'on s'en aperçoit.

— Je m'étonne tout de même qu'un voleur chevronné agisse dans un quartier aussi sûr que le vôtre, avant la tombée de la nuit !

— Ce n'est pas à moi de m'interroger sur l'audace des truands, trancha Olga. Je t'ai raconté ce qui m'est arrivé. Pour le reste, tu devrais t'employer à assurer une meilleure protection aux habitants de notre ville. Les derniers événements prouvent que tu négliges cet aspect de ton métier !

Artem bouillonnait de fureur. Il sentit alors la main de Philippos se poser sur la sienne. Le garçon avait raison : ce n'est pas en perdant son sang-froid qu'il saurait piéger ces deux fieffés menteurs. Il fallait attendre une autre occasion.

Renfrognés, Phocas et Olga les raccompagnèrent dans l'entrée en silence. Comme Philippos et lui enfilaient leurs pelisses, Artem aperçut soudain la cape de Cyrille sur un portemanteau au fond de l'entrée.

— Si je souhaite interroger votre fils, dois-je le chercher chez vous ou dans la maison qu'il loue ? s'enquit-il en s'adressant au Garde des Livres.

— Boyard, tu viens de nous poser toutes les questions que tu souhaitais, explosa Phocas. On n'en finira donc jamais ? Adresse-toi à Cyrille ! Je refuse de répondre de lui, pour lui ou à sa place.

Le Garde des Livres pivota sur ses talons et regagna son cabinet de travail. Quant à Olga, elle changea soudain de ton et répliqua d'une voix mélancolique :

— Ce n'est ni ici ni chez lui qu'on peut découvrir notre fils. Il est aussi insaisissable que le vent. Hélas ! Seules les filles de mauvaise vie n'ont aucun mal à le trouver.

En quittant la demeure du Garde des Livres, Artem

et Philippos se séparèrent. Le droujinnik avait hâte de reprendre sa réflexion devant la fresque de Nil ; quant à Philippos, il demanda à son père l'autorisation d'aller rejoindre la Balafre pour lui annoncer la funeste nouvelle. Artem le lui permit sans hésiter. Bizarrement, il avait une entière confiance dans le jeune vagabond et ne craignait rien pour Philippos tant que les deux garçons resteraient ensemble. Lorsque celui-ci dirigea son cheval vers le palais afin de revêtir ses haillons, Artem le suivit quelques instants d'un regard inquiet, puis il se remit en selle et se dirigea vers le monastère d'Életsk. Par chance, il n'y avait pas d'office à cette heure-là et il put s'installer à son aise dans l'église brillamment éclairée par une dizaine de torches.

De nouveau, il se força à se concentrer sur les personnages en les dévisageant comme s'ils avaient été vivants et doués de la parole. Mais il avait beau écarquiller les yeux : cette fois, rien ne venait animer ni les saints ni la Vierge. Ils restaient froids et sans vie.

Découragé, Artem alla s'adosser à un pilier face à la fresque. Il sortit machinalement son talisman varègue et se mit à l'examiner, bien qu'il connût la moindre éraflure, le moindre trait du dessin qui l'ornait. Il savait bien sûr le sens que ses ancêtres attribuaient à « La Force du Ciel », ainsi qu'on appelait cette pierre : le récipient en forme de vase ou de coupe ressemblait à une silhouette d'homme, n'était la forme étrange de son crâne. Et les deux lignes ondulantes au-dessus de sa tête, ou de la coupe, signifiaient la capacité de l'homme à vibrer au rythme de l'univers et à capter ses forces. Cette relique n'avait sans doute aucun pouvoir de protection, mais, à certains moments de sa vie, elle l'aidait à éclaircir ses pensées et à mieux se connaître lui-même. Peut-être n'en était-il pas de même pour l'homme qui avait gravé ce dessin, car celui-ci était simple et même primitif. Une coupe pour dire l'esprit ouvert de l'homme ; deux lignes ondulantes pour désigner la mer et le ciel.

Artem leva les yeux vers la fresque... et soudain, comme derrière les quatre silhouettes, ou à travers elles, il vit une étrange, une merveilleuse composition faite de lignes et de formes colorées. Ensuite seulement, il perçut comment la disposition des personnages incarnait ce schéma ; et enfin, il remarqua leurs regards entrecroisés. C'est alors qu'il découvrit la solution. Elle était simple, tout entière contenue dans la perspective des regards. Saint Jean le Précurseur et saint Joseph fixaient l'Enfant Jésus ; celui-ci levait les yeux vers sa mère ; mais la Vierge ne scrutait plus, comme avant, le spectateur de ses grands yeux tristes : maintenant, elle regardait de côté, vers l'autel recouvert d'une nappe écarlate, ainsi que... C'était bien là le détail que Nil avait modifié !

Artem sentit son cœur battre à tout rompre. Il se mit à marcher de long en large au milieu de la nef et, pendant de longs instants, il fut incapable d'examiner l'autel afin de s'assurer qu'il avait raison. Enfin, il alla de nouveau se planter devant la fresque, examina les regards entrecroisés des personnages, puis suivit celui de Marie. La solution était bien là. Il arpenta la nef encore quelques moments, l'écho de ses bottes résonnant contre les dalles du sol.

Il lui restait un seul détail à vérifier. Cela lui prit à peine cinq minutes. À présent, il devait partir.

Il talonnait son cheval comme un fou, sans doute parce qu'il avait tant de peine qu'il n'aurait pu supporter une allure moins rapide. Tout lui faisait mal : l'air humide qui lui collait à la peau, les gouttelettes de pluie qui lui blessaient les yeux, les bruits de la rue, les odeurs... Il haïssait le monde entier. Et il haïssait une seule personne.

Comme Artem arrivait près de la place du Marché, il dut ralentir. Et soudain, il se rendit compte qu'un élément, un seul, s'opposait au reste. Se pouvait-il qu'il se fût trompé ? Il entra dans la première taverne qu'il avisa, laissa son cheval aux soins du garçon d'écurie et pénétra à l'intérieur avec l'impression de marcher comme dans un rêve : il courait à toute allure et, pourtant, c'est à peine s'il se déplaçait. Il commanda un pichet d'hydromel, s'assit dans un coin et se mit à réfléchir.

Un peu plus tard — il n'aurait su dire combien de temps il était demeuré ainsi —, il se leva, quelque peu rasséréné. Le trouble l'avait quitté ; il lui restait à faire son devoir.

Artem se remit en selle, trouvant facilement le chemin de la première des deux demeures qu'il devait visiter pour ses ultimes vérifications. Une fois cette tâche accomplie, il respira profondément, serra sa pierre varègue dans sa main pour se donner du courage, la rangea dans sa poche, puis dirigea sa monture vers la maison d'Irina, tout en priant pour qu'il arrive avant qu'il ne soit trop tard.

Alors qu'Artem passait par tous les affres du doute et du désespoir, Philippos accomplissait son triste devoir, celui d'apprendre à Mila le meurtre de Ianko le Musicien. Il était d'abord passé voir la Balafre qu'il avait trouvé à l'endroit habituel puis, comme celui-ci savait où trouver Mila dans la journée, ils s'étaient rendus ensemble à la gargote où travaillait la jeune femme.

Ils l'attendirent dans l'entrée de service, chacun assis sur un coffre au milieu de caisses, barriques et tonneaux bourrés à craquer de victuailles. Enfin, Mila entra en trombe. Les sourcils froncés, elle s'essuya les mains sur son tablier de cuir puis chuchota à la Balafre d'un ton furieux :

— Non, mais qu'est-ce qui te prend de venir ici ? Et si les gardes t'avaient filé le train ? Et si je perds mon travail, alors que le Musicien ne gagne presque rien en ce moment ?

Les deux garçons échangèrent un coup d'œil sombre. Puis Philippos prit une profonde respiration et déclara :

— Il n'y est pour rien, Mila. C'est moi qui ai insisté pour qu'on vienne te trouver sans attendre.

— Mais tu es tombé sur la tête, la Balafre ? Lui au moins, il est novice, lança-t-elle avec un geste en direction de Philippos, mais toi ? T'as pas que la bobine tailladée, t'as aussi la cervelle en compote. Crois-moi, Ianko ne va pas aimer ça du tout !

— Écoute, Mila, reprit Philippos, c'est justement... au sujet de Ianko. Il... On l'a...

Mila devint aussi blanche que sa tunique de lin. Vacillant un peu, elle alla s'asseoir sur un coffre sans regarder les garçons, cacha son visage dans ses mains et s'immobilisa. Ceux-ci s'empressèrent de la rejoindre. Comme Philippos lui caressait maladroitement l'épaule, la Balafre parvint à s'emparer de ses mains et les serra dans les siennes. Mila avait les yeux secs et une expression farouche. Philippos ne put retenir un soupir d'admiration.

— Je le savais, dit Mila d'une voix sourde. Ça devait arriver. Comment est-il... ?

Philippos lui raconta tout sans rien omettre.

— Tu ne m'en veux pas ? demanda-t-il après avoir terminé son récit.

— Tu n'y es pour rien, jeta Mila. Ce n'est pas à toi que j'en veux, mais à ce scélérat, ce lâche, ce rat puant, ce...

Elle s'interrompit, arracha ses mains à l'étreinte de

la Balafre et se couvrit de nouveau le visage, ses épaules agitées par les sanglots.

— C'est bien qu'elle pleure, chuchota la Balafre. Ça assoupit la douleur.

Un peu plus tard, Mila demanda à Philippos de lui relater à nouveau la fin du Musicien. Cette fois, elle ne pleura pas. Dès qu'il eut terminé, elle sauta du coffre et lança :

— Bougez pas, je reviens.

Elle sortit en courant et réapparut au bout d'un moment. Dans ses mains, elle serrait le joli châle à rayures multicolores, celui de Katérina.

— Prends ça, commanda-t-elle à Philippos, garde-le précieusement. Tant que Ianko était là, je le portais. À présent, je n'en veux plus. Toi, par contre, ça va te servir. Tu voulais venger ta sœur ? Eh bien, venge en même temps Ianko ! Sache que c'est avec ce châle qu'on a étranglé ta sœur.

— C'est l'arme du crime ! s'écria Philippos. Ça va être très utile pour confondre le meurtrier !

— Ianko devait tout te dire et, surtout, te décrire l'assassin, reprit Mila. Il voulait te donner un coup de main et il l'a payé de sa vie. Maintenant, à toi de jouer !

— Tu verras, Ianko et Katérina seront vengés, tu as ma parole !

— Idiot ! lança Mila. Toi au moins, promets-moi d'être prudent ! Ianko te trouvait trop jeune, il avait peur que tu ne saches pas te défendre. Comment tu vas faire ?

— Sois sans inquiétude, répondit Philippos d'un ton solennel. Je ne suis pas seul sur cette affaire !

Chapitre XII

Une demi-heure plus tard, Philippos cherchait Artem dans toute la résidence princière. C'est en vain qu'il courait du cabinet du droujinnik au Tribunal, et du Tribunal au pavillon qu'ils occupaient tous les deux. S'arrêtant enfin au milieu de la cour, il tenta de rassembler ses pensées et de réfléchir. La cruelle évidence lui apparut d'un seul coup : le droujinnik ne pouvait être que chez dame Irina. « Rien à faire, soupira-t-il, il faut y aller. » Artem ne lui avait-il pas enseigné que l'arme du crime est l'élément essentiel d'une enquête ?

Il prit néanmoins le temps de passer ses vêtements habituels, dissimula le châle de Katérina sous son mantelet, se mit en selle et talonna son cheval. Quelques minutes plus tard, il s'arrêtait devant la palissade peinte en rouge de la maison qu'il avait déjà épiée d'un œil jaloux en pensant à Artem.

Il frappa vigoureusement au portail ; personne ne vint lui ouvrir. Sans se poser de questions inutiles, il escalada la palissade et atterrit sur l'herbe jaunie et mouillée d'un minuscule jardin. Il ne se donna pas la peine de se cacher mais courut vers la maison, gravit les marches du haut perron et se mit à frapper de toutes ses forces. Enfin, il entendit un bruit de pas. La porte s'ouvrit et il vit Irina.

— Pourquoi n'ouvres-tu pas, dame Irina ? demanda-t-il d'un ton hargneux. J'ai besoin de voir le boyard Artem. C'est urgent !

— Même pour une affaire urgente, il ne convient pas de faire irruption chez une dame d'une manière aussi grossière, répliqua sentencieusement Irina. D'ailleurs, ton père n'est pas ici.

— C'est faux ! Tu veux m'empêcher de le voir ! s'écria-t-il, espérant qu'Artem l'entendrait.

Comme le droujinnik ne se montrait pas, il esquiva Irina et, rapide comme l'éclair, monta quatre à quatre l'escalier menant au premier étage. C'est là que se trouvaient toutes les pièces d'habitation ; Artem ne pouvait être que dans la chambre ou dans la grand-salle. Alors qu'il entendait les exclamations furieuses d'Irina, il se dit qu'il n'aurait pas le temps d'examiner tout l'étage et décida de tenter sa chance avec la grand-salle. Après, songea-t-il, il lui suffirait de crier un bon coup ; Artem finirait bien par se réveiller s'il se trouvait encore au lit.

Il se précipita vers la porte à la poignée en cuivre ouvragé et la poussa. C'était bien la grand-salle... mais ce n'était pas Artem qui se tenait au milieu. L'homme se retourna vivement vers Philippos. Celui-ci poussa un soupir de soulagement : c'était Miroslav.

— Salut à toi, Philippos, fils d'Artem, déclara-t-il avec une gravité comique. Tu as une drôle de façon de rendre visite à une boyarina !

— Où est mon père ? lança Philippos. C'est pour toi que je le cherche. J'ai du nouveau !

Miroslav le considéra avec étonnement tout en se grattant le menton d'un air perplexe.

— Je crains que le boyard ne soit pas ici, répondit-il enfin.

À cet instant, Irina, essoufflée, entra dans la pièce.

— Mais qu'est-ce qui te prend, mon petit ? lui demanda-t-elle en souriant. Pourquoi est-ce que tu te sauves comme ça ? Tu n'as qu'à t'expliquer, je suis ton amie !

Son amie ! Savait-elle au moins le sens de ce mot ? Philippos l'étudia un instant et décida que sa gentillesse était aussi fausse que son sourire. Où donc était le droujinnik ? Et pourquoi dame Irina le détestait-elle tant, pourquoi voulait-elle lui prendre Artem ? Soudain, il eut envie d'exploser... mais non, impossible ! Puisque Artem était absent, c'était à lui de prendre les choses en main. Tout comme il l'avait promis à Mila.

Fixant Miroslav, il sortit le châle de sous son mantelet et demanda d'un ton qu'il espérait aussi ferme que celui du droujinnik :

— Est-ce que tu le reconnais, boyard ?

Il eut l'impression que toutes ses forces venaient d'abandonner le pauvre homme. Passant la main sur son front, Miroslav s'appuya sur l'étagère à côté de lui.

— Le châle de Katérina, murmura-t-il d'une voix blanche.

Philippos sentit son cœur se serrer. Il aurait voulu consoler Miroslav mais, pour l'instant, il n'y avait rien à dire hormis la terrible vérité.

— Il a été trouvé par un... par quelqu'un que je connaissais. Et ce quelqu'un a été assassiné, tout comme Glafira, parce qu'il était en mesure de décrire le meurtrier. Mais son amie m'a donné ce châle pour que je veille à ce que justice soit faite. Voilà comment il est arrivé en ma possession.

Les traits déformés par la souffrance, Miroslav lui prit le châle des mains, le regarda longuement et le baisa avant de le glisser sous son caftan.

Comme Philippos ouvrait la bouche pour lui apprendre la chose la plus importante, Miroslav s'écria :

— Par Dieu tout-puissant ! Quand je pense que c'est avec ça qu'on a serré le tendre cou de la malheureuse, que c'est avec ça qu'elle a été étranglée !

— Eh ! oui... constata Philippos.

Il s'interrompit en fronçant les sourcils. Après un instant de silence, il demanda :

— Tu le sais donc ? Mais... comment tu peux le savoir ? Je croyais que personne...

Curieusement, Miroslav le fixait avec une certaine pitié.

— On savait que la veste et le châle de Katérina avaient été dérobés, reprit Philippos avec plus d'assurance. Mais personne ne savait que ce châle était l'arme du crime ! Sauf Ianko, qui a vu la scène de ses yeux et, bien sûr, l'assassin...

Miroslav sourit. C'était une étrange grimace : seule sa bouche bougeait ; les yeux, au contraire, s'étaient immobilisés dans une expression songeuse, comme s'il réfléchissait à toute vitesse pour résoudre un problème.

— Tu as tout deviné, mon grand, bravo ! s'exclama-t-il d'un ton enjoué. Toi aussi, tu aimerais recevoir une récompense, comme cette stupide catin de Glafira ! Ou peut-être que tu souhaites me livrer à ton père ? Mais oui, ça te plairait de l'épater, n'est-ce pas ? Seulement voilà : sais-tu que nos vœux les plus chers ne sont jamais — tu m'entends — jamais exaucés ?

Sa voix monta d'un cran ; on aurait dit qu'il pleurait et riait en même temps. Philippos jeta un coup d'œil à Irina. Ses immenses yeux dorés étaient emplis de terreur ; ils en paraissaient presque noirs. Cependant, Miroslav sortit un long poignard effilé du fourreau suspendu à sa ceinture.

— Surtout, pas de gestes inconsidérés, déclara-t-il d'une voix toute différente, basse et sifflante.

— Le petit a peur; je peux lui tenir la main? demanda Irina.

— Je me demande lequel de vous deux est le plus effrayé, railla Miroslav, et je parie que c'est toi, ma belle! Quant à ta question, la réponse est non. Le gamin est trop malin. Personne ne bougera sans mon autorisation.

— C'est donc à cause de Katérina? balbutia Philippos. Qu'est-ce qu'elle a bien pu te faire pour que tu...

Il ne parvint pas à terminer sa phrase. Miroslav eut un nouveau sourire, toujours aussi inquiétant.

— Rien! Elle a simplement suivi sa nature : c'était une fille d'Ève! Elle m'a été infidèle... À moi, son futur époux! Seulement, quand l'époux trompé est de ma trempe, elles n'ont aucune chance de s'en sortir. Celle-là, j'ai su percer à jour son péché, et je l'ai châtiée. Je pense d'ailleurs que je n'ai pas été assez sévère. Elle était pire que la putain Glafira! Au moins cette dernière n'avait-elle rompu le fromage avec personne. Curieusement, j'ai pris autant de plaisir à tuer la putain! C'était la tentation incarnée, belle, grasse... Katérina, elle, était fragile comme un papillon... et il lui était d'autant plus facile de me tromper! Et toi, dame Irina, toi, parangon de vertu, perfidie incarnée, toi aussi tu vas payer!

— Pourquoi? s'écria celle-ci. Qu'est-ce que je t'ai fait?

— Ça, tu le sais fort bien; alors, pas de bavardages inutiles!

— J'ignore pourquoi tu veux ma mort! gémit Irina.

— Il paraît que tu voulais me parler d'un certain banquet. Eh bien, c'est le moment!

— Je ne comprends pas...

— Il suffit, tu te moques de moi, jeta Miroslav. C'est bien pour ça que tu m'as invité, tu l'as dit toi-même. Fort bien, nous en parlerons tout à l'heure !

Sortant de la poche de son caftan un rouleau de ficelle, il le lança à Irina.

— Femme, prends ça et applique-toi à lui lier chevilles et poignets, ordonna-t-il. Je vais d'abord régler son compte à ce petit voyou. Ensuite... Ensuite, je m'occuperai de toi.

Irina esquissa à l'adresse de Philippos un petit geste de la main qui semblait dire : « Ne bouge pas ! Je m'en charge. » Il se demanda ce qu'elle pouvait bien faire, elle, faible créature, seule contre un homme armé d'un énorme poignard. De fait, lorsque Irina s'avança d'un pas, Miroslav brandit sa dague en hurlant :

— Arrière, pécheresse maudite !

Il manqua de la blesser au bras et Irina recula, épouvantée. Elle ramassa le rouleau de ficelle et entreprit de ligoter Philippos. Ce dernier sentait bien qu'elle essayait de faire des nœuds assez lâches pour qu'il eût au moins une chance de se libérer. Mais, le poignard pointé vers le cœur de la boyarina, Miroslav veillait à ce qu'elle serrât bien fort, et la pauvre femme tremblait de terreur.

Philippos finit par être complètement immobilisé. Satisfait, Miroslav lui pinça le nez pour l'obliger à ouvrir la bouche, sortit le châle de Katérina de son caftan et bâillonna Philippos. Tout ce qu'il pouvait faire à présent, c'était regarder et écouter... Quelle ne fut sa surprise quand il entendit un faible bruit de l'autre côté de la porte !

Soudain, la porte s'ouvrit à la volée et Artem, l'épée pointée en avant, surgit sur le seuil. En une fraction de seconde, Miroslav se plaça derrière Irina, le poignard pressé contre sa gorge. Artem lança un coup d'œil alentour pour évaluer la situation. Miroslav sembla s'étouffer de rire, d'un rire de dément. Brusquement, il redevint grave et déclara :

— Ainsi, tu m'as trouvé, boyard ! Tu as deviné !

Il s'interrompit l'espace d'un instant, les sourcils froncés, le regard rivé sur le droujinnik, puis il haussa les épaules d'un air dédaigneux et reprit :

— Tu penses me tenir... mais tu n'as rien contre moi ! Rien que de vagues soupçons, des conjectures confuses qu'aucun Tribunal ne saurait juger recevables !

— Erreur ! tonna le droujinnik. Non seulement je sais comment tu as perpétré tous tes crimes, mais je connais aussi la raison qui t'y a poussé. Katérina, ta tendre fiancée, te trompait avec l'homme le plus opposé à toi qu'on puisse imaginer, misérable tyran domestique : Boris, barde et guerrier. Je sais même comment tu t'es fabriqué un alibi, ce qui a d'emblée écarté les soupçons qui auraient dû peser sur toi.

— Ah oui ? fit Miroslav, secoué par un rire silencieux. Serais-tu plus malin que je ne le pensais ? Comme il est rare, le plaisir de s'entretenir avec un interlocuteur intelligent ! Parle ! Je me réjouis de t'entendre.

— Ainsi, ta fiancée te trompait avec Boris, commença Artem d'une voix égale après avoir jeté un coup d'œil en direction de Philippos. Un jour, tu l'as suivie et tu as découvert la triste vérité. Pris de fureur, tu as décidé de les supprimer tous les deux. Et cela a été très facile avec Katérina. Tu lui as fait parvenir un message écrit par toi, mais censé provenir de Boris. Comme tous les droujinniks, tu connais la prudence des agents du prince, qui n'écrivent jamais de messages. Katérina l'ignorait. Ne se doutant de rien, elle fut ravie d'apprendre que son tendre ami souhaitait la rencontrer une dernière fois avant son départ pour

Kiev. Le soir de sa mort, elle est donc partie au rendez-vous fatal sans soupçonner qu'elle allait rencontrer son futur époux à la place de son amant.

— Très intéressant ! commenta Miroslav. Et comment connaissais-je le lieu de leur rendez-vous ?

— La belle affaire. Tu savais que, toujours par prudence, Boris rencontrait Katérina dans la maison de Glafira. Celle-ci prêtait sa demeure à Boris car elle l'aimait d'un amour sans espoir... Par conséquent, ta fiancée était persuadée que n'importe quel endroit à proximité de la maison de la courtisane avait été choisi par Boris et personne d'autre.

« Maintenant, je vais te dire comment tu t'es fabriqué ton alibi, la soirée passée dans la demeure du Garde des Livres. Comme tu y vas souvent, tu connais les habitudes de Phocas et d'Olga. Cette dernière sait que tu n'aimes pas à être dérangé ; aussi n'a-t-elle pas insisté pour te parler lorsqu'elle t'a aperçu plongé dans la méditation, le dos tourné à l'entrée. En réalité, elle n'a vu que ton manteau et ta chapka ; j'ai bien vérifié auprès d'elle si elle t'avait parlé ou regardé en face... La réponse est négative !

Miroslav arborait une expression neutre, sans rien laisser transparaître de ce qu'il ressentait. Cependant, il ne ricanait plus et semblait suspendu aux lèvres du droujinnik, tout en maintenant son poignard contre la gorge d'Irina. Artem tenta de s'approcher d'eux, mais Miroslav recula vers le fond de la grand-salle en entraînant la pauvre femme avec lui. En même temps, il réussit à se rapprocher de Philippos qui gisait immobile dans le coin éloigné de la pièce. Artem réprima un formidable chapelet de jurons. Impossible de tenter quoi que ce soit pour libérer Philippos sans sacrifier Irina ! Le fou lui trancherait la gorge sur-le-champ... Parvenant à se maîtriser, il déclara d'un ton neutre :

— En vérité, tu as élaboré un plan admirable ! Non seulement tu t'es assuré du témoignage du Garde des Livres et de son épouse, mais encore tu as prévu la possibilité qu'un passant surgisse à l'improviste et t'aperçoive avec Katérina. Pour faire mourir ta fiancée infidèle, tu n'avais besoin que de quelques instants... Mais si l'on t'avait remarqué arrivant sur les lieux ou bien lorsque tu en repartais ? Eh bien, de nuit, on n'aurait prêté attention qu'à tes vêtements ! Or, ceux-ci restaient tranquillement dans le cabinet de Phocas, à servir de substitut à ta propre personne, tandis que toi, vêtu de la cape du Varlet Cyrille, fils de Phocas, tu te dirigeais vers la place de l'église Frol-et-Lavr. J'ai deviné ton manège tout à l'heure, au moment de quitter la demeure du Garde des Livres, lorsque j'ai revu la cape de Cyrille suspendue dans l'entrée.

— Comme c'est astucieux ! railla Miroslav. On dirait que c'est toi qui as échafaudé ce plan impeccable. La seule chose qui m'étonne, c'est ton air suffisant ! Car tu ne possèdes ni preuves ni témoignages...

— Une fois de plus, tu te trompes, l'interrompit le droujinnik. En ce qui concerne les relations entre Boris et Katérina, je viens de rendre une petite visite à Svéneld...

— Toujours ce voyou ! explosa Miroslav. Il ne savait rien ! D'ailleurs, personne n'était au courant de cette infamie. J'étais le seul à être informé de leurs rencontres.

Artem s'octroya un léger sourire méprisant avant d'objecter :

— Svéneld savait tout, et il était bien le seul. Katérina adorait son frère de lait et lui confiait des choses qu'elle dissimulait même à sa vieille nourrice, Inga. Sa liaison avec Boris constitue le secret le plus terrible enfoui dans le cœur de Svéneld. Il a tout fait pour me le cacher... Mais il a bien été obligé de confirmer ce que j'avais deviné. Sais-tu ce qui m'amuse le plus à propos de tes relations avec

Svéneld ? Quand tu seras châtié pour les crimes que tu as commis, tu te doutes à qui ira ta fortune.

— Faux ! hurla Miroslav. Il ne peut pas en être ainsi !

Sans daigner répondre, Artem se contenta de hausser les épaules.

— Le reste est d'une affligeante banalité. Ainsi que tu en avais l'intention, après ta fiancée, tu t'es débarrassé de son amant.

— Absurde, trancha Miroslav qui avait recouvré son calme. Tout le monde le sait au palais, il existe un traître parmi nous, un espion du prince Oleg. C'est lui qui a égorgé Boris !

— Il a vraiment bon dos, l'espion ! rétorqua Artem. La suivante de Glafira ne savait pas que Boris rencontrait quelqu'un chez la courtisane, mais elle a vu repartir le Varlet, la main ornée d'un superbe saphir, après son dernier rendez-vous avec Katérina. Aucun agent secret n'aurait compromis le succès de sa mission pour un bijou, fût-il de grande valeur. Toi, tu convoitais cette bague... pour la bonne raison que c'est celle que tu avais offerte à Katérina peu après lui avoir demandé sa main.

— Il est impossible que tu sois au courant de tout cela ! s'exclama Miroslav. Qui t'a renseigné ?

Il secoua violemment Irina de sa main libre. La lame entailla la peau et un filet de sang se mit à ruisseler sur le cou de la jeune femme. Irina gémit ; Philippos parvint à émettre un sourd gémissement. Serrant les dents, le droujinnik dut faire appel à toute sa volonté pour ne pas se précipiter vers le meurtrier. Mais qu'est-ce que cela aurait donné ? Ou son fils ou la femme qu'il aimait risquaient d'y laisser leur vie. Il devait gagner du temps ; avec un déséquilibré comme Miroslav, c'était essentiel.

— Je l'ai découvert aujourd'hui même, reprit-il, en

réfléchissant au mobile de chacun de tes crimes. Il me fallait pourtant quelques confirmations. L'une concernait la liaison entre Boris et Katérina, l'autre, la bague au saphir. J'ai obtenu les informations nécessaires sur le bijou auprès de ta brave nourrice Avdotia que j'ai revue par hasard l'autre jour. C'est elle qui m'a parlé du saphir que tu as offert à ta fiancée... J'imagine ta rage lorsque tu as compris à qui elle l'avait donné à son tour ! Cela s'est passé peu avant le départ de Boris pour sa dernière mission ; à ce moment-là, tu avais déjà condamné Katérina.

— Mais la lettre volée par l'espion ? Moi qui suis haut fonctionnaire, je suis bien placé pour savoir qu'elle n'a toujours pas été retrouvée...

— Tu en es certain ? railla Artem.

Miroslav haussa les épaules d'un air déconcerté. Il s'était un peu calmé, et Artem avait l'impression que la justesse de son récit y était pour beaucoup.

— Et ensuite ? fit Miroslav comme s'il s'intéressait à un récit concernant un tiers, sans oublier pour autant de maintenir la pression sur le cou d'Irina.

— Ensuite vint le tour de Glafira. Elle avait aperçu le soi-disant Varlet et, sans soupçonner qu'elle allait se fourrer dans la gueule du loup, elle t'a proposé cette information contre de l'argent. Puis elle a découvert un détail insolite... Lequel ? On peut se perdre en suppositions gratuites à ce sujet ; nous ne saurons jamais la vérité. Peut-être était-ce simplement la silhouette du Varlet, trop massive pour l'âge moyen des jeunes droujinniks qui ne dépasse pas trente étés. Se rendant compte que sa petite machination pouvait être dangereuse pour elle, elle a pris peur et préféré renoncer. Elle s'est alors tournée vers moi, et j'aurais reçu sa lettre si...

— Pardon, boyard, le coupa Miroslav d'un air narquois. Il est ridicule de m'accuser du meurtre de

Glafira ! Comment aurais-je pu m'entretenir avec Sa Seigneurie le prince et courir en même temps trucider la courtisane ? Je n'étais pas au courant de l'histoire du Varlet qu'elle avait racontée lors du banquet chez Cyrille ! Je l'ai apprise par le prince, au moment où cette vieille toupie d'Olga criait au scandale et tentait d'arracher son précieux époux à tes grosses pattes de droujinnik.

— Faux, objecta Artem d'une voix posée. C'est lors de votre premier entretien, le même jour, que Vladimir t'a parlé de Glafira. Je devais lui rendre visite sur-le-champ mais j'ai été retardé par tout un tas de choses. Toi, tu as effectivement couru chez la courtisane et, après l'avoir étranglée, tu t'es empressé de revenir au palais, espérant que tes allées et venues passeraient inaperçues et laisseraient croire à ta présence permanente au palais. Enfin, il y a aussi autre chose... Tu veux que je te raconte comment tu t'es débarrassé de ce brave Ianko, qui n'était sûrement pas un mauvais bougre ? Depuis le meurtre de Katérina, tu craignais l'apparition de l'unique témoin possible, le jeune voyou qui t'avait fait les poches. Là encore, seul l'assassin pouvait comprendre la scène devant le palais, où mon fils et moi avons imprudemment évoqué « la petite enquête » de Philippos. Je pestais contre sa ridicule façon de se vêtir de haillons. Toi seul pouvais comprendre que j'allais me demander si un truand n'était pas impliqué dans l'affaire. C'est alors que tu as décidé de suivre Philippos...

— Inutile de continuer, jeta Miroslav en augmentant la pression de sa lame contre la gorge d'Irina et en se rapprochant de Philippos. Cette femme, dit-il en désignant Irina, sera malheureusement la dernière à payer pour la faute de Katérina, mais, elle aussi, elle le payera de sa vie. Ce n'est pas comme ça que j'avais prévu de la tuer, car elle est couverte de péchés... mais elle a de la chance : elle va mourir vite.

Irina pâlit. Essayant de se dégager, elle eut un sursaut, réussit à introduire une main entre sa gorge et la lame, et se figea. Miroslav la regarda pendant un long moment comme s'il voulait immortaliser ses traits dans sa mémoire. Artem pensa qu'il était toujours trop loin d'Irina, désespérément loin... L'espace d'un instant, il crut que le dément allait renoncer à exécuter sa terrible promesse.

Soudain, Miroslav écarta son poignard d'un geste brusque, s'apprêtant à le plonger dans le cœur de la jeune femme. Un épouvantable fracas retentit au même instant. Miroslav renversa la tête, découvrant sa gorge transpercée par une flèche. Il vacilla puis bascula en arrière et s'affaissa sur le sol, entraînant la jeune femme dans sa chute. Artem eut l'impression de revenir à la vie. Il exhala un long soupir et regarda vers la fenêtre en plissant des yeux. La silhouette de Vassili se découpait dans un flot de lumière, une jambe posée sur le rebord de la fenêtre, l'autre pliée. Il avait dû escalader le mur jusqu'au premier étage et briser les carreaux de mica avant de lancer une flèche dans le cou de Miroslav.

Artem se précipita pour libérer Philippos tandis que Vassili courait vers Irina pour l'aider à se relever. L'instant d'après, la porte s'ouvrit à la volée et Mitko, brandissant son épée, apparut sur le seuil. Il jeta un coup d'œil à la ronde puis leva ses deux mains jointes en signe d'admiration envers son camarade. Malgré la confusion qui régnait, il se mit à raconter comment ils étaient parvenus à intervenir à temps : après qu'Artem eut laissé à Avdotia, la nourrice de Miroslav, un message adressé aux Varlets avec l'ordre de venir le rejoindre, armés, chez Irina, ceux-ci avaient deviné l'identité du criminel. Ils s'étaient donc préparés à un véritable assaut. Mitko devait enfoncer la porte tandis que Vassili passerait par la fenêtre du premier étage. Ce dernier avait réussi un véritable exploit : escalader le mur sans un seul bruit, enfoncer la fenêtre et toucher le criminel.

Artem, qui serrait Philippos contre lui, sentit ses lèvres trembler. Il voulait dire quelque chose à Vassili mais, trop bouleversé, il lui adressa un petit geste admiratif, le pouce levé. Il allait parler au garçon qui reprenait ses esprits lorsqu'il vit Irina s'approcher.

— Comment te remercier, boyard? murmura-t-elle. Tu m'as... tu nous as sauvé la vie à tous les deux!

— Ce sont les Varlets qu'il faut remercier, répliqua le droujinnik. Moi, je n'ai réussi qu'à nous faire gagner un peu de temps. Il m'arrive d'intervenir mais, cette fois, j'ai seulement mené l'enquête.

— Elle, euh... je veux dire, dame Irina a été très courageuse. Elle a essayé de m'aider, l'informa Philippos en souriant à la boyarina.

Irina lui sourit en retour avant de s'éloigner en direction de Vassili qui vantait les mérites de son petit arc devant Mitko.

— Alors, galopin, dit Artem, qu'est-ce que tu fais ici? Je viens de t'autoriser à rencontrer ton ami la Balafre autant que tu voudras — et voilà que je te retrouve chez Irina, en compagnie de Miroslav!

Philippos jeta un coup d'œil vers le cadavre de celui-ci en répondant :

— Toi, tu as découvert le criminel, et moi, l'arme du crime! Regarde!

Il ramassa le châle de Katérina qui avait servi à le bâillonner et le tendit à Artem. Celui-ci l'inspecta puis félicita le garçon dont le visage s'illumina.

— Il n'y a qu'une chose qui me torture, confia-t-il à Artem. Est-ce par ma faute que Ianko a été tué?

Le droujinnik le dévisagea gravement avant de répliquer :

— Tu m'as toi-même parlé des risques qu'entraîne la recherche des témoins. Dans mon métier — qui sera peut-être un jour le tien —, tous les risques sont partagés. Ianko et toi, vous avez l'un et l'autre pris vos responsabilités ; pour le reste, c'est Notre-Seigneur qui décide... avec nos fidèles amis.

Il enlaça Philippos puis ordonna aux Varlets de s'occuper du corps de Miroslav. Il leur ajouta quelques mots en aparté et, l'instant d'après, Mitko s'approchait de Philippos :

— Viens avec nous ! Le boyard nous a confié la rédaction du rapport sur cette affaire à l'intention de Vladimir. Il faut que tu nous donnes un coup de main, toi qui as la langue bien pendue !

— Non, mais vous me prenez pour un idiot ? s'indigna celui-ci. J'ai compris !

Il lança un regard noir à Irina mais suivit les Varlets sans protester.

Dès qu'ils furent seuls, Irina se jeta au cou d'Artem.

— Si tu savais à quel point je t'aime ! Et, comme si cela n'était pas assez, voilà que tu me sauves la vie ! murmura-t-elle avec fougue.

Artem se libéra doucement et fit quelques pas dans la pièce, l'air songeur. Irina s'empara de sa main et tenta de l'entraîner vers la porte. Alors le droujinnik prit la parole.

— Rien d'héroïque à cela, boyarina. J'ai sauvé la vie du principal témoin du meurtre de Boris.

— Que dis-tu ? souffla Irina en ouvrant grands ses yeux dorés. Quel témoin principal ? Je ne comprends pas.

— Mais si... Tu as tout vu !

— On dirait que tu m'accuses, boyard ! s'exclama Irina en le toisant d'un air hautain. Tu t'oublies !

Soudain, son visage s'adoucit.

— Artem chéri... Tu ne peux donc vivre qu'au milieu des énigmes ! Lorsqu'il n'y en a pas à résoudre pour le Tribunal, tu en inventes pour t'amuser en privé. Mais voilà, je ne trouve pas cela drôle, moi !

— Je ne t'accuse point d'avoir assassiné Boris, répliqua Artem d'une voix égale. En revanche, je t'accuse de lui avoir volé une lettre, objet de convoitise de nos maîtres respectifs, les princes Vladimir et Oleg. Je t'accuse d'espionnage au profit de ce dernier. Je t'accuse d'avoir assassiné ton amant, le peintre Nil, en lui offrant une fiasque de vin de Chypre empoisonné. Je t'accuse de voies de fait sur la personne du Varlet Mitko, alors que tu cherchais à te débarrasser de lui, déguisée en voyageur grec... Dois-je être plus précis ?

— Pour commencer, sur quelles preuves tes déclarations sont-elles fondées ? demanda-t-elle avec défi.

— Dame Irina, dit Artem d'un ton las, tu sais que je donnerais tout au monde pour prouver ton innocence. Mais je dispose d'assez de preuves du contraire pour renoncer à cet espoir. Il te sera sans doute plus facile de commencer à me répondre ici. Si tu refuses, nous nous retrouverons au Tribunal, quand tu auras passé une bonne dizaine de jours au cachot.

Irina pâlit et demeura quelques instants silencieuse en se mordillant les lèvres.

— Soit, je vais te répondre, acquiesça-t-elle enfin. Mais fais-moi la grâce de commencer : explique-moi comment tu as deviné ce que tu viens de résumer.

— Pourquoi pas ? Cela ne changea rien, hélas ! ni pour toi ni pour moi. Que veux-tu savoir ?

— Nil, fit la jeune femme en baissant les yeux.

— Nil ! À peine plus crédule que moi, souligna Artem avec un sourire amer. Lui aussi t'aimait à la folie... Il t'a aidée à trouver la cachette pour la lettre, persuadé sans doute qu'il s'agissait d'une banale intrigue de cour. Il a tout fait pour te protéger, te prêtant même un nom grec pour brouiller les pistes. Ilarion, cela commence par la même lettre qu'Irina.

Comme elle ne répondait pas, il poursuivit :

— Au moment de mourir, il a compris toute la perfidie de son cher ami grec et il m'a laissé un message. Il a modifié sa fresque pour me permettre de découvrir l'identité de son assassin.

— Absurdité ! s'exclama Irina. Jamais Nil n'aurait touché à son œuvre, sinon pour obéir aux impératifs de son art.

— Eh bien, tu le connaissais mal. Il a tenu à le faire et, pour cela, il a dû altérer la composition même de la fresque. Or ici, l'élément essentiel de la composition est la croisée des regards. Nil a légèrement remanié la direction du regard de la Vierge qui, auparavant, fixait le spectateur. À présent, tu devines ce qu'elle contemple ? L'autel, où le seul objet familier à mes yeux est la coupe d'or que tu as apportée au monastère.

Irina détourna la tête et sembla réfléchir quelques instants. Lorsqu'elle fit face au droujinnik à nouveau, elle riait de bon cœur.

— J'ai cherché le secret de cette fresque bien plus longtemps que toi... et dire qu'il m'a échappé ! Tu as gagné, boyard. Je répondrai à toutes tes questions... ce qui ne veut pas dire que tu pourras m'accuser !

— Comment as-tu appris l'arrivée de Boris ? enchaîna Artem sans perdre de temps.

— Un messager est venu m'en avertir. Boris devait passer la nuit dans une auberge entre Kiev et Tchernigov. Le messager n'a eu aucun mal à le suivre. J'ignore comment il s'y est pris, mais il a réussi à suborner quelqu'un sur place, qui s'est chargé de fouiller les affaires de Boris. Comme ils n'ont rien découvert, le messager est parti à bride abattue à Tchernigov avertir un autre agent secret d'Oleg : moi-même.

— Toi qui connaissais déjà Boris et fréquentais le palais, enchaîna Artem. Il ne t'a pas été très difficile de t'introduire dans ses appartements car aucune porte n'est munie de serrure au palais, sauf celles des appartements privés du prince et de la princesse. Mais Boris était aux aguets et, au moindre soupçon, il aurait donné l'alarme. Sans connaître Boris intimement, tu n'aurais jamais pris un tel risque... Je suis certain que vous aviez une liaison ! lâcha-t-il.

Irina éclata de rire.

— Mais non, je m'étonne qu'un fin limier comme toi puisse se tromper à ce point ! Boris avait jeté son dévolu sur Katérina !

— Pourtant, tu as sûrement cherché à le séduire, insista Artem. Tout comme Nil, d'ailleurs. Tu avais besoin de ce dernier pour t'introduire dans le palais. En fait, ni l'un ni l'autre n'ont jamais compté pour toi !

— Juste ce qu'il fallait pour assurer la bonne marche de mes affaires. Avec Boris, je feignais la passion amoureuse et mes assiduités flattaient ce coureur impénitent. Il s'agissait de vanité d'une part, et de tromperie de l'autre. Quant à Nil, en vérité, je regrette ce qui s'est passé. Il était très émouvant.

Malgré tout son amour, Artem frémit. Certes, la maîtrise de soi, l'audace et l'esprit astucieux d'Irina forçaient l'admiration, mais ils ressemblaient trop à l'indifférence, à la froide résolution et à la ruse cruelle des tueurs à gages... Bien qu'il rejetât cette pensée avec horreur, Artem savait qu'il ne se trompait pas. Pourtant, cette femme étrange continuait à le fasciner. Il décida de s'octroyer un peu de temps pour chasser tout commentaire personnel de ses questions et poursuivit :

— D'après la disposition du corps et de la cape qui

contenait la lettre, tu es arrivée la première. Tu as découvert la lettre mais tu n'as pas pu repartir à temps, n'est-ce pas ?

— C'est exact, confirma Irina. J'ai joué ma petite comédie à Boris... qui, heureusement pour moi, m'a mise à la porte. J'étais en train de réfléchir s'il y avait un moyen de l'épargner lorsque Miroslav est arrivé... Quel rustre, quel barbare ! Sans lui adresser la moindre parole, sans même se laisser reconnaître, il l'a égorgé dans l'entrée et a décampé.

— Pas si vite ! Il a examiné le cadavre et a ôté la bague au saphir que le Varlet portait à sa main gauche. Tu te rappelles que je l'ai évoquée devant toi, il y a quelques jours ? Ta réaction fut la première chose qui m'a mis la puce à l'oreille. Je suppose que tu as examiné le cadavre après le départ de l'assassin et que tu t'es rendu compte de la disparition de la bague en question... Quelle aubaine pour faire chanter le meurtrier ! C'est bien sûr dans ce but que tu as invité Miroslav chez toi aujourd'hui ! Pourquoi ne pas l'avoir fait plus tôt ?

— Parce que je n'ai reconnu le meurtrier de Boris qu'il y a deux jours, par hasard, dans les couloirs du palais. J'espérais de toute façon le retrouver un jour ou l'autre...

— Pour le transformer en agent secret et l'obliger à travailler pour Oleg ?

— Éventuellement... Pour nous garantir sa collaboration en toutes circonstances. Tu n'ignores pas qu'Oleg rêve de récupérer le fief de son père. Pour réaliser ce projet, il aura besoin du soutien du plus grand nombre possible d'habitants de Tchernigov. Quelle erreur ! soupira-t-elle. Comment peut-on compter sur un fou ?... Boyard, tu m'as assez fait parler, se plaignit-elle soudain.

— Une dernière question : pourquoi n'as-tu pas

détruit la lettre ? demanda Artem, recouvrant peu à peu la voix ferme de ses interrogatoires.

— Comment ça ? Je l'ai brûlée ! s'étonna Irina.

Si Artem n'avait pas su de manière certaine que la jeune femme mentait, il n'aurait jamais douté de la sincérité de sa réaction.

— Boyarina, je dispose de toutes les preuves nécessaires, et rien au monde ne m'empêchera, aujourd'hui, de t'arracher des aveux par la force, déclara-t-il calmement, en appuyant sur le mot « aujourd'hui ».

Irina avait dû sentir le changement de son ton car, pour la première fois depuis le début de l'entretien, elle perdit sa belle assurance. Une lueur de peur passa dans son regard. Elle se mordilla la lèvre et, baissant la tête, répliqua avec obstination :

— J'affirme que cette missive n'existe plus.

— Et moi, dame Irina, voici ce que j'affirme : une fois la lettre en ta possession, tu t'es mise en quête d'une bonne cachette, le temps que les choses se tassent et que tu puisses regagner Kiev sans éveiller de soupçons. Tu as alors demandé l'aide de ton amant, qui s'est empressé de combler tes souhaits. J'ignore ce que tu lui as dit en ce qui concerne le contenu du document, comme j'ignore lequel d'entre vous a eu l'idée d'utiliser la fresque. Ce que je sais, c'est que Nil a fini par emmurer la missive d'Oleg dans la pierre qu'il ornait de son œuvre, sans jamais rien soupçonner de la nature de cet écrit. Ça, j'en suis certain, car c'était un homme d'une probité irréprochable, dont la seule faiblesse consistait à t'aimer.

— Tu n'as aucune preuve de ce que tu avances ! siffla Irina.

Elle scrutait son visage avec une haine si brûlante qu'il en resta pétrifié de stupeur.

— Oh, que si ! répliqua-t-il. Lorsque j'eus trouvé

la solution de l'énigme laissée par Nil, j'ai ausculté la paroi sur toute sa surface. La lettre est bien là, au fond d'une niche, dissimulée dans une de ces cruches qu'on laisse à l'intérieur des murs des églises pour augmenter la résonance des chants. Je parie que Nil et toi, vous avez procédé de la même manière ; vous avez ausculté le mur afin d'utiliser la niche située derrière la fresque. Maintenant, je répète ma question : pourquoi n'as-tu pas détruit ce parchemin ?

— Quand on fait un métier comme le mien, on ne sert pas le même maître toute sa vie comme un chien ! cracha Irina.

— ... Ou comme un fonctionnaire du Tribunal du prince, compléta Artem.

— Parfaitement ! Sans mentionner que toi, tu es trop sentimental pour changer de maître !

— Ou trop loyal pour trahir un serment. Cela équivaudrait à un sacrilège.

Irina éclata d'un rire méprisant avant de lancer :

— Comme tu es naïf, mon ami ! Les maîtres, les puissants de ce monde, ne cessent de trahir leurs sujets ! Il n'existe qu'un sacrilège à mes yeux : se trahir soi-même. Moi, je sers un seul maître : *moi !* Et voilà pourquoi je n'ai pas détruit la lettre d'Oleg : j'ai besoin d'armes secrètes que je puisse utiliser contre les puissants de ce monde et contre leurs esclaves !

Pendant quelques instants, Artem la considéra avec un étonnement mêlé de pitié. Il avait pensé qu'il serait incapable de supporter la séparation d'avec Irina, que sa vie en serait brisée. Et voilà qu'il constatait qu'ils n'avaient plus rien en commun !

Pourtant, il n'eut pas le courage d'accomplir lui-même le dernier geste que son devoir exigeait.

— Vassili ! appela-t-il.

Le Varlet, à qui Artem avait ordonné d'attendre de l'autre côté de la porte, surgit sur le seuil. C'est lui qui procéda à l'arrestation de dame Irina.

De nouveau, Artem rêvait d'un lieu désert, d'une rue qu'il ne parvenait pas à identifier. Dense et visqueuse, l'obscurité l'enveloppait, collant à sa peau et pesant sur sa poitrine. À la lueur de la torche fixée au portail, il distinguait un fragment de palissade et un bout de pavé de bois. Une peur atroce lui nouait la gorge et l'empêchait de respirer. Et soudain, il l'entendit : un claquement de bottines sur le pavé, une respiration haletante...

Quelqu'un s'avançait dans sa direction. Artem se figea, le poing crispé sur sa bouche. Puis il aperçut la jeune fille. Elle portait une veste rouge par-dessus une sarafane foncée, et sa natte blonde lui descendait jusqu'aux reins. Elle passa devant lui en le frôlant et s'arrêta près du portail, l'air d'attendre quelqu'un. Il n'y avait rien d'effrayant en elle. Pourquoi avait-il si peur ? Son cœur battait la chamade. Katérina tortillait le bout de son châle et jetait des coups d'œil alentour.

Soudain, Artem perçut d'autres pas. Quelqu'un s'approchait rapidement d'eux. Le droujinnik retint son souffle : la jeune fille ne comprenait pas que le Mal se glissait sournoisement vers eux ! Il ouvrit la bouche pour lui lancer un cri d'avertissement... Trop tard. Une silhouette sombre surgit des ténèbres et s'avança vers Katérina. Pétrifié d'horreur, Artem le vit fondre sur la jeune fille et lui encercler la gorge.

L'instant d'après, tout était fini. Katérina gisait en une masse informe sur le pavé. Penché sur elle, l'inconnu lui ôtait ses bijoux.

Quand l'homme s'avança vers le portail pour éteindre la torche, Artem fut près de lui en deux enjambées et lui posa la main sur l'épaule. L'inconnu tressaillit et se retourna lentement. Artem se rendit compte que ce n'était pas Miroslav. Pourtant, le visage lui était familier. Il le poussa brusquement vers la lumière — et le reconnut. C'était lui-même !

Il se réveilla.

Absurde, songea-t-il en étouffant un juron. Il en avait assez de ce cauchemar! Essuyant la sueur qui perlait à son front, il prit une profonde respiration, essayant de se calmer. Cette affaire l'avait épuisé. Il repensa à Miroslav et à son destin jalonné de doutes et de deuils : sa jeune épouse chérie morte en couches, un enfant mort-né... enfin, l'espoir d'un grand bonheur, suivi de la trahison de Katérina, la question inutile « pourquoi ? » et la folie meurtrière faute de réponse.

Et soudain, une monstrueuse pensée lui traversa l'esprit. Leurs deux existences n'étaient-elles pas comparables ? L'épouse chérie et un enfant qu'il avait perdus dans sa jeunesse, une femme extraordinaire qu'il avait aimée, elle aussi ravie par la mort, et, enfin, tout ce que la rencontre avec Irina lui avait apporté comme chagrin et désillusion. Et si lui, le digne, le lucide, le perspicace boyard Artem, était à son tour rattrapé par la folie ? Sur quoi une vie faite de deuils, de doutes et de déceptions pouvait-elle bien déboucher ?

S'efforçant de maîtriser sa panique, il se leva, s'habilla et se dirigea vers son cabinet de travail. Philippos l'y attendait.

— J'ai une bonne nouvelle! s'écria-t-il. Sûrement la dernière de notre enquête. Cela concerne la fresque de Nil.

Artem le dévisagea avec une expression incrédule. La démolition du mur orné de la dernière œuvre de Nil était prévue dans deux jours. Le droujinnik était inconsolable qu'on ne puisse rien faire pour la sauver.

— Vladimir a décidé de laisser la lettre là où elle est! poursuivit Philippos d'une voix joyeuse. Tant que cette missive restera emmurée, elle sera en sécurité. Et tant pis pour les coffres de la salle du Trésor!

Philippos exultait, et Artem lui-même ressentit une bouffée d'allégresse. Soudain, le garçon ajouta :

— C'est vraiment trop beau ! J'ai une deuxième bonne nouvelle... Regarde !

Obéissant à son geste, Artem se leva pour s'approcher de la fenêtre.

La première neige tombait.

POSTFACE

Les aventures romanesques du boyard Artem se déroulent à la fin du XIe siècle, dans la Russie de Kiev, à l'une des époques les plus passionnantes de l'histoire de ce pays. C'est précisément vers 1070 que le premier État russe atteint l'apogée de son épanouissement, dans cette période comprise entre la naissance de l'État (IXe siècle) et l'invasion des Tatars (XIIIe siècle). Dans ce récit, situé en 1073, l'intrigue policière a pour point de départ la rivalité entre les princes Oleg et Vladimir et les activités de leurs agents secrets.

Le trône n'étant pas héréditaire, la façon arbitraire et peu cohérente dont les princes se voyaient attribuer de nouveaux fiefs par le grand-prince provoqua, tout au long de l'existence de la Russie kiévienne, des guerres incessantes entre les vassaux qui cherchaient à s'arracher réciproquement leurs principautés.

Aux rivalités au sein du pays s'ajoutait une lutte acharnée contre les nomades de la steppe : les Petchénègues, remplacés au XIe siècle par les Koumans. Le combat incessant contre les nomades n'empêchait pas les princes de conclure régulièrement des alliances éphémères avec certains khans de la steppe. Au lieu de favoriser la paix, ces alliances permettaient surtout aux princes, forts de nouvelles troupes, de continuer leurs guerres fratricides.

Rares étaient les suzerains, tel Vladimir Monomaque, qui préféraient agir par la voie de la négociation et du secret plutôt qu'en ouvrant les hostilités. Il est cependant indéniable que tous les princes déployaient une intense activité diplomatique et avaient à leur service un nombre impressionnant d'agents secrets. Chacun s'efforçait d'exploiter les faiblesses de l'autre, chacun entretenait un réseau d'espions sur les terres de ses voisins, chacun cherchait à se servir des secrets arrachés à l'autre pour conclure des accords avantageux avec une puissance incontournable, Byzance.

Le décor de ce récit est constitué par Tchernigov [1], une des villes les plus belles et les plus prospères de la Russie kiévienne. Qu'on ne s'étonne pas de retrouver le prince Vladimir suzerain de la « perle du Sud » et non pas de Rostov. On l'a dit, c'était le grand-prince de Kiev qui désignait à chacun sa capitale et ses terres, souvent lors d'une assemblée réunissant les nombreux descendants du grand Rurik, fondateur de l'État russe.

Au bout de quelques années, les princes changeaient de fief une nouvelle fois, toujours sur l'ordre du maître de Kiev. Ainsi, parmi les villes les plus importantes que Vladimir II marqua de son règne, il faut citer Rostov, Smolensk, Tchernigov, Péréiaslavl et, enfin, Kiev à partir de 1113 et jusqu'à sa mort en 1125.

Le lecteur sera sans doute curieux d'apprendre que

1. Ville d'Ukraine, à 130 km au nord de Kiev à vol d'oiseau. Mentionnée pour la première fois en 907, elle devient, après la fondation d'un évêché (998), une des principales cités de la Russie kiévienne.

certains lieux historiques, tels que la cathédrale du Saint-Sauveur, sont encore aujourd'hui visibles à Tchernigov, ainsi que, depuis les fouilles récentes, les fondations de l'église Boris-et-Gleb et celles des deux palais princiers.

Vladimir II dit Monomaque (1053-1125), chef de guerre intrépide, excellent administrateur, habile diplomate et fin lettré, est un personnage historique très célèbre. C'était le petit-fils de Iaroslav le Sage, qui élabora le premier Code, la fameuse *Rousskaïa Pravda* (« Le Droit russe ») qui remplaçait la peine de mort par une amende ou, à défaut, par le servage à vie. Vladimir II était également l'arrière-petit-fils de Vladimir Ier le Soleil Rouge (ou le Saint), qui avait christianisé le pays en 988.

En cette année 1073, le prince n'est pas encore connu sous le nom de Vladimir II Monomaque ; il n'a que vingt ans mais il a déjà été sacré prince de Rostov puis prince de Tchernigov. Le prince exerce souverainement son autorité sur tout ce territoire. Son pouvoir — administration et gestion du fief, exercice de la justice, maintien de l'ordre, perception des impôts, opérations militaires contre les nomades de la steppe — s'appuie sur son armée (la droujina du prince).

Le pouvoir du prince n'est limité que par la nécessité de consulter, une fois l'an, le *vetché*, la réunion de tous les hommes libres de la capitale. Cependant le vetché existe dans toutes les villes du fief ; il se réunit généralement vers le 1er septembre (le Nouvel An russe selon l'ancien calendrier slave) pour régler divers problèmes de la vie courante, par exemple le montant annuel du tribut à payer au prince, les travaux d'intérêt public, etc.

L'exercice de la justice sur le territoire du fief est entièrement soumis au Tribunal du prince, à l'exception des affaires relevant de l'autorité de l'Église.

Quant aux opérations militaires, le prince en décide seul ou en accord avec le grand-prince de Kiev, qui peut faire appel à la droujina de chaque prince pour une campagne militaire de grande envergure.

Les personnages de ce récit comprennent quelques Varlets[1] (« jeunes guerriers »). Ces derniers (ainsi Mitko et Vassili, les fidèles collaborateurs du boyard Artem) constituent la force principale de l'armée du prince. En temps de paix, les Varlets effectuent différentes missions, telles que collecter les impôts, servir de gardes au prince, protéger certains convois marchands, etc. Appelés également « les bras du prince », les Varlets mettent en œuvre tout ce qui a été décidé par celui-ci ; ils perçoivent un salaire et constituent le corps permanent de l'armée. Par ailleurs, surtout pour les besoins d'une campagne militaire ou lors des périodes de tension, le prince complète son armée en recrutant des « hommes libres » dans toutes les catégories de la population, essentiellement parmi les paysans et les artisans.

Hormis son armée, le prince s'appuie sur l'aristocratie — les boyards. Ceux-ci sont souvent, mais pas nécessairement, d'origine varègue. Cette catégorie de la population comprend la noblesse locale (riches propriétaires terriens), mais aussi les chefs militaires, compagnons d'armes et amis du prince. Par opposition à la droujina des Varlets, les boyards les plus puissants constituent la droujina des Anciens. C'est avec eux que le prince tient conseil toutes les fois qu'il s'agit d'une affaire d'État.

1. Pour désigner cette catégorie de droujinniks du prince, on utilise en russe les termes historiques *Iounnyié* ou encore *Otroki*, les deux mots signifiant « jeunes ». Pour traduire ce terme, on a choisi le mot français *varlet*, diminutif de *vassal*, qui signifie « jeune garçon » ou « jeune guerrier » pendant tout le Moyen Âge (*cf.* Émile Littré, *Pathologie verbale, ou lésions de certains mots dans le cours de l'usage*).

Souvent, ces grands seigneurs, qui possèdent non seulement des terres immenses mais aussi leurs propres détachements militaires (droujinas), tentent d'imposer au prince leur « conseil » sans qu'il leur soit demandé. En fonction de leur puissance, de leur âge, mais aussi des liens personnels qui les unissent au prince, certains boyards peuvent devenir conseillers privilégiés de celui-ci, ses hommes de confiance. C'est ainsi qu'Artem, personnage inventé mais qui n'a rien d'invraisemblable, aura été choisi par Vsévolod, le père de Vladimir, afin qu'il assiste le jeune prince dans la solution de certaines affaires criminelles particulièrement complexes qui dépendent du Tribunal du prince.

Hormis le prince Vladimir, ce récit évoque deux autres illustres personnages historiques.

Olga, grand-mère de Vladimir Ier le Saint, chef d'État d'une intelligence et d'une fermeté peu communes, fut le premier souverain chrétien en Russie, après sa conversion à la cour de Constantinople en 954. Une des légendes les plus célèbres liées au nom de sainte Olga est le récit de sa lutte contre les Drevlianes. Dans le présent récit, cette légende est racontée brièvement par la bouche d'un des personnages, mais les lecteurs peuvent trouver sa version complète dans la *Chronique* de Nestor[1], les annales historiques les plus connues de la Russie de Kiev.

Oleg, cousin et rival de Vladimir, se considérait comme l'héritier de Tchernigov, fief de son père. Après que le grand-prince (Vsévolod, père de Vladimir) eut donné cette principauté à Vladimir, Oleg fit plusieurs tentatives pour la récupérer, mais finit par

1. Cette chronique date de 1100, mais son auteur, le moine Nestor de la laure (monastère) Petcherski de Kiev, utilisait des sources bien plus anciennes pour décrire le passé de son pays.

être chassé à Tmou-Tarakan, lointaine ville-principauté au bord du Pont-Euxin. Plus tard, Oleg devint contre son gré un voyageur intrépide doublé d'un aventurier. Voilà ce qui fut à l'origine de ce retournement. Le grand-prince, vieux et souffrant, n'allait pas tarder à mourir. Constantinople, les suzerains des fiefs russes ainsi que les Koumans intriguaient déjà pour sa succession. Oleg et Vladimir pouvaient tous deux briguer le trône mais, à la différence de Vladimir, Oleg était le favori dans tous les camps. La raison de ce soutien était simple : tout le monde préférait Oleg, beau garçon et bon chasseur, à Vladimir, intelligent, astucieux, érudit et grand guerrier. Une nuit, Oleg fut enlevé de Tmou-Tarakan et amené à Constantinople, sur l'ordre du basileus et avec l'aide des Koumans. Le basileus souhaitait disposer d'Oleg au moment crucial où il lui faudrait lutter pour la succession du trône de Kiev. Cependant, loin de se laisser faire, le prince étonna Constantinople par ses frasques liées autant à sa beauté qu'à son tempérament indomptable. Oleg finit par épouser une belle Grecque et par s'enfuir de Byzance au grand dam du basileus... mais ses aventures ne faisaient que commencer !

Quant aux Drevlianes, tribu de Slaves russes, ils habitaient les terres au sud-ouest de Tchernigov et de Kiev, sur l'axe Pripet-Goryn-Sloutch. Ils vivaient dans des forêts, d'où leur nom (en russe, *dérévo* signifie « arbre »). On dispose malheureusement d'assez peu d'informations sur eux, hormis le récit de la vengeance d'Olga. Certaines anciennes chroniques les décrivent comme une peuplade de sauvages ; d'autres évocations insistent sur le caractère pacifique de cette tribu ; enfin, les fouilles récentes ont confirmé l'existence d'une culture rudimentaire chez les Drevlianes.

La légende de la vengeance d'Olga permet de supposer que les Drevlianes occupaient quelques villes gouvernées par des princes. Après qu'Olga eut brûlé leur capitale Iscorosten et toutes les autres villes, les Drevlianes ne construisaient plus que hameaux et villages, et payaient le tribut à Kiev. Depuis le règne de Iaroslav le Sage, leurs terres faisaient partie de la principauté de Kiev. Dans la seconde moitié du XIe siècle, les Drevlianes pratiquaient des cultes païens bien que la christianisation du pays date de 988.

Quelques mots au sujet de ce dernier événement, indissociable de l'histoire de la Russie.

Une célèbre légende médiévale raconte comment Vladimir Ier, résolu à renoncer au paganisme, envoya ses émissaires observer les différentes religions du Livre et lui rapporter leurs impressions. Ceux-ci, conquis par la beauté proprement divine du rite grec, déterminèrent le choix de leur prince.

On peut affirmer avec autant de certitude que Vladimir, ce génie politique hors pair, comprit le rôle unificateur de la religion chrétienne. En 988, il se fit baptiser à la grande satisfaction de Constantinople en même temps qu'il épousa la sœur des empereurs Basile II le Bulgaroctone et Constantin VIII.

Dès son retour à Kiev, Vladimir Ier imposa la christianisation à tous ses sujets, quels que fussent leur appartenance ethnique et le paganisme qu'ils professaient, et continua de répandre le christianisme sous la forme grecque. Son œuvre fut poursuivie par ses successeurs.

L'influence byzantine marque de son empreinte la société russe dans ses aspects les plus divers : non seulement, à l'évidence, la religion, mais aussi la langue, ainsi que la culture au sens large, de la peinture et de l'architecture à l'éducation et à la littérature profane. Constantinople envoie en Russie, outre des ecclésiastiques de tout rang, des architectes qui dirigent la construction des églises, des peintres qui participent à leur décoration intérieure, des enlumineurs de manuscrits. D'autre part, artistes et hommes de lettres russes partent souvent faire leur apprentissage ou leurs études à Tsar-Gorod (Constantinople).

Les échanges ne se limitent pas aux domaines de la religion, de la culture et du commerce : Byzance a besoin d'aide militaire pour élargir les frontières de son empire et, surtout, pour les défendre. Aussi les traités avec la Russie de Kiev portent-ils le plus souvent sur le soutien militaire à fournir par ces Barbares fraîchement convertis que Byzance continue à traiter de « Scythes », mais dont elle apprécie la vaillance et la résistance au combat. L'influence multiforme de Byzance continuera de contribuer au rayonnement du christianisme en Russie, même si l'Église russe parvient à acquérir rapidement une indépendance de plus en plus grande au sein de l'Église orthodoxe. Quant au domaine de l'art, l'empreinte de Constantinople restera indélébile ; elle persistera bien après la fin de l'Empire byzantin, marquant nombre d'écoles et de traditions jusqu'à nos jours.

GLOSSAIRE

Boyard, Boyarina (femme mariée), **Boyarichna** (jeune fille) : les nobles de l'ancienne Russie. Ce mot, apparu au Xᵉ siècle, désignait d'abord les proches compagnons d'armes du prince, puis, plus largement, toute personne noble, varègue ou slave. Un boyard pouvait faire partie de la droujina du prince ou vivre dans sa ville d'origine, voire sur ses terres.

Droujina :

a) l'armée du prince, qui était composée de la *droujina des Anciens,* ou Grande Droujina, et de la *droujina des Varlets* (c'est-à-dire « jeunes guerriers »), ou Petite Droujina. Ce n'était pas le nombre, mais l'âge des guerriers et leur appartenance sociale qui faisaient la distinction entre les deux ;

b) tout détachement militaire de moyenne importance composé de guerriers (souvent, de mercenaires) au service du prince ou d'un boyard.

Droujinnik : guerrier appartenant à la droujina des Anciens ou à celle des Varlets.

Grivna : principale monnaie russe : 250 g d'argent ou d'or massif. Se divisait en demi-grivna, quart de grivna, etc.

Kouman (ou Couman) : peuple nomade d'origine turque, venu d'Asie centrale, ennemi principal des Russes entre le XIᵉ et le début du XIIIᵉ siècle, auquel succédèrent les Tatars.

Sarafane : longue robe sans manches, le plus souvent boutonnée devant et portée avec une ceinture ; elle habillait les femmes de toute condition.

Varègue : nom que les Byzantins et les Slaves donnaient aux Vikings. Ces Scandinaves, excellents navigateurs, guerriers et commerçants, furent les fondateurs de la Russie de Kiev.

Varlet : voir « Droujina ».

Imprimé en France sur Presse Offset par

BRODARD & TAUPIN

GROUPE CPI

La Flèche (Sarthe), 4667
N° d'édition : 3191
Dépôt légal : novembre 2000